U0634285

堡垒集

雷战戈◎著

花山文艺出版社

河北·石家庄

图书在版编目（ＣＩＰ）数据

堡垒集 / 雷战戈著. -- 石家庄：花山文艺出版社，
2024.3
　ISBN 978-7-5511-7001-7

Ⅰ．①堡… Ⅱ．①雷… Ⅲ．①散文集－中国－当代②
诗集－中国－当代 Ⅳ．①I217.2

中国国家版本馆CIP数据核字(2024)第014144号

书　　　名：**堡垒集**
　　　　　　　BAOLEI JI

著　　　者：雷战戈

责任编辑：郝卫国

特约编辑：张凤奇

插　　图：黄　雄

美术编辑：王爱芹

出版发行：花山文艺出版社（邮政编码：050061）
　　　　　　（河北省石家庄市友谊北大街330号）

销售热线：0311-88643299/96/17

印　　刷：北京一鑫印务有限责任公司

经　　销：新华书店

开　　本：700毫米×1000毫米　1/16

印　　张：14.75

字　　数：250千字

版　　次：2024年3月第1版
　　　　　　2024年3月第1次印刷

书　　号：ISBN 978-7-5511-7001-7

定　　价：58.00元

（版权所有　翻印必究·印装有误　负责调换）

序一

郭向东

二○一九年十二月某日，高中同学微信群里传来消息：咱们班有同学出版长篇小说，想一睹为快的同学请招呼一声，好签名赠书。群主故意卖个关子，吊吊老同学们的胃口。会是谁呢？保准是他，中学时期的尖子生，大家昵称他为"全面发展"，写得一幅好字，打得一手精彩乒乓球，拉得一手好胡琴，驾得飞快拖拉机，后来上师范，在三尺讲台辛勤耕耘，退休后仍笔耕不辍，一篇祭奠亡故同学的悼词惹得同学们伤痛不已，就他，非他莫属。近年来的几次同学聚会，我和他有短暂的交流，看到他有了白发，但依旧瘦削干练，精神饱满，略带羞涩的眼神中闪烁着深邃探询的光亮。虽然远在省城，但快递可意，第三天便收到沉沉一册新书，书名《岵岘往事》，作者雷战戈，河北的花山文艺出版社出版，字数三十五万字。就是他，应该是他。情不自禁，我捧起这部封面印有大树和舞台的长篇小说翻读起来，黄土岵岘、高大土堡、土匪抢劫、新婚离散、忍辱负重、盼望回归、捐资办学、政府嘉奖、丈夫返乡、弥留泣血……走上工作岗位后，很少对文学作品有如此倾情专注，几乎是一口气读完作品。好几次，我边拭泪边阅读，我家乡的黄土地，黄土地上生活着的女人，终于有人用逼真的笔触刻画下来你们的肤色、身影、心胸、爱恨。

放下书卷，赶紧联系老同学，老同学，三言两语说不清，你到省城来，我联系专家，为你大作召开研讨会。我有些反客为主，联系省城文学界几位专家教授，陈自仁、彭金山、杨光祖、尔雅等，在西北书城召开长篇小说《岵岘往事》

研讨会，反响强烈，好评如潮，就如著名文艺评论家杨光祖教授总结的：《岵岘往事》是"有根的乡土文学""散发着浓浓的泥土气息"（现在反思，那时有点儿仓促，未报省作协组织研讨，操之过急）。

我是研究图书管理的，文学欣赏及评论可以说是门外汉，但读雷战戈老同学的作品，总感到字里行间有一股才气、一种激情，让人遏抑不住的情绪，这是读屈原、品李白乃至贺敬之、郭小川等才领略到的韵味。这是小说，但作者好似在用诗写，诗的形式，诗的情感。"上山的骡子下山来，下山来喝一口水来。出门的哥哥回家来，回家来看一眼我来。"小时候，跟在祖父祖母身后拾麦穗，黄昏时分，麻雀归巢，炊烟袅袅，祖母清清嗓子，漫起"花儿"，一地的男女麦客此应彼和，唱和的是哭腔，揩抹的是泪水，那是人世间最揪心的诗篇啊！这种诗情画意在《岵》作中可以说是比比皆是。她们让人感动、深思，发人善念，催人悲悯。老同学们读过《岵》作，都有一种幡然醒悟、改过自新的愉悦感和进取心。一部小说，能有这样的教育启迪功效，可以说是实属不易。当然，作品的价值还远不止这些。

还没来得及探讨战戈老同学创作这部作品的意图、怎样搜集整理资料，这不，他又联系，说有几篇散行文和分行文，想结集成册，问我有熟人没，能否少收点儿费用，现在出书自费，他手头紧。联系了一家出版社，人家说要先看作品。几位编辑看阅后纷纷赞许，老同学也要我过目。哦，我终于明白，战戈同学他本就是诗人，就那一首《冬夜挽歌》，那是滚滚闷雷过后的滂沱大雨，是萧瑟秋风到来时的枯草悲鸣，至情至性，忠贞不渝，和"上邪，……乃敢与君绝"一脉相承，有着《孔雀东南飞》《长恨歌》的筋骨衣袂。读此长篇，灵魂无不为之震撼，情愫无不为之悲催。同样，歌恩师，唱故乡，字字情真意切，句句简练精当。散文也是如此，有诗意，有激情，无论是即将消失的老庄基，还是曾经颤悠的炉匠担，还有老队长闲不住的双手、停不下的大脚，都曾见证着那个特殊的年代，印记下那段繁复的历史。不论是散行的文字，还是分行的诗歌，集子中收录的这些篇章，耐读，有味，积极，进取。写的大多是亲人、邻里、师友，但折射出我们这个时代一些本质的东西，传承着我们中华民族可歌可泣的优秀传统。阅读这些散文、诗歌，我们的心灵会受到洗礼，我们会觉得，做一个真正的人，会是多么神圣。

文章合为时而著，歌诗合为事而作。雷战戈的小说、散文、诗歌，义无反顾地诠释着对时代的关注，对现实社会的关切。他抒写家乡崭新的面貌，讴歌日新月异的生活，从家舍庄基的更新，到城镇大道的拓展，由校园琅琅的书声，至城乡清雅的俚曲，他逼真记录，倾情铺叙。一碗手擀面，咀嚼出的是陇右地带人们诚实、执着、良善、细腻的情感秉赋；通渭有大道，昭告着中华民族生生不息、繁荣复兴的深邃哲理。即是痛悼爱妻、怀念亲人，字里行间也沸腾着一种情愫，一种真挚纯洁、眷恋生活的强烈感情，失去的美好值得永远怀念，重要的还在于激励自己、警示后人。正是那些肩扛手提的普通汉子，那些名不见经传的庄稼人，用裸露的筋骨、淋漓的血汗，扛过去贫穷，洗刷掉屈辱，我们才有今天明亮宽敞的教室，才有尽情挥洒的文笔歌舞。看看吧，同样是许家堡，一面是朝夕之间堡破人亡、血流成河，另一个却是"东来紫气，西荡歌声，南飘祥云，北靓倩影"。对比分明，时代感强。

而且，作者写人叙事，铺排渲染，强烈的感情主线，炽热的眷恋之情贯串始终。诗人本是多情人，这些情感，是对尊长的礼敬与答谢，是对故乡热土的眷恋与歌赞，更是对理想抱负的坚信与忠贞。一首《冬夜挽歌》，七百多行诗句，痛悼爱妻，惊天地，泣鬼神，铁石心肠也会伤痛酸楚。这种至纯至正之情，撼动日月之心，正是自《诗经》以降，几千年来长盛不衰的人类至真情感的真实披露。作者怀抱赤子之心，梦中泪湿衣襟，心心念念父老乡亲，有一种急不可耐、不吐不快、不诉不安的童真心情，"放下吧，放下，放下身边的繁杂；出发吧，出发，紧跟上老同学的步伐……"去探看一别三十余载的老师，竟让诗人急切呼告，紧迫疾驰。这种真挚强烈、动人心魄的感情，奠定了作者诗文魅力无穷的坚实基础。

作者的散文，富有诗意，简练，含蓄，精准。胡琴演奏蝼蚁，新颖奇特，妙趣横生；而作者心有灵犀，妙笔生花，将听觉的艺术幻化为睁眼可视、触手可及的生活真实，触探新奇，排兵布阵，收获满满，凯旋高歌。浸淫文学艺术，作者真可谓多才多艺。作者的诗篇，大多宏篇巨制，好像不似江河一泻千里，不足以抒发诗人吞八荒揽六合的胸襟与气概，加之丰富的想象，绵延的铺排，读之总让人有一种大气磅礴、振聋发聩的感触。而且，语句齐整，韵脚紧凑，一韵到底，铿锵悦耳，朗朗上口。这就是诗人的才气，让人振作催人奋进的才能与气质。大道，在这里延伸，此大道，亦彼大道，眼前的滨河大道，曾经的红军长征大道；延伸，不只是脚下宽阔平展的柏油大道，更是心中跨越千山万水伸向光明未来的理想大道。堡垒，黄土筑打的安全防御建筑渐次消失，但是，亿万人民心中的堡垒却会永远矗立，坚不可摧。诗作的这种号角鸣镝，正响彻在我们的耳畔。

集子中收录散文、诗歌，大多为作者近三年来创作。作者已是六十六岁年纪，上有老母要他侍奉，下有三岁孙女依他养育。他是幸福的，有母亲心疼；他又是忙碌的，孙女寸步不离。无奈，他停办了二胡辅导班，但爱好不减，抽空还得练练曲子，保持感觉灵敏。更深夜静，他才能点开视频，回忆往事，理清思路，吐露才情。他是瘦削的，但那些能量不知贮藏在什么筋骨血肉里。他的才思情感为何如泉水一般涓涓不息。阅读他的散文诗歌集，或许能找到一些答案。

二〇二二年六月兰州

郭向东，文学博士，教授，中国古籍保护协会副会长，甘肃《四库全书》研究会会长，甘肃省出版协会副主席，省文史研究馆馆员，省政府参事室参事，原甘肃省图书馆馆长，享受国务院政府特殊津贴专家。

序二

张新明

前些日子，一位同乡战友来电说，有个通渭作家出了一本新书叫《岵岘往事》，初步看了网上的介绍，感觉很好，写的都是咱们老家的事，想求一本细细品味，但找不到，作者是通渭鸡川的雷战戈，你认识不？我说认识，雷老师曾在鸡川中学任过教，现定居在通渭县城。当时出书是我联系的出版社，书出版后，还在兰州举办了首发式和研讨会，找一本应该没啥问题。挂完电话，即与出版社和书城联系，均回复没有。随后便拨通了雷老师的电话，不料雷老师说还有几篇散文，让我看看，看能否结集成书，并要我写序。不好推辞，便欣然应允了。

我心安处是故乡！拜读完这些粘泥土、带露珠、接地气、有活力的文字，自己的思绪不经意间又回到了那熟悉而难忘的岁月，故乡的原风景一一浮现。我出生在许家堡，十七八岁前跑遍了这里的山山水水、旮旯拐角，登大堡子、挑粪担、摘酸杏、掏麻雀、挖野菜、打沙包、跳八方、捉迷藏、耍社火、瞅大戏、走亲戚……雷老师的生花妙笔勾起了我儿时的记忆。待人要诚实，做事先做人。好娃娃，在家庭，帮大家，做事情。亲戚来了再困难也要东借西凑，做一顿像样的饭，自己吃上留灰了，旁人吃上扬名了。出门在外做事要小心，大岁数的人都要能看见，童叟不欺……在他的笔下，许家堡变得美如仙境，"许家堡的早晨，东来紫气，西荡歌声，南飘祥云，北靓倩影……"他这么描写我的家乡！我怎么就没觉得家乡有如此动人的风景，有这般撩人的家味乡情？那个挑着炉匠担四处奔波的身影，那是艰难岁月浇铸的雕像，是凄风苦雨中摇晃着却硬生生撑持的大伞，我的祖辈父辈们就是那么深一脚浅一脚蹚过来的，他们期盼的风暖日丽的光阴，终于在我们的脚底下移动。我感谢雷老师，他牢记这些斑驳陆离的史迹，并用翔实真切的文字记录下来。

雷老师是扎根农村、倾情投入、用心创作的泥脚子文学人，他笔下的文字受看耐读，读他的作品就像猛猛地吸了一口老旱烟、美美地吃了一块腌腊肉，解馋，舒服。著名文艺评论家杨光祖教授曾评论雷老师的长篇小说《岵岘往事》是"有根的乡土文学""透着浓浓的泥土气息"。用这话来评价雷老师的散文集《堡垒集》，也是再恰当不过。他写亲情，写黄土地，写泉眼水，总让人觉得身临其境，情真意切。许家堡任、姚两位老人挑粪担去山地的背影，鸡川中学牛象乾老校长蓝帽子中山装狠抽水烟瓶的身影，黄昏时分中学操场上背诵的情景，崖畔前吼唱大净的声音，土丘上老旧厚实的土堡，以及刘家埂人贩运鸡蛋、揭牌文化园的阵势，等等，无不真实形象地展现了华家岭山塬、渭水河沿岸生生不息、鲜活逼真的生活场景，这就是历史画卷，让我们一页一页翻开，她沉重，让人心疼，催你感奋，逼你深思。这些篇章文字，是从厚厚的泥土地上，从温热的土炕头前，赤着双脚，光着膀子，裹着烟熏火燎的气息，由烙铁头焊接起来的；是鼓胀胀的麦粒、圆滚滚的土豆串围而成的，实况，有味道。

散文，须有形散神不散的特质，才算得上好文章，甚至是上品精品。《堡垒集》中的篇章，展现风云场景、英雄形象，描写土堡、团庄、人事、风俗，叙述亲情、别离、团聚，大都裹紧情感、精神这条主线，或讴歌坚韧不拔、团结奋进的革命精神（《风云通渭城》《红军伢妹子》），或抒写执着淳朴、情深意切的骨肉亲情（《父亲的炉匠担》《我的母亲》《舅爷一家人》），或赞美公而忘私、勇于担当的时代风貌（《鸡川中学琐忆》），或展现修葺堆码、收发贩运的得意手艺（《爷爷和他的庄基》《史话刘家埂人》），总有一条主线，一种精神，一番情感，将颗颗璀璨的生活珍珠连缀起来，行可佩戴，坐可彩饰。父亲肩挑炉匠担，去挑日月，换取生机，盘曲山路上儿子挑一阵，父亲换一阵，承接的是担当、鼓励；回家路上父亲盘点活计，儿子屈指计算收入，累加的是诚信、信心；留下干粮，匀出炒面，放心不下的是饥饿、困顿；大年除夕，姊妹弟兄望眼欲穿、掐指点数等候父亲，及至捏摸炉匠担下冰冻似铁的干馍硬饼，一件一桩都凝结着令人心碎的情感疤痕。还未卒读,深深的情感已让人情不自禁、唏嘘不已。而且,这是一种至大至纯、令人感动、让人深思、催人振奋的高尚情操。品读这些篇章,你会不自觉纯粹起来、清醒过来、振作起来。生活有时也很艰辛,但光明永远在前头,好日子都是奋斗出来的。这种精神、情感,在实现中华民族伟大复兴中国梦的征程中尤其重要,她是我们中华民族生生不息的优良传统和传家宝。雷老师喜欢读诗,时有诗歌创作,互通微信后我时有品读。可能与此有关吧,他的散文常有诗歌的韵味。他描述七十多岁老叟身手麻利的劳作情态:"脚腿已过正阳门,余音还绕老梧桐。"叙写八十岁老队长勤劳忙碌的充实生活:"闲不住一双粗手,停不下一双大脚。"抒发通渭城百姓将要目睹红军指战员们的激越情绪:"祖祖辈辈的寄托,生生不息的香火啊,如何在这支队伍的嘹亮歌声中,在鼓舞斗志的舞步中延续,升腾。"归纳二胡曲演绎大自然抒发豪情:"战马奔腾,风雪夜归人,志在疆场边陲;空山鸟语,青岫静听松,情系天籁趣声。"……这些结构齐整、对仗有序、韵律铿锵、节奏明快的语句,就是诗歌的形制。它们不光是形式上有诗歌特征,重要的是,它们概括、凝练、含蓄,内容上更具诗歌特质。这些语句,就如夜幕降临时镶嵌天际的闪烁星星,醒目、提神,令人遐思。还有,喜用短句、俗语,这也是雷老师散文语言的特色之一。这些短句采用俗语,明快、干练、精警,使文章有种阳刚向上的韵味,轻松愉悦。

再者,雷老师以"堡垒"命名文集,也别有用意。集子中好几处写到团庄、堡垒、拆挖老团庄等,曾经高大、厚实、险峻、牢固的团庄堡垒阻挡不住兵匪的大刀火铳,它们是一段历史的印证。应该牢固铸打的是另一种"堡垒",思想魂灵中的"堡垒",中华民族优秀传统文化的"堡垒"。作者写拆挖筑打的团庄堡子,依恋不舍中饱含对尊长、对先辈、对逝去岁月的怀念与愧疚,折射出新时代的更替、光明,意味深长,耐人寻味。说到此处,突然想起长篇小说《岵岘往事》一书,主人公一生辛劳集于土堡,爱恨集于土堡,盼望集于土堡,"千堡之乡"的黄土地上,可歌可泣的人间戏剧何曾歇场。《堡垒集》也是在以小见大,见微知著,品读集子,便是领略陇右风土人情,激赏大西北山河景致。

雷老师可算得多才多艺,二胡拉得相当棒,曾办班辅导学生,有考生获得二胡优秀表演证书。他常和学生登台合奏,或者倾情独奏,是通渭县老年大学合唱团乐队主奏。这些艺术因子使得作者所写文章，常有一种节奏铿锵、讲究韵律的特点，读起来朗朗上口。集子中分析评论二胡曲《蚂蚁有神韵》一文，专业性较强。我曾就此文请教二胡专家，他也吃惊，说是演奏如此有难度的曲子，实属不易，而要解析评说，那得相当有功力。他称赞此文言之有据，文采斐然，恰切细腻，饱含感情，表面赞美蝼蚁，实则鼓舞人心。演奏技巧的点拨提示也是准确到位。二胡曲子新颖好听，解析文章华美耐读。

集子中大多篇章，是雷老师近年所写。品读文章，掩卷深思，作者已年近七十，竟能有如此精力寻章摘句遣词作文。是为了什么？自己掏钱印刷，友朋爱好者轻笑索取，他又得到了什么？当下浮躁功利的风气，太多人追求利益，捞取实惠，看好眼前，有志静心读书者寥寥，可雷老师"一意孤行"，总该有所祈望？！当你细细品读《堡垒集》和他的其他书作，答案自会浮出水面。

总之，《堡垒集》一书值得品读。无论修养品性，为人处世，抑或欣赏文字，了解乡情，它都有可借鉴之处。当然，说它是散文集，是就整体而言的，因为集中收有几篇小说味道的文字。

我不过浮光掠影的阅读，浅尝辄止的戏说。盛情难却，拙文作序，实有负雷老师之重托！

期待雷老师有更多精品佳作问世。

二〇二二年六月于兰州

目　录

散 文 集

诗 歌 集

散文集

风云通渭城

神州，大西北，通渭县城。

秋雨骤歇，云开雾散。中国工农红军一方面军进驻这里。人类历史上的这支奇军，此时此刻，虽是个个衣衫褴褛，形容枯瘦，伤痕累累，且粮弹奇缺，但是，他们是那样精神抖擞，意志坚定，步履沉着，气势如虹。在一个偏僻局促的镇子——榜罗小镇，他们召开重要会议，制定战略决策，准备与红军三大主力会师，到大本营去，谋求中华民族翻身解放的光明大道。

毛泽东，这支队伍的核心领袖，面对空寂萧条的县衙公署、脸带菜色的穷苦百姓，他心潮起伏，思接千古。秦皇汉武、唐宗宋祖，多少伟业、几番功勋，但无论怎么改朝换代下台登基，老百姓何时有过自由平等？人民哪里曾经当家做主？眼下，中华民族到了生死存亡的危急关头，军阀割据，敌寇蚕食，饿殍遍地，民不聊生。救民于水火，解百姓于倒悬，只有共产党人振臂高呼，只有工农红军慷慨以赴。这些战士，这种正气，多么令人振奋、鼓舞。他望着井然有序打扫收拾的战士们，眼前又浮现出一幕幕镌刻脑海的情景。娄山关、黄洋界、金沙江、大渡河，烟尘滚滚，刀光剑影，喊杀阵阵，人人奋勇争先，一个个威武凛然的身躯，一张张熟悉可亲的面容，一路坚毅前行。而今迈步从头越，从崭新的征程穿越，那里有陕北红军、红二十五军，那里可作为指挥三军造福民族的大本营。前有天险，后有追兵，我们尚可四渡赤水、飞夺铁桥，翻雪山、跨乌蒙，纵横万里，所向披靡。而今，脚下是厚重的黄土，不远处有志同道合的同志，我们将要会师，我们必胜！

文庙街小学，北托笔架山，南依孔子庙，西望牛谷河，东去大峡谷。公元一九三五年九月二十九日，通渭城，文庙街，历史注定这里将有一页庄重而深刻、辉煌而永存的人类重大史料要记载、书写。

到了，终于到了，夜幕降临，繁星闪烁，人头攒动，群情振奋。文庙街小学平坦整洁的操场，东西南北各燃篝火，火势正旺，映照四方，红军指战员们围坐于篝火旁，面映红光，双目炯炯。他们终于能够轻松嘘气，享受热流，可以放声高歌，纵情舞步。大家轻声呼唤着熟悉的称呼："毛委员！"他们盼望亲眼注视这位伟人，想聆听那浓重湘楚声音，想紧盯那指点江山开山辟地的大手。

古老的通渭县城，兵燹不断，灾难频仍。千百年来，饱受血雨腥风剥蚀。可是，今天，成熟的秋风暖意中，齐整走来如此精神抖擞的队伍，他们不逼不抢，和蔼可亲，站河滩，排操场，收拾杂乱，打扫废弃，一身正气，充满信心，"老乡""同志"执手相抚，话语诚恳，一下子让人贴心、感动！这是老百姓的队伍，劳苦大众的儿女。快呀，找寻针线吧，那身开裂的衣裤要缝补；仅有的两碗糜子面，全都捧出，就让娃们权且充饥。"我的三儿被国民党抓走，他要是在，定让娃跟着这支队伍！""我得去打听，如果长官不嫌弃我这年纪……"快走吧，队伍有联欢，看看，听听，福星降临，咱这小小县城，何来如此荣幸！于是乎，农、商、学、工，倾城百姓，扶老携幼，摩肩接踵，出于感激，本着期盼，前去文庙街。

这是红军联欢晚会。舞台，就是这整洁平坦的操场，猎猎战旗围圈之中，一排简易课桌，后边是准备就绪的表演者。无须垂挂，不必遮拦，这支队伍的表演，只能是苍穹作篷幕，大地任腾挪。序幕已经拉开，号角早已吹响。首先，三人舞蹈：《南湖红日》。猎猎战旗挥动，镰刀斧头辉映；汹涌起伏的浪涛中，稳稳驶来红船；招集、商议、决定，舵手把航，船工奋勇，激流奋进中，迎来灼灼红日。接下来是《井冈风云》，集体舞蹈，鼓角争鸣，严阵以待；居高临下，敌顽逃遁。"'围剿'何峥嵘，敌顽万千重。凯歌黄洋界，运筹毛泽东！"激情昂扬的诵读，绘声绘色的表演，一下子让指战员们眼前闪现那烽烟滚滚、刀光剑影的战斗场景，毛泽东！是你高瞻远瞩，指挥若定，夺取一次又一次胜利！"毛泽东？他长什么样？坐在阿达？"通渭百姓，深受感染，不由自主探问、打听，就想目睹毛泽东的形象，聆听毛泽东的声音。哦，大合唱《十送红军》，一人引吭高歌，千百人激情呼应："一送里格红军介支个下了山，秋风里格细雨介支个缠绵绵……五送红军过了坡，鸿雁阵阵空中过……"这时候，篝火熊熊，战旗飘飘，皓月当空，群情振奋。通渭城里百姓，他们分明听到了，不，深切感受到了，这支仁义之师、伟大队伍，他们身上有一种感召日月的精神，显示出撼天动地的力道。观众们情不自禁应呼起来。不待主持人挥手，"起来，饥寒交迫的奴隶，……旧世界打个落花流水！……"激昂雄壮的歌声，震撼肺腑，涤荡灵魂，飞过文庙街，响彻笔架山，贯通华家岭。

通渭县城，地震使其崩塌倾颓，兵变遭遇鲜血淋漓，恐惧、逃避、饥饿、保守、无奈，千百年来，民族纷争，战乱频仍，老百姓在水深火热中挣扎、呻吟。今天，此刻，这座古老城垣，百姓众生，第一次感受到什么是尊严，什么是高尚情操、远大理想。他们从这支队伍昂扬的斗志、饱满的精神，从操场中潇洒的舞步、嘹亮的歌声，从蓬勃向往的人气、融洽和谐的氛围，他们顿悟出来，该变天啦，老百姓有盼头了！他们交头接耳，感慨激动。

"同志们，乡亲们，我们能在这里欢聚，能够放声歌唱，纵情起舞，因为啊，我们有党的正确指引，有紧密团结的领导核心！"

哦，来啦！沉着的身影，坚毅的步履，和蔼的面容，整洁的衣衫，从铁索桥上，从惊涛岸边，由险关巨隘，自雪山草地，踏着执着，迈着自信，裹挟雷电，托举光明，毛泽东、周恩来、王稼祥、张闻天、博古、叶剑英……从韶山冲出发，自南湖红船启航，擎马列大纛，举民族义旗，破"围剿"，斩顽凶，一路播种，一路风尘，脚下是烈焰，胸中有光明，他们走过来啦，笑容可掬，巨手挥动，在这闭塞落后的县城小憩，鼓舞斗志，整装待发。就在此刻，终于，黄土地上的灿烂文明，与无垠苍穹上的夺目星辰，在这中华民族繁衍生息的泥土之上熠熠生辉，相融相映！

"毛主席！"

山呼海啸的呼唤与掌声，光芒四射的巨大身影，让这个黄土高原的古老县城，立刻变成欢乐的海洋。

毛泽东，此时此刻，面对此情此景，他心潮澎湃。多少个日日夜夜，多少个仁人志士，多少次艰难险阻，他们，甘愿牺牲，矢志不渝，振兴中华，前赴后继，长征万里，勇冠三军……他操着浓重的湖南口音，放声吟诵：

> 红军不怕远征难，
> 万水千山只等闲。
> 五岭逶迤腾细浪，
> 乌蒙磅礴走泥丸。
> 金沙水拍云崖暖，
> 大渡桥横铁索寒。
> 更喜岷山千里雪，
> 三军过后尽开颜。

通渭城，史无前例的风云在一声声惊天动地的欢呼中翻滚，在一双双搅动苍穹的大手中幻化、升腾……

红军伢妹子

伢妹子终于苏醒过来了。她躺在一面土炕上，眼前是几双关切疼爱的眼睛。

"蛮哥，娃醒了！"

一位头发花白的老女人轻嘘一口气，伸手轻轻抚摸伢妹子干涩脏乱的头发，其他几个人轻轻离开，商议去哪里找先生，怎么疗治。

伢妹子是四川人，她和哥哥在程子华、吴焕先的红二十五军，他们千里跋涉、九死一生，过静宁，奔通渭，在碧玉地界遭遇一股悍匪的殊死抵抗。敌首叫马廷贤，时常袭扰通（渭）静（宁）定（西）会（宁），烧杀劫掠，无恶不作。他们凭借关哈（碧玉镇公所驻地）北边、李家坪南面坚固土堡的险要地形，拼死抵抗，拒不投降。伢妹子紧依哥哥贴近上店子街道，随时准备抢救伤员，不料一颗流弹呼啸而至，洞穿伢妹子两腮。上店子一个叫郭团娃的小伙子奋不顾身背起伢妹子，向街道北边大门飞奔。

碧玉上店子郭氏乃当地大户，二三十户族人务农、经商，风调雨顺年间堪堪解决温饱，但近年来兵匪袭扰，旱灾裹挟，草根、树皮成了家常便饭。他们惧怕打仗死人，但又盼望正义大军一举剿除匪患。他们目睹这些瘦骨嶙峋、衣衫褴褛的士兵奋不顾身的气概和蔼可亲的神态。他们甘冒风险也要抢救这个气息奄奄的姑娘——红军战士。郭团娃爷爷趁着夜色，三步并作两步，跑去十里开外的朱家峡中堡老中医"刘没手"家，硬生生请来老中医，把脉、消毒、包扎，开出几剂家传秘方，一家人昼夜不歇轮流看护料理。伢妹子哥哥千恩万谢，嘱咐一番，归队而去。

此后，一家人自然是小心护理，紧盯风声，东挪西借，勤换多洗。几只下蛋母鸡杀了熬汤，几碗细面匀着擀点细面条。伢妹子气息匀了，眼睛会说话了，渐渐地，能下地走动了。

"蛮哥，才多日子！言先生话，慢慢就平光了，疤疤就没了，可急不得。"郭团娃奶奶心疼地劝勉着、开导着，两只小脚颠前挪后，寸步不离这个倔女子。好几年了，她和儿媳妇还有庄上村邻女人们时常提心吊胆，一听有人喊叫"马延贤来喽"，她们便急忙往脸上抹锅灰，伸手撕头发，弄得人不人鬼不鬼的。瞅着伢妹子摸自己的脸，老奶奶心疼地流泪。女人的脸蛋，罗下的细面，要紧着哩，精细着哩。可眼下，得先让娃缓过气来，养起神儿来。

郭团娃和爷爷近来一直候在家中。大大去地上埋粪、打土块，他紧盯大门，看爷爷眼色行事。爷爷说了，西安不能去，兰州不好走，过往马车少停留。家里藏着个红军娃，时刻得小心。他们爷孙抽空到远近亲戚家赊借细面、鸡蛋，恨不得伢妹子早日康复。郭团娃身不由己总爱往客房背面小阁房走动，但他怕触碰那双忧郁而深邃的大眼睛。端一碗水，送一盆汤，他不由自主低着头，口中嗫嚅着，不知说什么好。

一天，伢妹子正在发闷，忽听有人低声呼唤奶奶。奶奶轻挪脚步，小心走出门去。伢妹子一阵好奇，蹑手蹑脚跟了过去。只听有人压低声音说："曹晓得啥……红军……毛委员念诗哩……早到了会宁……"伢妹子热血沸腾，双眼圆睁。她极力克制，想抬腿移步，一阵眩晕，她努力蹲坐下来。

晚饭时分，大家看伢妹子神情激动，拒不伸手，便纷纷劝解。伢妹子面红耳赤分辩说："攒啥子哟！你们告诉我，啥子红军去了哪里？为啥瞒着我……"郭团娃恳切劝导："你先吃饭，吃后一定告诉你。""那就先说，啥子都告诉我！"看着她急切而恳求的眼神，奶奶示意孙子说出实情。

原来，前几天毛委员、朱总司令率领红一方面军自碧玉西南的武山进入通渭榜罗镇，召开榜罗会议，并在县城文庙街小学举行联欢晚会，待到碧玉镇附近人知道时，红军队伍早已挥师北上会宁。郭团娃一家人顾虑重重：这女娃应该跟随红军队伍而去，但她身体虚弱，枪伤未愈，老中医一再叮咛：半年内不可大步走动，谨防影响脑子。老奶奶更是抱定主意：不让伢妹子离她半步。她疼爱这个女娃子，"蛮哥我娃，啥子不说，言先生说话，得让脸蛋长平光了再说，急不得！"大家劝导："与其让你这样离开，那还不如当初不救。再说，这世道，马家军、土匪时常出没，谁敢让你出门！"

本来，红军过境后，地方民团、马家军余部又卷土重来，抄家搜寻，亏得郭家保守严密，将伢妹子藏匿于后院地窖，才得躲过劫难。伢妹子也就稍稍平静下来，只盼伤口痊愈后奔上红军队伍。

碧玉上店子人和下店子人一样，和通渭辖地西北境内的穷苦百姓相同，饱受兵匪之患、干旱之灾。他们筑打高大厚重的土堡团庄，想着一旦躲进这坚固厚实的土堡，安全就会降临，福祉就要延伸。但他们压根儿没想到，这几处由他们亲手筑打的土堡却成了马家军、土匪民团的窝巢，成了杀人放火的人的集散之地。他们心知肚明，那个受伤女红军藏在何处隐于谁家，但他们默守祖训，救人一命，胜造七级浮屠，何况这娃来自救苦救难的正义之师。他们暗中拧成一股绳，想方设法一定要保护这个女红军痊愈归队。一有风吹草动，大家暗中鼓劲，不让郭家大门附近稍有惊扰。大家心照不宣，祈祷平安，祝福康宁。

第二年初秋，由贺龙、任弼时率领的红二方面军从南向北穿过通渭县境；中秋，朱德、徐向前率领的红四方面军经过通渭县境。

伢妹子再也坐不住了。她模仿碧玉人的口气，急切亲热地叫道："爷爷、奶奶、大、妈、哥！啥子能感谢你们哟！伢只能磕头啥！"一家人连忙扶起伢妹子，老奶奶更是老泪纵横，在伢妹子脸子摸了又摸，亲了又亲。三百多个日夜，无数次月落星稀、鸡鸣犬吠，她寸步不离这个乖巧伶俐惹人爱怜的女娃子，无须用言语表达，只凭眼神，她们就领会彼此的心神情意，伢妹子早已是老奶奶的随身影子，魂魄所系。郭团娃本想亲自护送伢妹子，但是，眼下没有必要了，伢妹子已经康复了，她双目炯炯、顾盼生辉，和她在一起，总有一种说不清道不明的情愫。但依依不舍，也要送她归队。红军大队从上店子街道整齐从容而过，好多女兵和伢妹子亲切交谈，牵手亲热。

伢妹子要走了，她眼前闪现出干净舒适的土炕，隐秘洁净的地窖，亮堂的灶火门，干硬的野草蓬，光滑的小瓷盆，香气扑鼻的热汤，颠来颠去的小脚，粗糙而温暖的双手，慈祥温柔的笑脸……

"奶奶、妈、爷爷、哥……"突然，伢妹子冲出队伍，扑向伫立在街道旁的郭团娃一家人，和老奶奶紧紧相拥，失声痛哭。

"啥子哟这是？"看见队伍有些异常，一个当官的过来询问。得知原委后，他开始动员，后来命令："伢妹子，你是谁的兵？跟上队伍打仗是为老百姓，留下做地方工作也是为着老百姓。况且你身体还没完全康复，留下来吧，养好身体，组织农会，投身地方工作，等待穷人彻底翻身的日子到来，大家迎接你光荣归队！"伢妹子沉思、点头，目送挥手致意的队伍消失于落日余晖之中。

十二年后的又一个中秋，人民解放军第一野战军由彭德怀司令员率领，准备解放大西北。部队已到天水，随时准备进军通渭。这天，一个青年策马驰骋，过岵岘梁，下老虎弯山，直奔碧玉上店子，下马观望，激动不已，急步向郭家大院走去。他就是伢妹子哥哥。

伢妹子没随哥哥从军兰州，她仍然留在碧玉，驻足上店子，做了上店子郭家媳妇。她积极投身党的各项事业，全身心建设社会主义事业。她儿孙满堂，恭老奉亲，大西北黄土高原的山梁沟峁间，随处可见她坚实的脚印、坚强的身影。人们都知道她的娘家是四川人，都唤她"红军伢妹子"。她成了地地道道的大西北人。

通渭有大道

通渭，红色旅游基地，书画名城，红军长征曾在此召开榜罗会议，毛泽东在文庙街吟诵诗篇《七律·长征》，这方黄土丘陵地带的小小县城，神秘奇特，魅力无穷。改革开放，活力四射；陇上神泉，书画通渭。自然神功与人文品格，更让通渭这张大西北的独特名片打响东海之滨、西域边陲。千年通渭，一品书画；神泉康养，文化振兴。县委、县政府审时度势，高瞻远瞩，坚定走脱贫致富道路，大刀阔斧搞自主产业，苹果基地、山楂小镇、金银花种植加工、光伏风力发电、养殖业发展、特色旅游……"地球红飘带"上的这片彩绸，闪耀着令人眼花缭乱、心驰神往的熠熠光彩。

一

和全国各地的县城相似，通渭县城的楼房屋宇如雨后春笋，蓬勃兴起，鳞次栉比，东到工业园区，西至书画新村，北邻笔架山麓，南抵牛谷河畔，在这长约十里、宽约一里的狭长地带，挨挨挤挤排布着民宅、学校、商铺、车站、政府各个单位机构，局促、拥挤、杂乱、别扭。别说游客观光览胜，时常由于堵车等候而驻足叹息，就是本地居民出行，尤其学生上学返家，也是拐弯抹角，拥挤不堪。县二中，正门前边荒滩淤泥，两千五六百名学生抢挤西河桥，桥梁虽再次加宽，但一到放学时分，学生潮拐过狭窄崖畔小路，涌到桥头，常和东来西去的车流人群狭路相逢，争抢桥头，常常是人车相抵，险象环生。县一中、二中、三中、温泉路学校、通和小学、文庙街小学、西关小学，还有四家公办幼儿园、五家民办幼儿园，大小学校排布在狭窄地域。好多家长或租房照料，或来去接送，学生、家长，摩肩接踵，呵气聚风，县城一下子增添大量人口，无可奈何，仅有的一条公路，两旁变成了停车带，交警喊也不是，罚款也无济于事，没有停车场啊！驾车的，乘坐的，饭馆要进，商铺得去，拥挤，掣肘，路窄道小，人满为患。茶余饭后，到广场去跳跳舞唱几支小曲。但是，就那么点儿场地，两三支舞蹈队、四五个大音箱，广场上已是拥挤推搡、纷扰嘈杂。老人们欲找个宽敞清新安静的场所，对比、回忆，感念新时代，静享大福祉；晨练的健将既想挥剑劈空刺，又要跨步登鹊桥；还有恋人想要倾诉相思，情侣欲待私语；阖家欢乐，老少更想漫步林荫……然而，到处拥挤、局促、狭小。体育场、秦徐公园，可怜巴巴几个去处，人头攒动，车马难行。公路，已经成为严重影响通渭人享受美好生活的瓶颈！

二

摘帽脱贫致富，打造驰名书画大镇，支持乡镇民宿，发展农闲经济，进一步拉动通渭经济，改善人居环境，开通一条贯通全城的宽敞大道，刻不容缓，势在必行。县委、县政府召开专门会议，召集有关部门、主管单位负责人，征询意见，反复论证。大家一致认同开辟大道很有必要，利益惠及子孙，但在哪里开通？狭长地带，南北山隘夹持，县城邻山依河，再要拓展延伸公路，几乎是不可能的事。

谢占武，县委副书记、县长，地道的西北汉子，凌晨观察，黄昏审视，登笔架山，攀青凉峰，通渭县城的深巷楼宇、小桥沟渠，他尽数分辨，了然于胸。勤劳实诚的通渭人，挥汗送走晚霞，挺胸迎来黎明，他们多么盼望有一个宽松优雅、风景如画的环境，让他们在休憩时呼吸清新空气，放眼青翠葱茏；散步时领略芬芳灿烂，感受舒适惬意。青山绿水，鸟语花香，不正是我们这些为政者、公仆们孜孜追求的目标之一吗？尽量减少损失，谋求老百姓利益最大化，怎么开通公路？他焦虑，心急。主政一地，造福一方。这座小县城，这方热土，深深烙印红军战士的长征足迹，回响伟大领袖抒发革命豪情的铿锵吟诵。不忘初心、牢记使命，我们应当大有作为，不愧大好时代。听见有人提议：能否改造南河滩，开辟公路？谢占武击节赞赏：好建议！变废为宝，除污去泥，开辟大道通衢。他早已关注这方不毛之地，估量长宽，揣度出入。

县城南河滩，本为牛谷河床，千百年来藏污纳垢，衰草淤泥，浸漫堵塞，一旦山洪倾泻，浊流污水漫过河堤，浸泡城区房舍屋宇；烈日暴晒季节，河滩皲裂，臭气熏天，令人窒息。这片长达十里、宽约半里的废弃河滩，东至秦徐公园，西到温泉脚下，早已是县城百姓的一块心病。要在它上面挥笔，书写俊美诗章，能办得到吗？得下多大决心，倾注多少心血，会改造成什么样子？

县委、县政府拍板定案：上！坚决攻下这块堡垒，彻底清除这方腌臜地，就在河滩上面开辟大道，打造休闲娱乐康养好去处。想想红军长征，目睹那血迹斑斑的草鞋、弹痕累累的衣帽，眼前这点儿污泥浊水算得了什么！谢占武紧抿的嘴唇，奋力迸出一个字："干！"不就是吃些苦，出点儿力嘛，有党中央正确领导，上级部门大力支持，县城人民热烈响应，这条通衢大道修定了。四大班子一致决定：县长谢占武全权负责这项工程——通渭滨河路修建工程。

三

二〇一九年三月，春风骀荡，天朗气清。谢占武县长率领一班人马踏上南河滩，一声令下，施工队伍各奔工地，浇筑桥墩，开辟路基，挖掘机、推土车，现代化的修路器械，在机械师傅的熟练操作下，推铲淤积的污泥，探掘深埋的顽石。这是通渭县城迄今为止最大的工程，只有在这个大好时代才能敢于设想，勇于实施。要用最佳方案上乘设计，由上海隧道工程公司设计研究院测绘设计，几家中标工程队施工。开工伊始，挖掘机、铲车匍匐在污泥浊水的荒滩，左支右绌，进退维谷，真有点儿"狼吃天爷——没处下爪"的样子。到处是淤泥，一眼望不到头的滩涂沟渠。机手们咬牙瞠目，屏息静气，硬着头皮一寸一寸掘进。

"县长过来啦！你看他那干裂的嘴唇、紧拧的眉毛、泥裹的腿脚……他为谁呢？他可以届满走人，另谋高就，可他……"人们亲眼看到，这位不苟言笑的汉子，脚步匆匆的县长，一到工地，细心查看，认真叩问，涉淤泥，爬土丘，看进度，探路基，双眼熬红了，双腿跑酸了，他急，急进度慢，担心雨季来临，更急他早过不惑之年，他还能为百姓实实在在再干多少事！他要目睹这条大道一寸一寸延伸，要严格把关一颗石子、一车混凝土完全到位，坐实坚固。党和人民把我安排在这个位置，我就要对得起凝神注目的千万双眼睛，无愧党和人民对我的信任与期冀。工程绝不能有半点儿掺假糊弄，不搞面子工程，不炫耀政绩，一定要变这方水土为青山绿水、休闲康养福地。

谢占武和他的团队披星戴月，彻夜鏖战，通渭县城的百姓则驻足关注，心存疑虑：果真能开通大道吗？淤泥、污水怎么处置？河床水流汇聚于哪里？虽说各处修建梯田，少有水土流失，上游又置锦屏水库，但万一有暴雨呢？十年、五十年、百年一遇的洪水来袭怎么对付？不会是面子工程吧？表面上轰轰烈烈，但归根结底呢？这么庞大繁杂的工程，万一负责的调走，谁来收拾摊子？观望、怀疑、议论，注意者越来越多，指点猜测者愈来愈盛。但渐渐地，河床归道，清流顺直；公路成型，集散有路。人们感叹起来，领首肯定，这位县长不简单：有眼光、有魄力，你看他在工地上的架势，那份执着，那种认真；那么陌生，又那么熟悉；风尘仆仆，朴实普通。人们关注工程，更注意这位雷厉风行的县长，他不顾情面，躬身督查，暖气管破裂，他亲临现场，协调督促，直到修好暖通，他甩动麻木的腿脚，离开工地。人们在嘀咕、议论，早该消逝的正在消逝，应该回归的正在回归，这样的县长，"咱——暖心"正在议论，有人反映柏油路面有问题，"啥？哪段路？查！"谢占武赶到现场，停工，取样，检测，有关部门报告："柏油兑量低于标准要求。""返工！不够标准地段全部挖除，重铺。你们要明白，我谢占武身后是四十三万通渭人民。糊弄我可忍，但糊弄通渭人民，你们良心何在？你们要不要工程款子？"

返工，重铺，直到合格、达标。谢占武有自己的考虑，及时发现问题，立即纠正、处理，既不影响工程进度，又能减少施工方的损失，更会保证工程质量少有瑕疵。他理解这些承包工程者，挣几个钱不容易，工人们啃着干馍，就着开水，满身泥巴，风雨无阻，工地打拼，异常艰辛。但他们会理解，这是百年基业，马虎不得，咱们不能贪图小利而影响大众利益。

这一呵斥，此番举动，令通渭百姓真正见识了这位谢县长的风格品行、为人处世。是啊，他心里实实在在装着老百姓。他不为面子，却赢得了面子。他严肃的神情后面，是一颗赤诚滚烫的心。

四

通渭滨河大道已初具规模。这是条宽三十米、长四公里多的四车道公路，东起南园场，西至温泉桥。路北，高楼林立，屋宇错落，盛华新村、御景华城、宋堡小区、体育馆、悦心国际书画村、敬老院，小区连通衢，住宅通大道。公路两旁，法国梧桐、北美海棠、江南红桃、秦岭客松，次第排列，笔挺延伸。树干顶端，笔架南屏，蓝天白云。恍惚中，硕大嫩绿的桐叶筛光摇影，云蒸霞蔚的桃花、海棠芬芳醉人。路南，六个片区的湖心亭公园间布穿引、依山傍水。奇花异石、回廊扶桥、亭榭曲径、清流绿坪。风和日丽，游人漫步；凉亭之下，丝竹管弦。或引吭高歌，时髦流行，草根传统；或窃窃私语，浪漫矜持，顾盼回眸……那将是何等的赏心悦目、惬意舒适！

你看，青凉寺下头一个公园，早有人流连顾盼，拊掌赞叹。公路两旁人行道上，人们扶老携幼，额手称庆。宽大的健身场，舒适的绿草坪，还有松柏苍翠，鲜花芬芳，既可使你强身健体，又会让你赏心悦目。四车道的路面，光洁平整，宽阔端直，车流如梭，来去畅通。县二中，出校门大道延伸，校门两边花圃树木，曲径草坪，莘莘学子有大道可奔，依参天树木提神。出校门不远处，滨河大桥横跨西东，跨桥向西，便是环城大道，东边乔木花丛，绿意初露。西边辟有大型停车场，几百个车位上面，将可安稳地休憩，有序地移动。驾驶或者乘坐，你可以穿林荫，闻芬芳，西至神泉沐浴疗理养神，激赏名城书画的无穷魅力；向东可达通渭广场，听小曲，看舞姿，驻足食品一条街，品尝通渭特色食品。再向东，两里之地便是高铁站。回眸通渭，你将会深有感触，流连通渭，不虚此行。

是啊，东起高铁车站，西至陇上神泉，滨河大道仿佛一条金丝，转瞬之间串缀起几多璀璨夺目的珍珠宝石，文庙街的诗文诵读、秦徐公园的熠熠诗侣、青凉峰下的琅琅书声、曲廊亭榭之间的舞步歌曲、悦心书画村的翰墨淋漓……在车水马龙的驮载中，或异彩纷呈，琳琅炫目；或溅珠响玉，动魄惊魂。

谢占武还在通渭。邀约几个朋友，或登笔架山，或上南屏峰，夜幕下的通渭城，多么璀璨，多么迷人！最惹人注目之地，便是滨河大道一路。华灯初上，流光溢彩；游人如织，车流如梭；湖水涟漪，亭榭婷婷。滨河大道，宛如潜游巨龙，昂首吐纳，意欲腾飞。四通八达的公路通衢，正是拨云驱雾的龙爪屈伸。啊，通渭，刚刚摘帽脱贫的书画名城，竟是如此神灵、迷人。假以时日，奋斗不懈，你会有怎样美丽的情景！谢占武放眼环视，深情回忆，榜罗会议的重大决策，文庙街小学的铿锵吟诵，历历在目，声声悦耳。大道，仁人志士、革命先烈早已开创，就看我们后人怎么迈步，如何挺进。

通渭有大道，

跃跃似腾蛟。

纵横葆初志，

扶摇凌九霄。

…………

谢占武脱口吟诵着，挥手示意，跨步向上，攀登更高的台阶，准备领略更加旖旎的风光。

二〇二一年五月一日于平襄

父亲的炉匠担

父亲走了，没留下财产，没留下金钱。墙上只几幅字画，阁房里只一副担子——小炉匠担。握着沉沉的铁锤，掂着重重的铁砧，我的心空虚中有几分愁苦、几许伤感。

小时候，我好奇于父亲的炉匠担。小小的两只木箱，一只安有风箱、抽屉，抽屉装有锤子、锉子、钳子、焊锡、烙刀；另一只木箱有上下两层，分别装有眼镜、钻头、水烟袋、旱烟锅，还有几只瓷碗、几只瓷碟。天阴下雨，农闲时节，我家院子里最热闹最欢乐，东家顶来一口锅，西邻提来一只壶。父亲唤我拾柴生火。炉火红红，笑声阵阵。一曲罐罐茶喝完时，父亲早已截好铁片、铆钉，摆好焊锡、烙刀。要钉锅了，圆圆的铁皮外一块里一块，铁砧一垫，铆钉一关，当当、当当当，铁锅转着，小锤敲着，不几下，漏洞不见了，裂痕平了，又可烧水煮饭了。

钉锅麻利，焊壶简单，而要钉一副石质眼镜就不那么容易。卡子掰了要补，砣子破了要钉，但都要在光滑坚硬的石头上钻眼儿。眼儿不能粗，针刚过去；孔不能斜，讲究手艺。选好位置，按好钻头，屏息静气，全神贯注，"唔——唔——唔——"细细的钻杆端直旋转，小小的钻头稳稳逼进。我最佩服父亲压动钻杆的功夫：下压木板，拉动钻杆；钻头旋转，进度迅速（我一直没学会这种摇钻手艺）。眼儿钻开了，接着去钉。铜丝镶嵌，小锤敲击。不偏不斜，不跑不空，就那么恰到好处的几下子，镜片镜腿牢牢地固定在一起。

骡子眼镜水烟瓶，不图钱财图名声。谁戴有一副价格昂贵的石质眼镜，谁就神气，财大气粗。因而，即便一不小心眼镜磕破了摔裂了，宁可花高价钉，也不愿收起来，更不会降价卖出。当然，钉眼镜的手艺人就要百倍小心。如若手艺不高或是马虎粗心，一旦稍有闪失，赔钱事小，毁誉事大，乡亲们再也不会前来光顾了，正所谓"没有金刚钻儿，别揽瓷器活儿"。然而，从我记事起，我从没听到过、看见过父亲的手艺有什么闪失、有什么问题，因为父亲太心细、太手巧、太诚实。他的铁砧上衬的是毅力聪慧，勤劳灵巧。他的锤底下敲的是热情善良、忠诚厚道。他和爷爷一样，和世世代代生于斯长于斯的父老乡亲们相同，总是用毕生精力去叫别人满意，用全部的心血让大家说好。

后来，我长大了，熟悉了父亲的炉匠担，一头稍轻，一头稍重。每次逢集，我总把书包挂在轻的一头，替父亲挑一程、担一阵。那时节，碧玉镇逢集，母亲老早做饭，父亲还在喝罐罐茶，我已拴好担子，提起精神，只等父亲下炕穿鞋，我就身一挫，腰一挺，挑起炉匠担，快步奔上老虎湾山。路平直了，步子迈稳健了，柔软的扁担有节奏地闪上闪下，沉沉的木箱变轻了、活泛了。那里边仿佛不再装着铜铁锤砧，而是盛着我和弟弟妹妹们上学的学费、过节闹年的爆竹，盛着母亲绱鞋的麻沿、缝补的针线。

和大多家庭一样，父亲总心疼我还没长大。我刚挑一程，他就接过去。十里山路，父亲挑一程，我挑一程。快到集市了，父亲总要接过去挑，热热地叮嘱一

句:"虎,别忘了来取油饼!"

中午时分,我看父亲活忙,就帮他拉风箱、压扁担。周围人夸我懂事、听话,催我快拿上油饼去学校。我揣着油饼到了学校,但没吃。我用油饼换《许褚裸身战马超》《小雷音寺》《野猪林》等连环画看,还生怕人家不同意。

十冬腊月,天寒地冻。放学后我赶到父亲跟前时,他还在叮叮当当钉着,扑嗒扑嗒扇着,一面跺着双脚,一面呵烤双手。看我回来了,他说一声:"虎,不做了,咱走!"我知道父亲一天没顾上吃干粮,掏出母亲装的馍馍递过去。父亲啃着干馍,我挑着担子。没做完的活儿要挑上,好去家里赶做。担子变沉了,路变陡了。父亲总是掰着指头叙说谁家钉口铁锅给了四毛钱,谁家焊只烟锅要了三毛钱……我仔细认真算着,今天又挣来四块八毛,年底时就能买来十多斤粮食。这么一计算,我咧嘴笑了,父亲就长嘘一口气,肩上的担子也好像轻了许多。

再后来,摊点儿不让摆了,锅碗不让钉了。无奈之下,父亲只好挑起担子去海原,上西吉(都属宁夏管辖)。白天不敢出门,挨到晚上,母亲一勺一勺装上炒面(油渣、豆饼、谷糠、秕麦子等炒磨而成,黑麻黑麻的,但很耐饥)。父亲要走了,他挨个儿摸我们的头,亲我们的脸,押我们的衣服,笑着说:"大大给你扯花衣服去,给你买小飞机去,给你挣钱去……"

父亲说不下去了。母亲早躲在一旁抹泪。

父亲啊,您买什么花布?挣什么钱?您是一面乞讨、一面煎熬,一边伤心、一边操劳。家中九口人等你吃饭,盼你挣钱。您忧愁儿子没钱上学又去地埂上铲柴胡挖秦艽,您担心挣不来钱交不了差生产队要扣工分,您伤心孩子头疼脑热母亲背不起抱不动,您怨怼一副好手艺却要躲避到外边去谋生去拼命!炉匠担啊,你扣压着一个灵魂千里奔波一生困顿,你还要挑持十条性命苦苦挣扎哀哀生存!

又是一个严冬季节。上青海的坨笼匠回来了,去银川的擀毡人返家了。可是,父亲还不见回转。母亲从早到晚在园子围墙下望,我们姊妹伸长脖颈站在村口等。远远地,大路上走来一个挑担的,我们一齐赶上去,瞪大双眼分辨,"不是的!""大大还不来!"一番叹息,几许失望。

腊月二十八了,家家户户蒸大馍,煮大肉。熬了一年,困了一冬,没在宽裕一两天,也就大方三四顿。可是,我们家却是冰锅冷灶,寂寞凄清。父亲还没回来，年货毫无准备。母亲在锅台前站一阵，又去园子墙跟前伤心抹泪。我们姊妹就去数数，数到一百，再倒回来，看谁数数时父亲能够进门。一个一百数完了，不见门有响动；两个一百数够了，倒数到九十八、九十七、九十六……突然，四弟哭喊起来："大大……"

父亲终于回来了。记不清当时是怎么亲热父亲的，只记得父亲把我们姊妹八个一个个摸，一个个看。父亲努力地笑着，眼角却挂着泪珠。

我去挑父亲的炉匠担，啊，好沉！弟弟妹妹也都记起了父亲的许诺，纷纷围上来，要花布，要小飞机。父亲瞅一眼母亲，慢慢打开木箱，啊，哪来花布，哪有飞机！上下两层的木箱里，挨挨挤挤尽是馍馍，白面的、谷面的、荞面的、豆面的，圆的、方的、大的、小的……母亲啜泣着，小心捡那馍馍。可是，馍馍早冻成一块，扳不动，取不出。弟弟妹妹们抢着抓馍馍，我和父亲母亲伤心抹泪。

父亲啊，您那小小的炉匠担，怎挑得动一家人的温饱？怎担得起儿女们的生活？炉匠担啊，你承载着今岁的酸楚，你还想挑起明年的希冀。你最多也只能挑起一百来斤啊，可你硬挺着还要把日月挑下去！

后来，父亲挑不动炉匠担了，他的儿女们也各奔前程，很少在他跟前要花布、要小飞机了。可是，每到年关节下，我们聚拢到一起，总要看父亲亲手戴上他钉的眼镜，扶他教我们怎么压钻、怎么铆钉；总要听他讲述他在哪里讨的饭、在哪里要的馍，哪一年供孙子上大学，哪一年要孙女去参军……

而今啊父亲，您不再摸炉匠担了，不再看儿女们抢吃您讨要的馍了。父亲啊，您为何不让我多挑一阵多担一程？您的儿女们早都能担起来挑下去了，可您却不再看他们走听他们奔！

父亲的炉匠担啊，你担过父亲年轻的梦幻，挑过母亲悠长的眷恋；你承载过乡亲们的欢乐，颤动着儿女们的思念。和过去一样，你还那么熟悉，那么挺直，那么沉重。我把你摆放在堂屋正墙下面吧，你应该和父亲喜爱的字画在一起。

"遍览天下奇物什么为好？历经世间人生感情最真！"

炉匠担啊，看见了你，就想起了我的父亲！

二〇〇一年二月

碧 玉 公 主

那时的碧玉镇，是我心中的天堂。去舅爷家吃臊子面，到上店子逛集市，跑河弯庙看大戏，那是天大的乐趣。农历二月十九一到，我缠着小舅爸去河弯庙，那天正好逢集，舅爸说，今日演出，有好听的哩，咱邻居芒种拉胡琴。我心头一激灵，早听说关哈有个叫芒种的小家伙儿，胡琴拉得攒劲。每每开戏，好多人冲他拉琴而来，看他摇头晃脑按弦运弓，听那胡琴高腔厉声奏鸣，那才算过了把大戏瘾。舅爸还显摆把式班长，须生孙振国、花脸张效骞、大净郭守敬、小生郭三相等，那都是一绝。这些我早从父亲口中知道得一清二楚。早先上河村的陈凤鸣、陈凤歧弟兄更是艺高胆大，陈凤鸣远走八百里秦川吼大净，陈凤歧献艺县剧团当鼓师，二人声名远播，妇孺皆知。可是，我现在就想站戏台下，看芒种拉胡琴。

窑上距上店子两里之地。来到上店子街道口，好家伙，哪有通道！正在着急，忽听有人大喊："赶紧躲开，小心踩踏！"话音未落，只听呛啷呛啷的响声传来，紧接着是"昂儿昂儿"的嘶叫声。哎哟，乌黑发亮一条大叫驴前扑后挣，昂头龇牙，鼻梁拴绑红绸，脖颈围圈铜铃，好不威风。旁边还有高大骡子、长鬃烈马，几条毛驴正被人扳嘴看牙。舅爸瞅空拉我钻进人群，往前移动。赶集看戏，好不繁华。街道两旁是喷着香气的炸油饼、麻腐馍、小笼包，透着清香的酸浆水、软凉粉、稠甜醅，还有干面锅盔、荞面煎饼、白面馒头、糜面截截……想吃的爱吃的应有尽有。不为挣钱，就想卖弄一番手艺，赢得几句夸赞。吃喝摊位两旁便是蔬菜果品，绿油油的韭菜、绿顶白身的旱萝卜、滚圆结实的蔓菁、硕大光洁的干核桃、脆黄脆黄的鸭腿梨……正在馋眼，忽听河弯庙锣鼓响起，"舅爸，快，开戏啦！"我推搡舅爸赶紧往戏场跑。

河弯庙东依公路，西邻古堡，北靠村落，南傍河谷。庙宇神风仙气、香烟瑞霭徐徐飘升，正可缭绕覆盖上店子、下店子、阴坡、埂棱、郭家台子一应村落虔诚信众，护佑平安，禳保福祉。

跨进庙门，挤到戏场左边，舅爸指点台口右侧，"就那，那岁孙——芒种！"

啊呀，就那家伙！翘着二郎腿，抿着小嘴巴，目光炯炯，气定神闲，一手持琴杆，一手操竹弓。看见有人招呼，芒种点头应答，示意舅爸领我上台来。

天神爷，这么大个娃娃，竟能登台拉戏！他怎么会的？向谁学的？我能接近他不？他能教我不？

大戏开演，王侯将相才子佳人轮番上台下场，念白吼唱此起彼伏，但我双眼紧盯芒种，伸耳倾听那动人心弦的胡琴声。那是响遏行云的高亢歌吟，是缠绵悱恻的喁喁倾诉，让你悲摧抽泣，惹你柔情万种。不知什么时候，芒种泪目晶莹，我身旁多人轻轻啜泣，"芒种，你……"我情不自禁轻轻呼唤，怕他如我一般难以自持。

突然，身后一阵骚动，原来一圈人正围观一位少女，评头论足，争相亲近。光亮是汽灯，戏场是人墙，但是，一双灼热火球翻滚过来，两弯明月洁净移动前来，无数晶莹灿烂星辰扑闪起来。眼睛？明眸？心灵？少女？芒种的胡琴声再也控制不了我。刚要抬腿，人群中挤进一个女人，拉住少女胳膊就走，四围人墙齐整移开，旋即又合拢，随后如洪流紧涌而去。哎哟，碧玉竟有这么多让人心动的人和事！这一夜，我翻来覆去难以入睡，那就是芒种？！他能让一把胡琴那么撩人魂魄，掏心裂肺！尤其，那个少女，怎么有那么一双眼睛，长得那么漂亮动人！碧玉，从此成了我的心病，吃饭想，睡觉念，上学说。天公作美，我们庄口几个大一点儿的学生说是碧玉地大、人多、学校气派，三下五除二，刘家埂一帮学生都转到碧玉下店子学校。这下可好了，终于能见着芒种了，能瞅那个娇俏女子了。

芒种有看不完的连环画，《大闹天宫》《野猪林》《战马超》《三打白骨精》……我有可口的吃头，小油饼、蒸馒头、荞面锅贴……用好吃的换他的连环画，两心相悦，关系贴近，我就巴结他教我拉胡琴。芒种大名陈振华，他绝顶聪明，写得一手好字，唱得一嗓子好歌，时常登台扮演戏剧角色。他家只有两孔窑洞，时常吃了上顿缺下顿。但他衣着整洁，精力充沛，肉墩墩手掌，胖乎乎身材。操起胡琴，那手立刻变成观音菩萨的杨柳枝，想洒甘露，遍地便是鲜花芳草、翻飞鸟雀；要展情愫，满腔尽倾悲欢离合、喜怒哀乐。课间十分钟或者课外活动，芒种持板胡，我拉二胡，《北京有个金太阳》《歌唱解放军》《红卫兵见到了毛主席》，会唱的歌曲都能拉奏。

为着要争气出众，我下决心刻苦用功，全力拼搏。同时，心里总惦记那个少女。一天，和芒种去上店子，刚到街道口，就看见左侧大店门口一亮，走出一位少女，啊，那不是她吗?！见我两眼发呆，那少女莞尔抿嘴，似有所语，两只大眼睛清泉晶莹，腮旁露出浅浅酒窝，苹果脸，皮肤吹弹可破；齐肩小辫，亭亭玉立。芒种挥手示意，那女子颔首微笑。世间竟有如此美貌靓丽女子！

不久，碧玉要建高中，我们大小学生在老师带领下，拆除河弯庙，扛椽檩，抬砖瓦，大多建筑材料运往新城北山下。累是累些，但我心里别提有多高兴。每天路过上店子街道好几趟，到街道口时眼睛紧盯大店门，盼望那女子从门口款款而出，娉婷而立，回我一个清纯甜蜜的笑意。

学校宣传队新添几个女生演员，其中一位格外引人注目，她姓田，五官端正，婀娜多姿，特别一双大眼睛勾人魂魄。同学们都叫她田二公主。后来才晓得那位美女是她妹妹。那真是如花似玉姊妹。我们几个背地里称姐姐"碧姑娘"，妹妹"玉公主"。她玲珑剔透如玉，清纯靓丽赛玉，她是碧玉女子，干脆就叫她"碧玉公主"吧，她漂亮，大方，高贵，清纯。有几次，接近她，讨好她，想和她说说话，哪怕一句。但她只是眉目传情，笑颜频频，从不露声音。后来，才知道她竟是哑巴。没几天，我就心平气和，竟至有点儿庆幸。我们的"碧玉公主"本是从天而降的，她不屑吐露尘世凡间人言俗语，她那双大眼睛表情达意绰绰有余，她不说话，更叫人关注、心疼。她是碧玉关哈上店子的一道亮丽风景，每每唱戏逢集众人汇聚，她亭亭玉立，立刻，光芒挥洒开来，温暖辐射起来。不知不觉，我内心升腾起一种尊崇、惦记、祝福之情。路过大店门口，情不自禁我就恭敬诚挚地正视那扇大门，渴盼那双大眼睛忽闪忽闪而来，又担心那张娇嫩小嘴开口说话。我愿在我不注目时我的"碧玉公主"亭亭玉立在碧玉镇口。

一九七四年元月，我和芒种、我的同学们离开碧玉中学，返乡务农，从此再没见过我们的"碧玉公主"。二公主去县城读高中，我大胆写信给她，表面向她示爱，字里行间却在探听三姑娘"碧玉公主"消息。我知道，"碧玉公主"是读天书的，我们这人世间的语言文字她不屑去读。

这年秋季，我的同窗好友、胡琴高手芒种陈振华因病离开了人世。他患胃穿孔，手术后刀口感染，撒手人间。他应该去极乐世界，以他的聪明才智，这方黄土地哪里是他的人生舞台？

"碧玉公主"呢，你一定会有无穷无尽的福祉，因为你不同于凡夫俗子，你从另一个世界降临，如碧玉一般不会黯淡，不能毁褪。

"碧玉公主"愿你青春永驻，光彩照人！

通渭手擀面

旅游大西北，来到小通渭。罐罐茶，手擀面，神泉书画炝浆水。

一出高铁站，招徕之声直灌耳际。乘车三分钟，来到一处街道，迎面闪亮招牌"通渭手擀面"，大屏幕上闪现美女、嫩手、大案板、长擀杖，一股清冽酸香提神气息直钻鼻孔。一路走来，兵马俑、秦皇陵、华清池、麦积窟，目不暇接，如此卖派宣介烹饪手艺、饮食文化，可算得别出心裁，令人耳目一新。

坚韧、执着、粗犷、豪爽，大西北的特征；隐忍、顽强、精细、绵柔，通渭人的精神。几捧精白面，一碗蓬灰水，在通渭人的手中，变得如此神奇，这般撩人。这双纤手玉指，巧绣田地，温暖肌肤。而今，这双能工巧匠的纤手，将为您的美满幸福而滚揉。

游客情不自禁挤坐在长条凳上，看画面，听讲解：

大案板，手擀面。一手和面，一手量水。右手搅拌，左手收束。水不能多，也不能少。多则伤水饭稀软，少则干涩擀不开。搅拌适中，团匝揉滚。先是拢，后是揉，再是滚，长长的面棒，两头折叠，复又重揉压滚，直到面筋突露，柔软适宜，再用手掌压成圆饼，这叫"揾面"，比那牛肉面师傅拉面噼啪作响不知优美多少倍。要擀面了，这也是一场硬仗，先是粗短擀杖紧擀一通，厚饼变薄；再取细长擀杖，卷起半圆，反复压擀。待到全圆推开，才要下真功夫。你看，袖子高挽，衣带束紧，喝一口水，攒一把劲，双手持杖，薄面上擀，那叫"上擀杖"：嗵，嗵，嗵！还在用大劲。先成扁圆形，斜绽上擀，再绽上擀，反复绽开，反复卷擀，噗，噗，噗，这种声音出现，说明已擀得差不多了。直到越来越大越来越薄，待到晾饭，稍得喘息。此时你看薄面下边，有花辦花摊字认字。切面，更见功夫：卷起层层薄翼，再撒粗疏面薄。左手按引，右手切割。一引一切，一切一引；不用刀尖，只用刀后。细细地，长长地，切一绺，拨一绺。双眼紧盯，大气不出。拨拨手擀面，色俊，柔韧，细若游丝，薄如蝉翼。抻不断，泡不烂，连下几锅，柔软如初。有牙板的，咀嚼不厌，愈嚼愈有滋味；没牙板的，长吞下咽，不撑不胀，消化快捷，营养良好。

啊呀，还有这等身手，如此说道！

别急，筋道在长面，味道在浆水。这是地蕉，紫蓝，娇小的野花，遍地都是。五月采撷，晾干备用。清油加热，入锅轻炝；香味扑鼻，浆水补进，这便是通渭一绝：地蕉炝浆水。接着下面、捞面，折叠几层，心中有数；提勺、舀浇，酸甜分寸，因人而异。

游客看得如痴如醉，听得心摇神荡。小小通渭，竟是这般操持饮食！一路欣赏、惊叹、感慨，那些惊世骇俗的皇皇巨阵、巧夺天工的佛龛神窟、鬼斧神工的琼楼玉宇……它们凭借什么显赫一世、夺人魂魄、提振精神、鼓舞斗志？

"手擀面，您的！"

正在打量双手，银铃般的声音耳边提醒。是啊，应该细细品味，慢慢咀嚼。细长竹筷，大白瓷碗，黄瓜拌蒜泥、杏仁卧韭菜、爆炒青椒、醋熘白菜，几碟小菜调味，酸甜苦辣俱全，沁人心脾，爽透肺腑。吸溜入口，绵柔和顺；细嚼慢咽，余味无穷。若是心急口快，不待大快朵颐，细面早已穿喉咙，进肚腹，那些酸辣、麦甜、清气，诸多韵味则会慢慢发酵，升腾，宣溢。

享受口福，别忘慰劳肌肤。通渭温泉，陇上神泉，泡一泡，洗一洗，消解旅途劳顿，祛除皮肤顽疾。一身轻松爽快，"悦心"欣赏书画。坐大巴，去榜罗，红军长征听讲说……

游客打着饱嗝，听着解说，不住打量双手，似有所悟，喃喃念叨：手擀面，那儿可有？这手，老陕的，甘省的，通渭人的，这双双巧手……

走吧，处处有手，双双巧手，手擀面算啥能手……

笑声淹没在鼎沸喧闹之中。

通渭自乐班

家中无字画，不是通渭人，以书画闻名于世的通渭这块神奇之地，深厚的文化底蕴架构，是由多组文化板块融合而成。其中，组建娱乐班底，传唱秦韵小曲，这一方独特生活品牌，这一块鲜活文化园地，就足以展现芬芳馥郁沁人心脾的地域文化特色，显示农耕文化源远流长的生命活力。通渭自乐班传承有本，生活底气深厚。明代吟唱表演盛行，情投意合者即已搭班演唱小曲，至清中叶，秦腔和本地小曲糅合串通，大小班子化装登台，倾情演出。自陈明德、高俊等名伶唱响金城名噪兰州起，通渭自乐班初具规模，吼乱弹，哼小曲，自娱自乐已成人们生活中一道亮丽的风景。民国年间，王富忠延揽王凤歧、杨子侠、十二红、雷生明等著名艺人，组班"忠和社"，自乐班改弦更张，终成专业演出社团。受此鼓舞，通渭境内自乐班如雨后春笋，勃勃生成，碧玉孙振国、许家堡张保藩、刘家埂南玉海、蔡家铺张景、义岗川麦芒儿等地方名人或优伶名家，纷纷走场吆喝，热络串组，各组自乐班。或仿名家身段，唱念做打力求到位形似；或拜师父悉心演练，行头装扮争取可心。人们一边悬挂名人书法字画修身养性，一边聆听高台教化正己诲人。一等人忠臣孝子，两件事读书耕田，爱国惜家，惩恶扬善，修桥补路，勤劳俭朴，这些传统美德，就在铿锵的锣鼓声中叩击心扉，就在吼唱踢撩的程式里植入脏腑，表演班社团组延续，正义祖祖辈辈传承。自乐班，泥腿子可以是班头社主，车把式往往是舞台大柱，他们用高雅追求联络村邻农人，用赤胆忠心演绎社会人生，用生动形象揭示历史现实。充实生活，丰富文化，自乐班俨然成了通渭人生活的重要组成部分。

中华人民共和国成立以后，尤其改革开放以来，随着物质生活的温饱小康，人们的精神追求更上崭新台阶，人们不只关注流行曲、异域舞，不只在意盯视频、刷存在，人们逐渐感到生活中缺少点儿什么，缺什么呢？阳刚之气，民族风情，传统韵味。吼几嗓子，撩几下子，瞪一阵子，拉一段子，生活的底气愈来愈足，做人的心态越来越正。先有潘守宽、徐克剑等民间艺人对通渭小曲的搜集整理，后有王居仁、丁相宏等文化部门负责者的鼎力扶持，通渭小曲的轻歌曼舞、质朴地气，如涓涓细流、和煦春风，滋润着憨厚良善的通渭人民。人们听小曲、赏小曲、演小曲，生活的烟火气、人间情，在讲究的书画墙壁下浓浓升腾，在摩肩接踵的人流中绕芳飘香。同时，一帮子酷爱秦腔热络大音的文化人，已不满足

陈规。他们向往戏曲研究院，热衷名家流派功，陕西田德年、员宗汉、肖玉玲、甘肃张兰秦、窦凤琴、雷通霞等，这些秦腔名角大腕才是自己崇拜的偶像。县剧团的苟小弟、陈柱恒、魏国霞、王玉梅等，以及业余戏人卢小琴、包琼、李玉兰、张格格、魏文清、曹凤琴、许月明、刘青兰、路彩花、杨紫仪、姚文广、郭燕珍等，或亲赴西安受名家悉心指点，或借助视频听大角专业辅导，不论生旦净丑，只要唱念做打，他们专心致志，铭刻在心。尤其，乐器演奏，或拜大家，或求名师，借机演奏，抽空苦练。秦腔板胡演奏专攻陕西板胡韵味，左手技巧、右手功夫，对剧情的把握，对角色的理解，对全剧精神风格的掌控，已臻成熟甚至富有特色的境地。二胡演奏，或学院（校）正宗范式，王国潼、闵慧芬、金伟，起步不俗；或领悟《二泉映月》《长城随想》《汉宫秋月》，追求高远，脱凡超俗。县域之内，登台伴奏有声有色的板胡、二胡演奏者不下百人，其中，呼小军、张旭来、杨建武、曹治国、南军、王新权、常增禄等琴手的板胡演奏，或学西安冉飞、米春胜，或仿古城杨满元、陈百甫；雷战戈（笔者）、毛胜勇、田军民等的二胡演奏，或伴唱腔间奏，或登台领奏独奏，或开班辅导学生；阎维雄、金锐等的笛子吹奏，曹锦霞等的扬琴，李国璋等的小号、三弦，王娇娇姊妹的古筝，陈凤歧、贾应忠等的鼟鼓梆子，或近专业水准，或上正规台阶。正是这些器乐演奏者的钻研订正，使得通渭自乐班的演技日益精进且时有出新。

目前，通渭境内自乐班接近百家，仅鸡川镇就有许家堡、司家川、丁家店、刘家埂、李家堡、牛家坡、湾里家、川道村等八九家自乐班或文化园。县城之中更是班社林立，演唱红火，王鹏、张具福的曲艺社，南军、张海军的秦艺社，王梦丑的小曲社，张振堂、卢雪芹、刘来顺、苟招娣、赵小红等的班组，或唱响乱弹，有板有眼，使秦声秦韵萦绕平襄古城；或品味小曲，俚语乡音，让古风雅韵荡漾笔架山麓；或演奏经典名曲，追时髦大气，升文化品位。通渭自乐班继承传统，教化良好风俗，熏陶正直良善品格、悲悯恩慈情怀、勤俭淳朴家风。同时，注重提高生活品位，丰富生活内容。在看重功利时尚潮流的当下，回归传统，宣介文明，对中华文化的传承发扬尤为重要。小小一隅的通渭自乐班，正如一缕春风，拂过树梢田埂，轻抚厚重黄土，唤醒离离原野，助力花草绿茵生机盎然，展现青山绿水无限风光。他们七八人建组，十来个攒班，敲击鼟鼓，叩响铜锣，定准调子，运起弓子，蕴一腔热情，振一身正气，吼几嗓子包公展现刚正不阿清廉磊落，唱几大段穆桂英追求热烈专注奋勇抗敌，青衣、须生、大净，委婉、苍凉、浑厚，丹田之气，浓缩之功，板胡、二胡、扬琴、电子琴、乐谱架子、扩音器，斗室清唱，心无旁骛，酒酣耳热之际争议起，面红耳赤，却无半点儿芥蒂，尽是交心朋友。天朗气清，吆喝一声，移足文化广场或者滨河路边亭榭回廊，扬琴铮铮，胡琴悠扬，竹笛嘹亮，三弦铿锵。开场齐奏，声部分明，惹逗围观者或颔首凝思或亢奋振作，待到角儿明眸善睐微启朱唇，四周注目伸耳辨听，哪家走的肖派路子，谁个学的刘派韵味，于是，在纷纷点头赞许或者轻声议论中，陌生的面孔贴近了，打量的眼神热辣了。自娱自乐，感染的却是四面八方汇聚而来的芸芸众生，教化的正是粗野卑微无所事事的闲汉庸人，充实的正是多彩多姿的百姓生活，提高的正是豪迈阳刚积极上进的人生品位。通渭自乐班，脚印遍布苹果累累、山楂沁脾的田间地头，腔韵缭绕车水马龙珠光宝气的滨河华灯，大甩摆到阳光明媚宽敞舒服的农家村院，其影响植根于书画之乡的普普通通的百姓心中。

如意甘肃有振岐

——企业家南振岐二三事

二〇一九年国庆节，首都北京。

上午九点，上海、天津、北京……向祖国母亲七十周年华诞献礼，人海如潮，彩车如云，过来了，缓缓过来——奔马乘风、今古飞天、梯田风光、缤纷丹霞、飞船火箭……大西北的甘肃彩车缓缓驶来。她托载陇原儿女的豪情，缓缓驶过天安门，那是玉如意，是飞天舞姿，是绵延宽阔的丝绸之路……镜头拉近，彩车上面，群情激奋，笑靥如花。其中一位汉子，泪珠滚动，激动难抑。"整整六个月，一百八十多个昼夜的努力奋斗，彩车得以精彩呈现甘肃灿烂的历史文化和辉煌的发展成就，我，南振岐，我的团队，值！"这位中年汉子，仰望灿烂的晴空，注目庄严的城楼，沉浸烂漫的花海，他只觉得他在升腾，他开始立地顶天，在梁峁，在沟壑，在校园，在村落，他在奔走，在捐献，在规划……交响丝路，如意甘肃，向新中国成立七十周年献礼的彩车圆满完成它的使命。它的创意、形象，受到党和国家领导的高度评价，得到社会各界的广泛赞誉。人们开始关注彩车的创意。南振岐，这个大西北的汉子，著名企业家，文化巨子，他的事迹，又一次成为街头巷尾热议的话题。

其实，南振岐，南特集团，何尝不是一架色彩斑斓春光融融的大型彩车？设计，驾驶，托载，南振岐是主创，是驾驶人。南振岐不会忘记，就是那座土山梁，一个叫黄家岔的小村落，一条狭窄公路就从他家土屋后面左右延伸，迟缓的手推车、突突的拖拉机、高傲的汽车，就在那条再熟悉不过的公路上移动、奔驰。

"多会儿能开那玩意儿，我就……"小小年纪的他喃喃自语，目送一辆辆汽车绝尘而去。

"蛮哥我的娃，念书，念好书，就能开那玩意儿！"慈祥的母亲鼓励，严厉的父亲支持，南振岐和大哥、二哥、四弟，着褴褛衣衫踏冰雪，在饥肠辘辘中熬酷暑。父母知道，乡邻清楚，南振岐弟兄更明白，要改变寒酸贫穷、庸俗无助，只有读书，唯有读书才有福音，才能驱动、驾驶、运载需求的轮毂大箱。南振岐是刻苦执着的，又是幸运有缘的，改革的春风终于融化了严冬的冰凌，也湿润着这条干旱的山梁。一九八四年，他以优异成绩考上大学，并以优异成绩跨入省城兰州。摸爬滚打，砥砺奋斗，他创办南特数码科技集团，跻身甘肃科技龙头企业，基础雄厚，发展势头强劲，成果惠及陇原西陲及天南海北。

南振岐有大企业，是大企业家。他的企业大彩车已经上路，缓缓地稳健地驶入为国惠民的康庄大道。反哺桑梓，回馈社会，他首先想到的是改变家乡落后贫穷面貌：教育，文化；解放思想，改变观念；先从读书求学开始。

南振岐面颊上浅浅的酒窝凹而复平，微露笑容。他是业界儒将，温文尔雅，举止从容，但又斩钉截铁，一诺千金，"从我的家乡开始，每年资助莘莘学子，脱困顿，考大学，改变落后面貌，投身家乡建设。"

一九九四年创业初起，他就开始关注家乡的穷困学生，他大把大把投入，慷慨解囊资助，这是几组数字，它们浸透着南振岐先生、南特集团的心血汗水，折射出一个企业巨擘、文化骄子的良苦用心。

资助学校：通渭一中、二中、通渭县鸡川中学、李家店常坪学校、马营镇六里营学校、陇川乡蔡家铺小学、鸡川镇上马小学、川道小学、鸡川镇幼儿园、许堡小学、四合小学、金牛中学、通渭县榜罗中学、甘谷县康家滩村小学及幼儿园、侯家沟小学、安定区团结镇金华小学、榆中县新营中学、榆中县清水学校、兰州大学、北大清华校友会等二十多所。

资助班级：南特宏志班、南特进取班、南特育才班、南特鼎力班、南特娇子班、南特明德班，受惠学生有八百多人。

资助通渭县历届高考状元及前五名学生：李翔、任星辉、姚璇、郭永强、冉伟、刘学虎等两千多名。

资助学生所上大学：北大、清华、上海交大、西安交大、陕西师大、兰州大学……国内几乎所有名牌大学。

投资家乡教育资金：二亿三千万元人民币。

这些名称、数字，是能呼叫出来、计算清楚的。它们在校园的电脑桌旁，在科室的花名册中，在企业事业的岗位股室；还有组组数字、册册名单，它们一下子看不见，摸不着，但是，它们深深烙印在通渭、安定、陇西、甘谷、会宁、榆中，烙印在华家岭、渭水岸、陇原大地，刻印在无数人的心里。人们从南振岐循循善诱的宣讲里，从慷慨无私的捐助中，从纷纷快递而来的大学录取通知书，从投递释放的鼓鼓囊囊，深切领悟到，好好读书，掌握知识，明德善学，回馈社会，这是大善大举，是祖祖辈辈传承下来的实实在在的德行。一个大学生，带动一家，牵扯一片，改变落后面貌态小，激励心志精神事大。学生上岗挣钱，家庭亲邻有志有力，不出几年，吃穿不愁，房屋敞亮，这功劳，就在读书上学，就在那所好学校，那个好心人！南振岐大力资助家乡教育的善举和唤醒人们求知上进的精神，难以用组组数字统计。

南振岐，他的善举和精神，既是一声惊雷一柱闪电，又如缕缕和风、涓涓细雨。他倾情黄土塬上的沟壑梁峁，催动绵绵细雨湿润禾苗，鲜艳陇山，缤纷原野。

南振岐有战略眼光。他那炯炯有神的目光，时刻关注数码科技的发展、更新，数码科技、敦煌文化、陇上神泉三点一线，将颗颗璀璨的文化明珠镶嵌在祖国大西北的边陲村镇，辉映江河湖海。他创办的南特数码科技集团，是承接信息产业、软件服务外包的国家重点企业和甘肃省领军企业，也是文化与科技、旅游产业相融合的示范企业。不论头衔有多显赫，名誉有多鲜亮，一步一个脚印走来，他始终不忘回馈社会、报答桑梓的初心。让家乡的莘莘学子走出去，也要叫了解领悟的游人旅客走进来。通渭，有干旱贫瘠的山梁，有勤劳朴实的百姓，更有彪炳史册的人文，秦嘉、徐淑和五言诗文，赵荣和土木堡之变、王瓒在湖广选府，牛树梅在四川资政，李南晖血洒通渭城……还有，伟大的榜罗会议、文庙小学毛主席的诗歌吟诵、彭德怀率领西北野战军进驻通渭城……这方土地既贫穷又富有，家家户户暗淡陈旧的墙壁上，总有历代名人贤良的书法字迹，那真草隶篆行的尽情挥洒，装裱成名噪神州的书画名城、艺术之乡。"通渭人家"的袅袅炊烟飘散出勤俭传家、耕读及第的清香气息。情之所至，南振岐深深热爱着这方热土，这里的父老乡亲，这里的一草一木，这里的泉眼清流。通渭温泉，陇上神泉，它的神秘宝贵让南振岐激动倾心。挖掘、宣传、打造、提升，让这方温泉的清流造福更多人群。南振岐暗下决心干，造福桑梓，再创品牌。他向县委、县政府和盘托出他的雄心大志。

扩建榜罗镇红军会议会址。榜罗镇会议的历史地位、革命价值大有发掘余地。会址规模、三军阵营、陈列遗迹、群雕气势、整体氛围……有待大规模提升、健全。它是中国革命征途上的决定性会议。

打造秦嘉、徐淑纪念长廊。夫妻诗人的家境出身、课读夜话、情愫暗萌、琴瑟和鸣、异途相思、诗文酬唱、青史留名……夫妻诗人在史册上的贡献、地位，史书确凿记载。

组建文化名人、贤臣良相馆阁。为民请命，造福一方；献艺桑梓，泽惠家乡，历代通渭籍京官朝臣、能人名仕，事迹可歌可泣，功绩有口皆碑。远的赵荣、王瓒、李南晖、牛树梅等，近的邢肇堂、王富忠、权执中、高俊、毛得功、张维垣、杨永福等，还有，科学院院士姚檀栋、尚永丰、杨子恒，等等。塑造群像，传记功德，瞻仰先贤，激励后人，这该是功德无量的业绩。

"我南振岐生于斯长于斯，我有责任……"

"好！高瞻远瞩！你说，怎么办，从何做起？"

县委、县政府一班领导击节赞赏，大力支持，商议如何起步、在哪里动工。

毫无疑问，开发旅游项目，打造餐饮、观光、洗浴、康养、品写一条龙服务项目，把经济带动起来，让生活丰富充实起来，使陇上书画名城底气十足，奋进新时代，跨越新征程，这是百代大业，惠民工程。

聘请专家论证，细心挑选楼址，招标优质工程，筑造精品楼宇，南振岐废寝忘食，夜以继日，通渭温泉文化旅游产业品牌——"南特温泉庄园"建筑群拔地而起。洗浴览胜、养生保健、休闲度假、会议培训，庄园一楼由男宾洗浴大池、女宾洗浴大池和服务接待大厅三部分组成，干湿桑拿浴、蒸汽浴、牛奶浴、盐奶浴，各种形式洗浴让你身心愉悦，美容养颜。二楼标准间，餐饮包房，洗浴随意，一百多人可同时享受称心服务。三楼棋、牌、茶、歌、写、画，各取所长，怡情养性。四楼豪华室，配置高档，绿水青山，物我两忘。五楼会议接待，教学培训，大厅敞亮。

已建成的陇中民俗风格四合院、四合院别墅，配备厨房、温泉洗浴间，适合几个家庭或者七八人结伴长期租住、度假，游人在远离城市喧嚣、享受恬静生活的同时，和亲朋好友以及家人拥有一方属于自己的空间，独立思考，尽享清静，感受自然，放飞心灵。

通渭温泉旅游度假区计划总用地六十八万一千五百平方米，总投资额二亿三千万元，分五期施工建设，已完成通渭县温泉医院及南特温泉庄园一期的建设项目，并已投入运营。五年来，年接待量平均在三十万人次以上，创造经济效益年均六千万元左右。

大西北的甘肃，仿佛质地温润的一柄玉如意。在伟大的中国共产党的引领下，在亿万人民的双手中，她褪去千年陈迹，闪烁新奇光泽。她又似华丽彩车，托载光明，盛装前行。她的组件之一——丝绸之路，曾经健步迈过霍去病、昭君公主、张骞等历史名人，他们为了求生存，保安宁，争和平，慷慨奋起，义无反顾。今天，无数志士仁人，为着复兴民族大业，实现中国梦，再度踏上丝绸之路，再创伟大业绩。

南振岐，正是这支团队中的带头人。他在"交响丝路，如意甘肃"的时代彩车上，有力挥动。他身后，鲜花似海，歌声如潮……

二〇二二年正月通渭平襄

爷爷和他的庄基

爷爷去世整二十年了。老人家压根儿不会想到，他走后二十年的某一天，他的不肖子孙竟然要把他的基业连根铲除，他曾经辛勤劳作之后喘息休憩的这方天地将要变换样貌。这是爷爷那辈人亲手创建的家业，陇右一带曾经赫赫有名的土堡团庄。我家的这处团庄，有高一丈开外、厚八尺左右的土墙，四丈八尺见方的庄院，是爷爷和大地边二太爷、南家二舅爷等几人肩扛手提椽筑石础夯打起来的，是他省吃俭用凭心血汗水挣来的最大家业。这团庄，高大厚实，巍然屹立，墙头上面又坐一人高的护墙，间隔开孔，盯梢院外。一旦风吹草动，闩紧大门，奔上墙头，严阵以待。那时节，土匪强盗大多手持大刀铁矛，很少土枪火铳，瞥见大门紧闭，上有石头瓦砾狠砸，他们只能空响几枪，悻悻离去。爷爷在这庄院里建家立业，传承香火。眼下，我们弟兄就这么狠心地推倒高大厚实的土墙，打算新起一排房子。挖掘机在毫不留情地啃噬坚硬的墙土，我的心和墙体一同震响颤动。爷爷属羊，今年该有一百零五岁。我的印象里，爷爷没有老态老相，总那么洒脱有神、麻利干练。他是地道庄农人，又是响当当泥水匠。见过爷爷割麦的情景，左手揽麦秆，右手挥镰刀，不听响动，只见麦秆紧拢，转瞬三把，立刻成箭（老家人的叫法，即捆）。脚下无零穗，身后无麦茬。那场景真叫人心服。但是，令人叫绝的其实是爷爷的泥水活儿手艺。那年月，大多庄农人盖不起土木房，只能打墼子箍窑洞，虽则简陋狭窄，但洞里总可遮风挡雨，安家栖身。干透墼子，窝好草泥，瞅好两个晴朗天，吆喝几个硬帮手，"墼子！""上来！""泥土！""接住！"在响亮清脆的呼叫应答中，窑洞墙体扎稳，弧形窑网初露。这时候，众目睽睽，屏息静气。只见爷爷一手贴泥巴，一手磕墼子，心手双畅，感觉随引，圆弧拱曲，恰到好处。（爷爷的意思，箍窑最讲究处在窑顶拱形是否布局合理，正如拱形大桥之桥拱是否科学）其实，这不过是庄间最费力的苦力活儿，爷爷却将它务作得有点儿艺术，怪不得爷爷轻嘘一气，围观者禁不住喝起彩来。还有，洞顶初成，就看上泥。窑顶在上，掌泥站下，手随神动，泥贴穹顶。窑网上泥，讲究力道与时机：力道太小或者时机欠妥帖不牢，力道过大或情急忙乱连片塌。均匀不均匀，光滑不光滑，一看架势便知高低优劣。卷一棒旱烟，攒一腔热气，时机成熟，泥逼挥舞，逼走粗糙，迫进柔顺，压上粘贴，推出牢靠。土块土墙，全靠泥帮。草泥，填充空缺，覆盖斑驳；更要紧处，却在它拉扯上下左右，网络四面八方，结实墙体穹顶，分明门洞窗口。上泥，仿佛一场决战；泥逼，正是手中战器。不论运筹还是决胜，主帅、士兵却是爷爷一人，是在木架之上，咫尺之间，挥汗如雨，神情专注。一孔窑，多则一天快就半日，箍好砌就，擦净泥逼、泥抹子，爷爷浑身上下泥点不粘、草屑不带。他是习惯了这么干练洁净，一顶蓝帽子，一件白衬衫，一双条绒鞋，整洁，简朴。

爷爷不光是箍窑能手，他也是码摞子高手。每年扁豆排行、豌豆拴笼、麦子靠箭，趁天热犁过头茬地，各家各户立马赶着担田拉捆起摞子。这节口，爷爷又成了最受关注的人。他高挽袖管，指挥若定，拉捆、垫心、转盘、起摞，麦捆有数，心中有底。急打粮食，作物分码，摞子简捷。若是缓碾冬场，秋田杂粮垫底，长秆小麦起身，十墒八亩收割，一总码成大摞。底围粗圆，中腰出檐，顶梢尖滑，一座大摞就是一方村落，可遮风雨，可挡沙尘。一茬摞子码过，爷爷那身洁白衬衫总是千疮百孔，浑身也是斑点疤痕，奇痒难忍。他不计较自身，却不放过一粒粮食。每当摞子码好，大场扫净，他总要趴在摞子四周，用手刨扫不易察觉的粮食颗粒。他说，粮粒一旦靠土，遇水就会出芽，那是浪费，太可惜了。遇着秋雨绵绵的季节，别人码的摞子常常是绿芽蹿头甚至水透半腰，爷爷起的摞子却总是干散依旧，浑然紧凑。爷爷有一副好体魄。他中等身材，端正健硕，乡亲们说的，齐烈、攒劲。我记事起，没听过他有一声叹息，没见过他有一丁点儿不舒服，他从没服过药片、药汤。那时我家老幼共有十三口人，分口粮时，我家盛得最多，父亲编织的胡麻毛长口袋，可装两百斤粮食。每当装满称好，要运回家，父亲、叔父和我，我们三人都吭哧费力，还是没法挪动。爷爷来了说："贼虫！放手！"边讥笑边问询，"一百八？有多重！"只见他腰身一拧，右臂一揽，一口袋粮食让他轻松利索夹持而去。有一回，生产队碾大场，几个年轻人要试探爷爷究竟有多大力气，费劲捆扎两捆麦草，怂恿爷爷，"大爷，您挑起这两捆，大伙给您端酒！"满场男女老幼齐声起哄，没人相信谁能挑动山包似的草捆。爷爷看看，伸手掂量，大声说："说话算数，找根长椽！"挑动这样两堆草捆，扁担太短太细；更吃劲处在上担起头，双手撑起一头，悬空移动，插挑另一头，下蹲，起担，一气呵成，两个小山包缓缓稳稳移动。众人怕有闪失，忙呼喊赶快停步。爷爷却是面不改色气不急促。有人扛来杆秤，几人抬动称量，了得！三百六十斤！爷爷不存力气，不隐手艺，也不大说教指点，他干活儿，你得专注、细心，自己揣摩，泥巴要裹紧少盛，地角要掏深贴实，码摞要心实圆泛，垫圈要收净杂草……他都是边干边示意，眼神、手势、动作，但你要领悟、掌握。

爷爷不识一字，不知《三国演义》《水浒传》，这也许是他在人前很少说话的原因吧。但他尊敬读书人，特别是老师，他见面总是恭敬问候礼让有加。每当我伺候他盛泥巴递木掀的时机，他总会叮嘱："贼虫！别看爷这手艺。多念书，受用。"那次，同村的同学都去学校报到，叔父说家里软食口（无劳动能力）多，不让去说："不念了，种地！"爷爷听后断喝一声："去！这家我做主！"伸手递来一张五元票子，我连蹦带跳飞快去学校。我的学业终得继续。爷爷生于民国，跑过土匪，卖身当过兵丁；新中国成立，爷爷有了厚重土墙围护的家庭。他和他的那辈联手，扎实种地，勤奋做工，看重诚信，守牢本分，坚守做人底线，忌惮"人骂"而循规蹈矩，为人做事有分寸。他又直露，一就是一，不捏小撮，不背后损人。有时又很严厉，父亲辈、我们姊妹，就是庄间人，对他也总有几分敬畏。爷爷从不相信有什么过不去的日子。干旱少雨粮食歉收的季节，返销粮接济不上，爷爷挑起担子上会宁，下秦安，用手头积攒的几个血汗钱换买粮食，一挑就是一百二三十斤，二三百里路程，两个晚上赶回，沿途还得躲避盘查、追寻。就凭爷爷一身孤胆满腔正气，我们全家总算没出外乞讨，我才得以中学毕业。爷爷一生就给我家留下这处庄院，这高大厚实的团庄基地。奶奶、姑姑、父亲母亲、叔父婶婶们在这里做饭煨炕，学手艺，做把杖，到街道东头大戏台上吼唱人生的酸甜苦辣与人性的真善美、假恶丑，学习做人道理，塑造完美人格。我们弟兄姊妹在这里和泥巴，烧锅灶，争抢酸杏，啃食猪骨头，看爷爷脸色，听奶奶唠叨，个个延伸奇异而美好的梦想。这后来，我们总是聚少离多，我偶尔回到老宅，除了和年迈母亲对视良久，听她述说庄间新鲜又老旧的话题外，就是默默无语打量爷爷亲手筑打起来的高大厚实的团庄。她已年久失修，不禁风剥雨蚀，护墙残破塌落，下面房顶瓦片淤积堵塞，雨水不畅，天长日久，渗透房顶，室内也就滴水渗漏，阴湿不干。母亲只瞅墙壁上悬挂的字画，示意那上面有道道水湿的印痕。还有，院落一年四季晒不到阳光，冷清。四弟决定旧房、墙体一并拆除，宽展些，阳光些。拆就拆吧，爷爷在跟前，他老人家肯定会同意的，就像我学拉二胡，他觉得新奇，便表示支持；我们弟兄姊妹穿上新衣服，他不言语，但满面笑容。我们学着过新一点儿的日子，住亮丽一些的房子，他老人家一定会高兴、开心。爷爷，您老人家看着吧，我们就要拆除您亲手筑打的土墙，起立一排鲜亮的房屋。我们就在您清晰的足迹之上，画线，奠基！

我 的 母 亲

　　拾起钢笔，铺开稿纸，可我不知道如何下笔、该写些什么！眼前是母亲的伛偻身影，脑海里是母亲的枯槁面容，我怎么书写我的母亲？我不敢回忆她老人家熬过的日子，不敢想她老人家为我煨炕烙馍做饭的样子。我欲哭无泪，欲诉无语！

　　母亲属虎，今年六十四岁，生了我们弟兄姊妹八胎。从我记事起母亲就成天忙里忙外，脚不停步手无闲置，起得早睡得迟，揽柴烧火，吆鸡喂猪，缝补浆洗，锄草拾柴，收割打碾，凡家乡女人干的活儿她都拼命去干。和其他女人一样，她时常饿着肚子去下地去开会去熬日子。

　　一九八二年正月初九，天空飘着冰冷雪粒。父亲拉扯母亲离开村头的大淖坝，我和二弟扔下拨动灰烬的火棍，"妈……"推搡母亲离开手刨脚蹬泪水泥渍浸泡的地埂。我的二妹患心脏病，无钱医治，眼巴巴瞅着她痛苦呻吟。我和二弟去十里外的碧玉镇打电话叫来救护车时，二妹早已撒手而去。我们弟兄姊妹中，二妹最为伶俐柔顺姣好可人。父亲母亲下地回来时，她总是变着法儿做好了饭菜，红薯片、苜蓿菜、萝卜丝，她总能做得香甜可口。可是，女儿就那么无力地唤着"妈——"慢慢合上眼。母亲怎么活哇？

　　为了让父亲母亲少些伤心，我主动提出相媳妇，用这所谓的喜事冲淡笼罩在家中的愁云。

　　我的妻早没了母亲，她含辛茹苦伺候父亲拉扯两个小弟弟。她和我二妹同岁。出于同情，我们相识相知，我把她当妹妹对待。

娶上儿媳妇后母亲少了忧愁多了欢喜，尤其孙子出生，更是让父亲母亲兴奋不已劲头十足。爱怜媳妇心疼孙儿，一家人欢声笑语温暖幸福。

盼儿女成家立业乃父母天性。二弟娶媳妇生子女，二老省吃俭用勤劳辛苦，父亲的背慢慢驼了，母亲鬓角的白发渐渐多了。三弟结婚时，家中还是三座旧瓦房，一副父亲的炉匠担。无奈，母亲还是和过去一样，领着媳妇儿女下地播种、上场打碾，用她那双粗糙而灵巧的手操持繁杂的家务，编织理想的生活。儿女们劳累了还可以抽空休息，可母亲的作息表上满是辛勤操劳，就连拔豆子簸粮食，母亲双膝跪地双手支撑或团坐院中时，孙儿们也总要趴在奶奶背上或偎在奶奶怀里。母亲就是这样，背着沉重，负着坚毅，抱着欢乐，揣着希冀。每当吃饭议事，母亲和父亲坐在炕上时，一家人总是那么融洽那么充实。

我的三个妹妹先后都远嫁河西。逢年过节，别人家的女儿回娘家探望父母兄弟时，母亲就偷偷抹泪。不见女儿前来，母亲把一腔思念眷恋心疼倾注在孙孙和媳妇身上。我的妻也乖巧柔顺，帮母亲梳头刮脚缝补浆洗。母亲一直把她当亲生女儿。

一九九五年八月十一日，父亲溘然长逝，母亲一下子变得苍老衰弱、凄凉孤独。四十年的恩爱生活里，父亲一年四季挑着一副炉匠担，用辛勤的钻锚钉焊补接艰难的日子，用瘦弱的双肩挑着深沉的疼爱相思。而母亲则用那缠了半缠的小脚跋涉的崎岖山路，硬是用辛劳勤俭照亮了我们读书、遐想、成长的道路。父亲走了，母亲形单影只，但她没有倒下去，她知道小小还没成家，她要帮儿媳烧火做饭，她要照料孙儿孙女，家中一应事务她要操持。

一九九九年四月二日，我正在上课，突然有人喊我，说家里电话唤你赶快回家。什么事这么紧急？我飞奔到家里，母亲急得半死，原来河西打来电话说二弟出了事，要我和叔父赶快过去。母亲哭诉：有什么事非要你和你叔同去？我和妻安慰母亲，远路上的话没处听，可能是活计上的事，您不要太心急。和叔父坐车上河西，我也思忖：二弟正月间随妻妹两口子及小舅子去河西打工，刚满一个月，有什么大不了的事要我和叔父前去？难道……我怀着忧愁恐惧到了张掖，一下客车，二弟的妻妹来了，她哭叫一声："大哥，我姐夫……""怎么啦？""他——没啦！"天哪！好端端一个身强力壮三十七八的人怎能说没就没。我不信，我要看我二弟，我要唤他回去！二弟呀，你怎能睡在这密闭的水泥屋子？你还脸有笑意，你怎能不言不语！妈妈盼你回家，儿女等你回去！不就欠了几千块的账吗，哥哥帮你还哪！亲戚们领你出来就为给你挣钱还债。二弟呀，你还要推车子贩鸡蛋，你还要供儿女去读书，妈妈疼你最孝顺，乡亲们爱你最忠实……怎么办呀？叫来酒泉的大妹夫料理后事，我首先想到的是怎样向母亲交代，她老人家禁不起打击！我们打电话，叫来姨姨、两位舅舅，让他们陪母亲好有个帮衬。母亲啊，您的儿子离开您时说笑健壮，可如今他……他成小小木匣子……我怎么向母亲说？怎么向侄儿侄女诉？大雨如注，天地抽泣。到了，车到家门，乡亲们扶我劝我做个硬汉子，不能在母亲跟前哭泣。我的小侄儿出来了，我心如刀绞，一声"孩子"我再也控制不住，放声痛哭。众人扶我到客房，母亲急晕过去。唤她醒过来，我跪在地上："妈，您认我这儿子，听我一句，我就起来；不然，我就跪着不起！""我的娃，我听！""妈，他……他患心脏病，没法治的病，怪他的命……"其实，二弟患什么病，谁都不清楚，跟前的人说凌晨一时左右他们只听见二弟打呼噜，摇他不醒唤他不应，喊来大夫一检查，说没希望了。他们又背到二三里外的医院，人家诊断，心脏停止跳动，抢救无效亡故。

二弟去了，弟媳倦怠灰心，种地开销一应担子全落在母亲肩上，母亲不能倒下。她知道她的孙儿孙女要吃饭穿衣要上学读书。我和妻及三弟四弟尽管帮补周济，家里地上的活儿抢着干，但母亲内心的创伤却不是一沓钱几身力气所能慰抚痊愈的。为儿媳鼓劲叫孙儿振作，母亲咬碎牙往肚里咽，悲伤难抑时到后院倚墙痛哭，狠拧一把又哄着儿媳烧火做饭。难熬的日子还得煎熬，难过的岁月还得过去。

人的一生中，有些灾难可以预防或者躲避，但有些灾难却压根儿不曾预料不能消除。但不管怎么艰难，望着母亲日见憔悴苍老的面颊上那紧咬嘴唇不容置疑的神情，跟着她那蹒跚却又从不停歇的脚步，我们一家人甩过叹息，拭去眼泪，种地的又去下地，读书的还去捧书。

二〇〇〇年正月初九（又是正月初九）二十二时，我和妻、妻的弟媳、侄儿好多人在村子戏场看戏，突然，妻呻吟一声，一头栽倒在地，再也没有醒来。那时候，我是懵懵懂懂的，一边伤心妻突然撒手而去，一边疑虑人活在世上究竟有什么意思。我已经不怎么悲哀痛苦，因为我打定了主意：陪妻去！妻不在这个世上，我是无法活下去的。我胸无点墨却忝列教师之列，十足的书呆子相。娇妻给我的是母亲和妻子双重的疼爱呵护。一十八年的恩爱夫妻，从入洞房到她离去的前一个晚上，我和妻从没枕过枕头相背而睡，她在我的胳膊上整整依偎了一十八年。我能时常精神振奋专注事业，人前骄傲人后满足，确切地说，是我有个温柔善良姣好美丽的妻子。岳父临终前把女儿托付给了我，把小儿子嘱托给我，我和妻还有善良的妻的婶婶姑姑们把小妻弟拉扯成人。而今，娇妻就那么走了，我是无意义无支柱无颜面活在人世。叫来妻的婶婶、姑姑、小妻妹、小妻弟，我装作开通地交代儿女上学等事宜，而后准备悄悄陪娇妻去。母亲来了，她老人家好几次被人救醒，她不能走路，可她挣扎着站在我面前。我心滴血，头似挨重锤。昏沉中，一个严厉的声音在谴责：你快去死吧！死是多么悲壮多么容易；可你想过没有，你死解脱，老母怎活？儿女怎过？她老人家心里刀绞得还轻吗？血流得还少吗？你刚四十出头，路子还长，孩子还小，日子还多……就在这种犹豫迷惘中我行尸走肉般游移着、徘徊着。

而我的母亲，她老人家几乎不哭不恸不伤不悲，连轻微的叹息都不发出。她不让我去厨房摸碗筷，不让我到檐下倒炉灰。看我趴在炕上写累了坐酸了，劝我出去走走。我必须用遣词造句、回忆写作来打发在家里的分分秒秒。每次周六回到家，院子、房屋干净整洁如故，母亲给我和孙儿孙女烙好了厚厚的馍，做好了我喜欢吃的浆水饭，煨热了炕。我就这么熬吧。只是一看见母亲和我女儿各拉着一条线衣袖子或线裤的时候，母亲轻轻抖动，我和女儿伤心哭泣。女儿小声说："奶奶，我的线衣烂了。"母亲抹着泪，女儿穿着针，祖孙二人低头细瞅缝补。那一针针一线线啊，哪里是在连缀线布，那是在穿刺母亲的心脏，是在牵拉我的肺腑！母亲从二十岁起就为我们弟兄姊妹起鸡叫睡半夜地缝补连缀，就为爷爷奶奶父亲叔父姑姑缉纳浆洗。母亲的青春、母亲的希冀在那不断地穿针引线凝眸聚神之中悄悄褪去渐渐消逝。而今，花甲已过的母亲，还要为儿子为孙孙持家操劳挖锅抹灶。母亲早已哭坏了双眼，行动不便。即使母亲心明眼亮，母亲啊，难道您老人家能永远为儿女缝补永远操劳！母亲不能倒下，我也不能去死！

我的庄园离侄儿家的院落足足一里地。母亲每天往返在这时而平坦宽阔，时而陡峭而狭窄的黄土路上，凌晨起来去她从没离开过的土屋土炕，抚摸她熟悉的炉匠担、小泥缸，呼唤酣睡的孙儿孙女起来穿衣服背书包。添上草料洗罢锅碗，母亲又踽踽独步移到村北头我的院里。温柔孝顺的媳妇走了，这大门不能紧锁，我的孩子回来要吃饭要睡觉……瞅一阵镜框里紧依着的儿子、媳妇、孙儿、孙女，拧一阵心肺，抹一把老泪，面要发，炕要煨，日子要过！母亲颤巍巍地摸进摸出……回家时伤心，返校时更痛心。阴雨暂歇离家门，初闻叹息继泣声。最是伤心再回首，涕零老母劝孙孙。我前面走，怕母亲看见我泪流满面；母亲在后面送，强忍悲痛看我们离去。可孙儿孙女呼唤妈妈，揪心的哭声如同利刃扎在我身上，疼在母亲心里。母亲拖着孙儿哄着孙女。大门到车站的路啊不足百米，可它上面洒下的泪水融进的伤痛怎能用尺度量用数计算！

大年除夕，爆竹声四起。我的孩子们穿起孝褂，要为妈妈祭祀要为叔叔奠祭，"我的孩子……"母亲痛叫一声，昏死过去。三个孙儿没有爸爸，两个孙儿没有妈妈，五年内先后失去丈夫、儿子、儿媳三个亲人，天底下哪有如此苦命的母亲！可是，母亲还是没有倒下去，她如荷载千斤的梁柱，奋力承载着不知有多沉重的屋宇！尽管这根梁柱早已虫蛀空空不堪重负。

我是长子，可我没能持家主事而让父亲母亲稍有轻松微有福气；我是长兄，可我不能让弟妹们业有所成、家庭富裕；我是丈夫，可我不能呵护娇妻让她孝顺公婆心疼儿女；我是父亲，可我没有让我的儿女们脸少忧愁、心无惊悸。我忝列知识分子之列二十几载，空有抱负却一事无成，我本该早去陪我的娇妻。可我不能去，母亲还在盼我回到她身边，还在希冀孙儿们长大成人。母亲啊，为了您，为了您遭受的痛苦，为了您熬过的苦难日子，我得活下去！

二〇〇一年二月二十日

又记：二〇〇〇年正月，爱妻病逝。残喘之余，我以回忆涂写延续时日。今翻阅旧稿，以上文字不忍丢弃，故缀之。

闲不住一双粗手，停不下一双大脚

——记八十二岁的老队长

老队长属马，今年八十二岁。去年跌了一跤，摔裂了胯骨，经过半年疗养，终于能拄着双拐，双腿慢慢挪动。一旦敢挪动，这老头儿就窝不住，起初在院子里闲逛，逐渐移到门口，后来索性挪到街道，惊得邻里村人大呼小叫：老队长，咋能这么折腾！屁股还没压正！嘿，他这屁股，压根儿就没压定过；这身子骨儿，大半生就没散架过。他太想去不远处那地块上看看，去几个小山包转转。他一刻离不开土地，闲不住一双粗手，停不下一双大脚。还是在二十岁出头儿那会儿，他就被选拔为队长。大家看好他的直爽、公正、卖力、精明，跟着他，思谋着好吃饱肚子。他呢，积极配合上级，带头参加运动，但更注重田间地头，记挂牲畜粮食。大队、公社召集群众大会，他瞒报人数，总偷偷留下一部分把式能手在地块扶犁撒籽，到槽头圈舍撒料喂草。他总觉得庄农人还是要缠紧庄农，侍弄土地的不敢糊弄土地，吃饭的还是要填饱肚子。他瞅准农田基本建设这条路子，建立常年农田基建队，以回乡种地的初中、高中学生为主，搭配几个谋划能手，丈量坡度，取方垫土，起埂平整，一年四季鏖战不息，硬生生修造出平整宽阔的梯田，老虎山、炸山墩、大山顶、老坟滩，几处山梁坡地都被修建成了层层叠叠的水平田。公社农机手最爱来雷家岵岘犁地碾场："人家那梯田、大场，犁地能甩展，碾场能抢圆。人家那队长——大气！"那梯田呢，可不光是一时的运动招牌，那是实实在在的根基本钱，雨水土肥能存蓄，车辆人马好行驶，粮食菜蔬有高产，那是几千年来的大改变。看着犁沟均匀延伸，任由齐刷刷麦芒蹭痒胸脯，老农们咧嘴一乐："多娃，还真没看错你!"

多娃队长就那一颗心，一根筋，全都扑在土地上搏动，拧到人心里执着。每天凌晨，大多数人还在梦中呓语，他已经在舌簧喇叭里喊叫催促："第一组的往辽洼担粪，第二组的到吊湾锄田，第三组的去青土沟淘泉……"口粮一样分，洋芋都带皮咽，可就他有那么大力气，返销粮分配、田地上耕种、驻队干部应付、孩子们上学读书甚至女人生孩子坐月子，大小事务他都主持关顾。他没机会念书，但他却识文断字。开会学习，他流畅诵读报纸文章、毛主席著作选读；张口讲话，条理清晰，生动有趣，没一点儿官架子，却能吸引人。多娃队长也好吼乱弹，唱大戏。待到古装戏停演，锣鼓声稀疏的年间，冬季农闲，村人大多无所寄托，耍钱掷色子的勾当悄然出现，慢慢地，攒堆结伙，通宵达旦，不光玩钱，更是玩淡了情谊，助长了歪风。队长出马了，他约上几个得力助手，先后堵住几处房门，呵斥一帮子脸红耳赤的年轻人："走，扫雪去!"扫除戏场的厚雪后，队长分配任务以充实农闲生活：几位民办老师负责安排角色，排练样板戏，正月初八登台演出! 他开导众人，人总得有点儿担负，有点儿追求，祖宗留下的那些好东西，难道就在咱们手中丢失? 老戏不能唱，咱就演新戏。一听说排练演戏，全庄子人快乐起来，不见了吵嘴干架，没有了低迷颓废，组乐队的，做道具的，走身段的，学唱腔的，一下子，这气氛活跃了，话语温顺了，日子充实了。多娃队长他明白，人活着，不光是为着穿好衣服填饱肚子。过了好几年，大家终于过上了好日子，多娃队长也有些历练，人们开始唤他 "老队长"，老练，老到，老成。可他在家里，还像个大孩子，老母亲依然不住地唤他吃饭喝茶，催他洗脸换衣裳。他呢，每天的罐罐茶先伺候母亲喝，湿润的毛巾总给母亲拭，好吃的总让母亲先尝。言传身教，身体力行，他的老婆、儿子、儿媳妇，以至后来孙子、孙子媳妇都是孝顺有道，长幼有序，一家人和乐融融、礼貌文明。让一村人平和安稳，教全家人正直做人，老队长和他的伙伴们勤劳奋斗大半生，即使卸任职务，村人也并没让他赋闲在家，他毫无争议地成为村上的 "大汉"，就是人们绝对尊崇的头儿，红白事务争讼纠纷，老队长出面料理调停，保证熨帖稳妥和乐无事。那是口碑、威信，是难以替代的。他也发火，而且火气蛮大：那次有位老人过世，邻里亲朋吊唁烧纸，老人儿子的单位同事答礼上情，情钱收了不少。主管交割，司机点数，三脸六目，众目睽睽，账目清楚。可这个儿子还是不放心，竟又亲自点数。一下子，老队长怒目圆睁，大声叱骂："恶心！"甩袖离去。

当然，老队长也重视钱财。耕地亩数有限，粮食油籽舍不得变卖现钱，他和家人商议，扩建场地，安装面粉饲料加工器械，磨面、粉碎秸秆，方便四邻乡亲，又增加收入。他叮咛儿子儿媳妇：进口下肚的东西，不能有丁点儿糊弄。谁家要磨面粉、饲料，电话招呼，他儿子开上三轮车接来，加工磨粉满意后开车送去。十里八乡，络绎不绝；热情周到，保优保量。近几年来，老队长更关注人情世故、风化教养。他说传唱了五六十年的戏台有点儿破旧窄小，便自告奋勇带头监督修葺增补，"戏还是要唱，社火还得去耍，人总得有点儿精神"，他老是这么说。车路边上的小学关门，他心急如焚，那是他带领全村人手捧泥巴怀抱土块日夜紧赶修建起来的，当时邻近七八个村落的孩子们都前来上学念书。他不苟言笑，但经过校园，闻听琅琅书声、稚嫩歌声，他的脸上总有开心的笑容。眼见办学无望，他提议，能不能让这校门重新开启，"可不能关闭这门啊，这是文化门、教育门，汇聚精神信念门！"大伙惊叹老队长的见解，异口同声称赞把关停的校园开办成文化园。捐资修补，搜集图书，捐献书画，物色设施，村和镇政府派人指导辅助，县文体局赠送活动器械，大前年端午节，刘家埝文化园挂牌开园，县曲艺社、近邻七八家舞蹈队吹拉弹唱载歌载舞，刘小农等中国书法家协会会员泼墨挥毫，献才献艺。这块黄土地上，华双公路的这段直线上，曾有彭德怀率领野战军路过时的人心振奋群情激昂；多少年后，恐怕这次鼓捣也算得上是鼓舞人心激励精神的又一次大显露。揭牌仪式上，老队长他竟热泪盈眶，唏嘘不已，他断断续续说道："这个大门，应该永远敞开，这是文化知识大门，在我眼前，应该永远敞开……"从这一天开始，这方天地又变得神圣起来，古稀老人有溜达说笑的去处，小伙子们有交流开心的场所，媳妇婆娘有翩翩起舞的舞台，少年学子有引吭高歌的专属地。眼下，老队长行走不便，儿子儿媳明白他的心意，罐罐茶喝罢，拐棍一扔，"别急，车上得放垫子！"架子车伺候。老队长抿嘴一笑，车轮飞快向文化园奔去。老队长真是急人急性子，他觉得还有好多事要办理，他浑然不觉他年已八十有二。

史话刘家埂人：山梁开深豁，峅岘刘家埂

刘家埂，就因为出生在这里吧，对这个并不起眼的小山村，我总有一种难以割舍的情愫；对这片小院落出出进进的身影，我有植入肺腑的牵挂惦记。听爷爷们说，刘家埂老名叫刘家窑，民国年间开通华双公路（陕西双十铺到通渭华家岭），村子西北山梁挖开深豁，因此又叫豁岘（或峅岘）上。大概因为名称欠雅吧，后来索姓就叫刘家埂，"埂"字形象，我们的村庄就散落在三里左右的狭长梁埂上。八十多户人家，有雷、李、南、刘、陈、王、谢、贾、党、岳十姓。先前，这里只有三两户穷苦农家，种点儿山坡地，挑些泉眼水。华双公路开通后，过往客商游走活动，贸易交流活泛畅通，附近心眼儿活脑瓜儿灵的庄稼人划算开来汇聚起来，箍窑洞，扎窝棚，烧一锅滚水，下几把手擀面，客商吸溜精细的，自家吞咽粗糙的。攒得一些本钱，防避土匪兵燹抢劫，你帮他扶，先后筑打起十几处团庄，上场子大抓娃开始收驻骆驼盐贩而挣点儿零碎银两，其他高大厚实院墙里大多擀长面打锅盔。客商吃饱喝足放些纸币，主家积攒粗面麸皮，抽空再种些五谷杂粮，日子也就凑合着过了下来。由于商贸原因吧，刘家埂人活络、灵光，大多数人有点儿手艺，补锅镉碗的、拔牙看相的、开锅手抓的、箍窑起墙的、修鞋钉掌的……都是些实实在在的生计行当。最叫响的则是干面锅盔手擀面、陈家老大羊肉馆。那干面锅盔，名闻遐迩，吃香八方。上好白面发酵合适，适量兑入细面，反复揉搓，几次添兑，全凭感觉，恰到好处（鸡蛋、蜂蜜、清油，那是后来渐渐兑进去的，客商大多不用）。此时鏊锅热烈伺候，两寸厚的面饼浑然贴锅。盖上草锅盖，温火小心烤，掌握火候，待机翻转。时辰一到，立马

出锅。锅盔者，烤制于锅而硬挺似盔甲，刀割齐整，断面利落，一碗手擀面，一块干锅盔，上路口不渴，行走尿不憋。当然，啃动锅盔，得有好牙板，所谓"有牙板时没锅盔，有锅盔时没牙板"，就此而来，是说机缘往往难巧合，事态常常不遂愿。而陈大馆手抓羊肉，更是一绝。数九寒天，从上大路下来，打吊湾梁过来，老远就被一股香气惹得口舌生津涎水直咽。闻是便宜，品是享受，豁出本钱，捧起大碗，瞅那翻滚鲜白汤汁，看那手抓颤抖嫩肉，再听陈大馆狠吸缭绕翻卷香气，你会一急一颤，一股馋气直蹿顶门。老实说，陈大馆的手抓品尝之后，几十年来再没闻过那种入心入肺的香味，也并不是那时食品单一，温饱寒碜。只因那是纯正羊肉，干净作料，纯粹手艺。

刘家埝人注重光阴日子，更看重情谊人气。姓氏杂，但人心齐，不捏撮，不搞派性。再困顿，也没人呻唤妥协。一家有粮，家家冒烟；一人有难，个个担当。就说那简易戏台吧，自打砌石搭棚之日起，那上面从没冷清过，逢年过节，四个昼夜大戏就没停演过。生旦净末丑是庄间把式演，工农兵学商是村里人唱，就图个欢乐、争气，明辨些道理。椽子烂了，自家屋后砍伐；场地小了，众人凑钱扩充。凭着吼乱弹、撩袍袖、吹胡子瞪眼、拨三弦、拉胡琴，刘家埝人生生唱红火了日子，聚集起来人气，老队长一声吆喝"干"几个山头全修成了平整的水平田，块块梯田都整翻成稳产高产的肥沃地。改革开放伊始，刘家埝人一下子活通起来，人多地少，花销增加，不能单靠地上收入。跑啥生意呢？就近，本钱小，赚钱快，大家看好贩运鸡蛋买卖。于是，男女老幼收集，青年壮汉装箱，顺路货车捎带，整车运往省城。用的是集装箱，走的是丝绸古道，供销的是城市居民，兑换的是毅力勇气，收获的是汗水利益。那可是一道奇异闪亮的风景，晨风轻拂时，一辆辆自行车迤逦上路，车上喜笑颜开的青年男女，后座紧挎盛草背斗。上大寺山顶，下老虎湾坡，奔王家铺梁，敞口大张的竹编背筐，俨然去盛丰盈的收获、崭新的票子。晌午返回，不见人影，却见车轮背筐缓缓移动，陡峭盘曲马路上洒下滴滴汗水，毒毒日头下喷吐着滚烫的气息。破损鸡蛋倒胃，推搡车子吃力，贩运鸡蛋还不过瘾，干脆倒腾粮食，四轮拖拉机、六轮大卡车，收购、装车、起运。生意做大了，口袋鼓囊了，还是扩建舞台，整修校园，让乡亲们有好戏看，叫孩子们有宽敞明亮的教室念书。能腾出手来，门上翻盖自家房子，吃穿住行都得讲究一点儿。排场没啥比头，还是检点学子人才。谁家娃子能念书，谁家学生最优秀，这才是刘家埝人谈论的话题。有人推车四十里，跑县一中给儿子送吃喝；有娃月亮地里背书，他爷爷偷偷躲一旁陪伴。寒去暑来，高考结束，有人欣喜，有人叹息，但谁家孩子考上大学，大家总要前去庆贺，出手资助。自从恢复高考以来，刘家埝孩子考上西安交大、四川大学、兰州大学、中国科技大学等名牌大学的大有人在，其中李晓舟同学更是鹤立鸡群独领风骚，他现在已是中科大学者，副研究员。而从这个村落起步打拼，从政公干的，比如省交警总队政委、市文化局局长、中小学教师等，他们总是情系家乡回报桑梓，或联系修路扩道，或捐赠图书字画，或吟诗作文歌赞，心心念念家乡建设，记挂父老乡亲生活。

刘家埝人是因赶潮流跟时代而聚集团拢讨生活的，他们从没放慢追时尚求进取的脚步，从老棒爸、老电爷们的群贩骡马，到昼夜忙老人的起步"投机倒蛋"（时人故将"投机倒把"改称此说），再到拴娃、长娃们的自行车队收贩活鸡鲜蛋，以至后来李大牛的城中画廊、李明俊的通广药材，等等。他们都在时代的大潮中挖掘出金灿灿的黄金，都打拼成时代的弄潮儿，乡村城镇一身挑，种地做工两不误，农忙季节下地种田，树荫下凉快，麦场上谝闲；寒冬腊月进城上楼，赏奇花异草，看刺激大片。刘家埝人也看重传统，热络乡情。村东头小学撤并了，但不能关门，老队长提议，大伙儿称赞，七手八脚改建成文化园地，老人们牵手话旧，年轻人挥拍打球，妇女们翩翩起舞，那个乐呵时髦架势，绝不逊色于城镇市区。当下好多农村空巢，人去室空，但刘家埝文化园，从早到晚笑语喧哗，歌声嘹亮。四邻三村乡亲或移步前来推棋牌，或驻足广场赏舞步，刘家埝总是让乡亲们轻松欢乐的好去处。刘家埝人更向往回归、团聚。他们总想着，这块狭长地带是他们的出生地、根基，那一草一木一田一土烙刻着他们的手印、足迹。逢年过节祭祀拜祖，他们或自驾机车千里风尘携儿带女，或乘高铁一路相思噙泪念叨，那一方土墩有我刻剜的大字，这一眼泉水常洇湿我的水桶。捧一抔黄土，上几番香火，爷爷奶奶、大大妈妈，孙儿孙女看望你们来了，儿子女儿给你们敬献盘费……抹几把热泪，念几声保佑，三年五载又相逢，绕膝孙孙初长成，那时争抢枝头杏，而今还涩假牙根？儿时玩伴，在唏嘘叹息中再次仔细打量；少年初恋，在抿嘴憨笑中嗔怪傻愣。又到端午节了，刘家埂人那个齐心劲热火情，别提有多感人动人。舞台是新砌成的，广场舞是早演练好的，音响道具是挺时髦的。安排人手、布置场地、迎接嘉宾、照顾老人，样样周到，诸事熨帖。舞台东边早早安好新式锅灶，黄河埠头的建林大厨师亲自把控，黄瓜拌蒜泥、青椒炒肉丝，简单几个小菜，就等牛肉大碗出锅。这个当口，只见人流涌动，摩肩接踵，探视，嗅闻，不馋牛大碗，只想品手艺。南天把、李药总一声令下："开锅！人人有份儿，舍饭管够！"于是，次第就座，有序开吃。一青二白三红四绿五黄鲜味夺人牛大碗，先敬尊长，双手端捧。老人们不只是吸溜新鲜气味，品尝精当手艺，更是享受尊崇孝道优良习俗。品罢大锅饭，专心看演出。县城曲艺社，秦腔、小曲，本庄邻村舞蹈、歌曲，还有，爷爷孙女的器乐合奏、中国书法家协会会员的激情挥毫……真是的，刘家埂人让生活紧裹文化品位，让光阴紧贴时代步履。刘家埂人，真有你的！

素描许家堡

许家堡街坊的黎明，罐罐茶的清香在缕缕晨风中飘逸。丁字形的宽阔街道，清街工人围拢最后一圈尘渍后，身影消失在远处街灯的光晕之中。街道南端，张大伯早已收拾茶具，在院子里大声咳嗽，高分贝的余音越过院墙，惊醒隔壁校院楼宇，霎时，高低错落的华灯次第亮起，紧接着，楼梯口、操场上响起实沉敏捷的脚步声。转瞬，从十字路口正阳门下，到街道西端桥头路口，有力的、矫健的、稳重的、快速的，大小齐整步履迈动起来，于是，整个许家堡流动开来，运转起来。桥头南边崖畔上，"哇呀呀呀——""吁——"吊嗓子练功的戏音领起，丰富多彩的小镇合奏真正开始。街道两旁，卷闸门、木扇门，刺啦，咣当，开启希冀，迎接清新。轻掸门帘，揩拭窗户，笑看如川流动莘莘学子，"钢笔？墨水？""方便面？那有，熟食！"铺面是整洁干净的，手脚是轻快麻利的，店主心

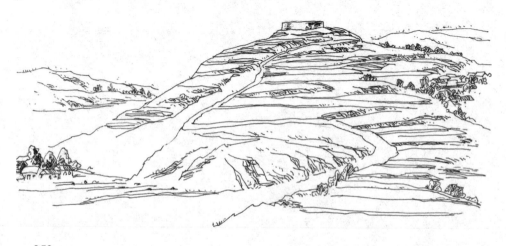

存好意，示意前去。靠近中学大门，几家熟食店热气蒸腾，呼应响亮。白花花馒头，香喷喷花卷，黑米粥翻滚，奶汁汤鲜亮，香气直裹进上课铃声的清脆音频之中。街道西端，《让我们荡起双桨》《祖国的花朵》，优美清纯的歌声，清新滋润的氛围，颠儿颠儿跳跃的红领巾，撩拨得堡头前游走的身影凝视、深呼吸、遐思。你看！淡蓝色的晨霭从东坡山缓缓游弋，轻拂树梢屋顶，携带笑语歌声，在南川那坡回旋、散逸。"啊！紫气东来。"真的，许家堡的早晨，东来紫气，西荡歌声，南飘祥云，北亮倩影。

清晨的忙碌过后，许家堡人拿捏稳节奏，踏稳当脚步，开始最本真的活计。任师傅好多年不踩油门了，还是脚踏土地实在。挑一副粪担，叼一棒烟卷，他从中学大门前边巷道拐出。隔壁姚师傅推着架子车，戏谑道："年轻人，慢着。"回答："小伙子，急啥。"两个七十大几的伙伴，边走边聊："啊达？种啥？""胡麻。"脚步已过正阳门，余音还绕老梧桐。学子住宿，客商过往，粪尿积攒，非挑不可。年轻人大多出外发财，老农人总想安分守己，粪水挑山坡，遍施肥土层，粮食饱满，菜蔬壮实，贩卖踏实，自用放心。"金要紧，银要紧，缺少粮食才要命。"这些老农，他们看重粮食，麦子、豆子、糜子、谷子，拴实草篱，装满口袋，他们踏实、放心。他们宁肯苦趴累死，也不答应土地撂荒。和两位老者相同，许家堡人要么在上午，要么到黄昏，大多是老夫老妻，挑担子，担粪桶，剔除的污秽，洒下的汗水，换来的清新，收获的精品。他们从不乱倒滥倾，山坡地是唯一的化粪池。他们老早从心底懂得清洁卫生。当然，许家堡人也谙熟商道，注重生意。不多几户人家，他们凭借天时、地利，临街装改铺面，经营日用百货，搭些辛苦，赚点儿差价，既侍奉双亲，又博得人和，更能抽空侍弄土地。

中学门口几间张姓铺面，主营学生用品，货杂物俊，热情周到。转角郎郎门面，烟酒茶叶，新鲜正品，交易公平，人气旺盛。对面老陕，八面玲珑，针织烟酒，糖茶点心。街北元顺商店，财大气粗，农事为重，捎带百货，兼营家电，收购赊销，紧奉农耕。还有大喜农机配件及修理，北揽丁店杨川，南迎司川上店，焊铆钻钉，拆换修补。对面元国油坊，炒榨分流，操作娴熟，油质上等，味道纯正，香飘秦州，品驻金城。许家堡人认个死理，都是进口入肚之物，上身裹体之用，来不得半点儿掺杂，决不可一丝糊弄。做人还得讲良心，买卖总要看长远。

中午时分，人流如潮，喧哗似钟。中学大门涌动主流，转瞬分散，如细流，似溪水，各溯源头，回归基地。这时候，缕缕青烟缭绕，阵阵香气扑鼻。炝浆水，炸洋芋，机器面，煤油炉，两碗面下肚，困倦来袭。户主心疼，提醒学娃子休息，时间宝贵，不再背诵书写，休得争论辩解。偌大镇子，百十户人家，顷刻间安静下来，唯闻均匀鼻息，不听大声说笑。偶尔有馋嘴子吸根冰棍或者嚼根辣条，店主示意脚步要轻涎水要收。许家堡人有好习俗。下午燥热，稍事开心。不打麻将，不推牌九，一两副象棋，捉对厮杀，观者却是心平气和，宁神关注。即使斗智斗勇，不缺礼貌文明。热闹处还要去几个闲话摊点，听几位老支书话今昔，比发展，说希望。文贤探讨书法，王羲之、欧阳询、赵孟頫、于右任，一口气几个朝代数家名人，回答自己所练何体，笑说孙子笔墨纸砚管够，自己只是打发光阴。振祥指点东山北丘，那些杨柳刺槐梯田农路，各组承包各队开工，现时有气候有风景，还是要吃苦要干劲。效贤慢条斯理对比剥茧抽丝分析：东坡那公路垫高才对，西头大桥不能直盯街头，安全得考虑，风水要照顾，曲折有致，婉转宜人么——间有文辞，不吐不快。有堂是个急性子，那年计划生育，不扎不行，得完成任务，一旦跑掉，你也干着急，哈哈，干部难当。挥手，走人。现任支书名唤全胜，精明干练，雷厉风行，加油站、养殖场、修建队，紧跟时代，农商兼顾，少说多干，脚步匆匆。通渭是书画之乡，鸡川是文化之镇，许家堡是文化之村。别说鸡川中学闻名遐迩，莘莘学子好学上进之风感染这方土地，就那牛家坡丁家店，自古就是读书进士之地，文风书气熏陶着这个依山傍水的小村镇，农耕务本的庄稼人，耳濡目染，循序渐进，他们也看重读书公务，建功立业。考大学，钻研学问，著书立说，上可报效国家，下可光宗耀祖。他们认定传统，躬身全力践行。

福庆西，老字号，世代不乏读书人，小子考取哈工大，他们还嫌没考好，沉稳的在省城杏坛，敏捷的到西双版纳，老堂主品味兰州百合，轻呷普洱香茶，但还是目不移字画，手不释书卷，"喔书要念哩，书中自有黄金屋……""有啥不如一碗饭好！"夫人端来苦荞面棒棒，茄子拌蒜泥、香椿蘸豆汁、椒芽调香菜、青椒炒肉丝，几碟小菜，两碗杂粮面，正是稀缺食物。他们这班人敲不上了吼不动了，时不时驻足镇上书画院，那书法绘画多有根基，悟性不凡。但他们暗自对比自家收藏精品，左宗棠、安维峻、牛树梅、于右任、牛士颖、牛炼吾等，总觉得时下这些笔墨功夫欠佳，学问欠深。想想，药铺家、新铺子，这些当年名门世家，谁家没几幅值钱物什看家宝贝。不管充公上缴或者没收散落，那线装锦带的、丝绸装裱的、歌功颂德的、谆谆教诲的，都是记载史实、教导做人的画面和文章。那有瞅头，耐看，舒服，那是正人君子，是处世规矩。子嗣后辈或行走省城官署，或立马边关塞外，他们牢记长辈叮嘱教诲，领悟先祖遗嘱明训，正直做人，勤奋干事，报效国家，敦睦亲邻。文化的根脉深深种植在这块悠久而新鲜、传统又发展的黄土地上。他们就当自己是文化人，他们时刻拿文化正己，也去律人。也有所谓洞察世事人情练达之人，坐守铺面枯燥，兑换找零麻烦，那时念书少，如今识字迟，干脆，蝇头小利不赚，蝇头小楷执正，抄写地理风水，博得内心宁静。喜欢交结语文老师，盘诘生僻聱牙怪字。眼麻手酸，腿脚僵硬，"来，打一盅！"见有熟人进门，小酒两盅，咧嘴一笑，山南海北，人文地理，高谈阔论，"谁家？几代人风流过分，惹是生非？那是，交上桃花运，祖茔出问题。当然，家风要紧，感染不轻。"云云，左手掐指，右指盘算。"准吗？张大仙！"围坐者边吸溜酒盅，边点头肯定。许家堡人崇尚自然，追求内心宁静。一年一度的大戏要唱，财神、祖先要敬。农历二月二十八开台，起码正规剧团演出。本地秦腔爱好者，或聆听板胡二胡韵味，或紧盯鼙鼓铙钹敲击，或模仿撩袍甩袖，或龇牙校正口形。最有演生角扮青衣的几位专心致志，捧手机，录清音，而后边放边学，不达真传决不罢休。你还别说，一帮子爱好者勤学苦练，再有县城里老乡指点，许家堡自乐班演唱得有板有眼、中规中矩。大戏观看，心事掰开，谁家小子买的新车，哪户今年要起二层，咱只能干着急，百十斤担子挑不动……口头谦逊，内心不服。而当围坐文化站小舞台，看三长小牛敲锣击鼓，听选弟军娃吼唱，则是叫好戏说，指点不遗。演唱者过瘾，观看者开心。心平气和，心静如水，许家堡人颐养天年，心宽体胖。全村百十户人家，九十岁高龄四位，八十岁以上老人二十五六人，他们大都能下地锄草，回家扫除。有女人痛经瘀结或是胎气初动，八十高龄淑芳老大夫依旧躬身诊断，谨慎望闻。来她这里放心，踏实。县剧团退休，本该含饴弄孙，守财老叔还是声如洪钟，目如朗星，半生吼大净，一身铮铮骨。他们生活有趣，精神矍铄，他们赶上了好时代，品味着好日子。转眼黄昏已到，不急，不去河沟挑水，不到大场揽柴，自来水，煤气盘，听说，不久将通天然气，还有，眼前穿过高速公路，几处沟壑将要填平，到那时……看那许家堡小学红领巾奔跑，听那鸡川中学歌声嘹亮，许家堡人总觉得自己还那么年轻、攒劲。回家不回家，到处是温馨舒适，权且再驻足一会儿。许家堡，打量不够，领略不足。

二○二二年五月于平襄

雨露滋润陇原大地

喜欢陇西师范，是从认识这里的老师们开始的。刚进校门，几棵老柳，几排平房，上下顿水煮洋芋菜，让人落寞失望。一天，我竟去找班主任，诉说胃不好，饭菜不习惯，能不能……"能啥个能？这么多人吃喝，就你不习惯？毛病！"班主任拦过话题，温言细语："好了好了。同学，先别急，学校正在想办法改善伙食，先凑合几顿吧！他……"他就是班主任胡老师的丈夫，教导主任黄海清。下课路过，总见他双手端着三角板、圆规等教具，比善男信女们手捧香火可要小心多了。听学长们说，黄主任严厉、严谨。但学生们喜欢，他课讲得棒。过了几周，一个晚上，我们几个爱好拉胡琴吼乱弹的乘兴骚轻起来，正在吼唱，"干啥？还不睡着！"一声断喝，唬得一房舍鸦雀无声。黄主任！他训斥说，熄灯铃早响过了，别的同学都要休息，你们不困？他一走，稍停，我们又吼起来。不料，他竟折返进来，一顿狠训，直到我们四散逃开，他才慢慢离去。这黄主任还真是严厉。而他的夫人，我们的班主任胡承融老师，则是和蔼可亲、温言细语，普通话里略带些老陕音，讲汉语语法，清晰、干练，吐词用语就如她的衣着打扮，简洁、精当、明白。带领同学们劳动，天热时赤脚，甚至挽起裤管，戏说和黄主任恋爱经过："一同坐火车，他问去哪里？"答曰："陇西师范。""你呢？""也是。"仔细一瞅，脸红，好感，遂生情愫。都是师大毕业，一个甘肃临洮，一个老陕西安，命运排定，天意如此。也合她的性格，憨直、果敢、热烈、真诚。就那一嗓子铿锵清晰分明地分析讲解，你不得不服。她又如慈祥母亲，嘘寒问暖，关怀备至。一位姓史的同学才十五六岁，进校门三天，就想他奶奶想得哭鼻子。胡老师示意同学们不能嘲笑，她拉着小同学去她宿舍，不知怎么哄劝心疼，史同学终得静下心来安然学习。要说不修边幅浪漫不羁的老师，还真有，你看，那位，叫李吉友的老师，上着棉袄身，一条细绳拦腰系住。双眼突出，鼻架眼镜，头发凌乱，一脸憨态。那走势和步伐，狠劲，用力，大步迈着，毫不迟疑，总像赶超似的。故而，有人暗地揶揄李老师：天下大乱的头发，恨天怨地的走势，丈量土地的步伐。他主讲文学，幽默、风趣、生动，轮到他的课，铃声未响，同学们老早在教室专心守候，内心涌起激动或忍俊不禁的情绪。李老师还喜欢秦腔，一有机会，他不是敲鼙鼓就是吼乱弹。平时说话，一口甘谷武山腔。就他毫无顾忌，独身常去校长小灶品尝美食。据说，他家境异常窘迫。

陈晋老师给我们讲古文。他不苟言笑，衣着整洁。讲解精准、仔细，旁征博引，娓娓道来。听者如品佳酿，香醇浸润，渐臻佳境。先秦诸子、汉文唐诗、宋词元曲，随手拈来，如数家珍，深入浅出，见解独到。如果说，胡承融老师讲课如青年诗人热情洋溢激情澎湃，李吉友老师演讲似大师登台淋漓尽致惟妙惟肖，那么，陈晋老师讲授则如春风沐浴细雨润湿，不知不觉之中新芽萌发，绿意盎然。陈老师的写作课教法独特，全省闻名。而我们班的写作一直是胡老师辅导。我能坚持笔耕不辍乐此不疲，却是深受胡老师的教诲指点、鼓励引领。数学老师呢，侯海清、鲁正葆，陇右地带赫赫有名。只听过侯老师公开讲授两节微积分，平时他只是坐镇数学教研室，安排调整，解答疑难。常见几位女老师陪他去街道，挑拣果品，物色衣料。他走中间，慈眉善目；周围弟子，毕恭毕敬。那种情态氛围，让人内心舒服。鲁老师正当中年，稳重、雍容，俨然学者风度。她上课总是左手课本，右手粉笔，要画圆，右腕随带一抡；其他形体，也是感觉引领，粉笔随形，名称亮出，图形立成。虽是数学，却让你六根清净，自重自尊。课如其人，大气、完美。听说，她是河州王鲁大昌的嫡系，因此，鲁老师颇有些坎坷经历。音乐课曾有两位老师传授，一位娃曹，矮胖，方脸，男中音，很像歌唱家杨洪基，没教几节课，换成一位姓吴的老师，就是吴梦嘉老师，大名鼎鼎，贺绿汀的高足。他上课先传授音乐理论，再教识谱或唱歌，而后辅导弹风琴，条理清晰，让人兴趣盎然。吴老师高瘦个头儿，两眼炯炯有神，那目光让人敬畏。他拉得一手好风琴，可惜太仓促，没机会向他单独请教。后来的正规音乐课本，竟和他编写的活页音乐教材大同小异。他是上海人。

印象独特的是杨老师。一天，早餐铃声响起，我和同学们急着往灶房赶，有人目光示意前方，原来，一位老师手捏花卷正在大快朵颐，他身子前倾，目不斜视，额头发际泛着精光。他为何不在屋内受用？上地理课了，门扇慢慢移动，先腆来肚腹，再是教鞭，后边才是地图、身形，哦，这位老师。上讲台，徐徐站定，自我介绍："我叫杨蕴章，带领同学们去游山玩水，饱览祖国大好河山，领略世界各地奇异风光……"开场白结束，地图册挂好。手执教鞭，侃侃而谈，你不由自主跟随他，或驻足荒漠，慨叹大自然之威力；或仰视珠峰，折服人类之毅力。板块无情，四分五裂；南北有意，赤道同心……杨老师的课，风趣、简练、清晰，像他本人，总那么圆满、充实、自信。"巩昌城内有三谝，谢谢只能排第三。"这里的"谝"，是辩论申说解释争训之意，乃有才华有口才之谓也。"谢谢"则指师范物理教长谢杰老师。这位老师进教室登讲台，环顾四周，目力所及，凛然生威。转身，大写，开讲，忽高忽低，时左时右，力道就顺他的手势猝然而至，电光紧依他的目炬劈空闪现。他就像狂飙飓风，你稍有迟疑，就卷裹不进他携雷挟电的密码中心。下课铃响起，讲解恰好结束，最后俩字挥洒，板面贯通，浑然天成。这是理科教学，分明透射艺术。谢杰老师还是好导演，秦腔、眉户、话剧，语言点石成金，身手导表到位。他家里也全靠他接济，他时常挤在学生中间看彩色电视。我爱好音乐，喜欢拉二胡，但陇西师范单设体育班，无奈，课余时间只好看篮球比赛，瞅单杠双杠翻卷。那个贾廷栋老师，篮球场上似鹞鹰，敏捷、空灵，身高虽不比当下 CBA 球星，但灵敏快速却有过之而无不及。排球教练李永德老师、体操教练焦兵老师，都是响当当的头领。尤其化学老师胡宗锐，没料到他在排球场也是那么得心应手扣发自如，大个头儿，高弹跳，指东打西，叱咤风云，精彩的吊空和大力扣杀常常赢来阵阵喝彩和掌声。他的化学课，同样那么吸引人。我不甚喜欢化学课，竟也能考满分。还有许多老师，书法精谨的陈兆熙、投掷能力惊人的罗春香，都给同学们留下了深刻印象。四十多年过去了，陇西师范老师们的音容笑貌、举手投足还清晰依旧，历历在目。尤其，老师们对事业的忠诚执着，对同学们的关爱呵护，学识见解上的精深独到，团队组织的友爱团结，让走出那片天地、奔赴陇原大地的莘莘学子受益终身。他们的教诲如春风似雨露，使陇原大地滋润、沐浴，始现艳艳春华，继有累累秋实。我爱陇西师范，爱陇西师范的我的老师！

二〇二二年四月于通渭

鸡川中学琐忆

通渭县鸡川中学，位于鸡川镇许家堡村东街，背倚大东山，旁临安逸河，尽占丁家店至牛家坡这条人文地理的风水宝地，建校五十多年来，成绩斐然，人才辈出，为陇原大地乃至天山南北海滨市镇培养了无数建设人才。鸡川中学，她的缕缕情思，牵扯着从她怀抱中走出的学子；他们用满腔热情向母校、向深厚的黄土地倾诉真挚的眷恋与爱慕。鸡川中学创办于一九六八年。牛象乾，这位朴实木讷的西北汉子，铺盖卷拨拉在麦草，办公室立定于麦场，选校址，排教室，物色教员，起步不凡，王宪、南炳耀、任自立、牛景元、徐进元……本地最好的教员，选调，招纳；本地最出色的泥水匠，打墼子，垒土墙，简易教室落成，学生上课，鸡川中学正式挂牌。可别凑合，鸡川地界，人文荟萃，读书传家，丁府牛府曾经显赫，名人名言耳熟能详，尤其，党把重任交给咱们，咱要对得起国家，对得起百姓。西北师范大学毕业生窦炳成，我要；甘肃农业大学高才生，天水胡好敬，我欢迎！还有，有"历史问题"的通渭一中教学翘楚何振刚、师成杰等老师，别谪贬他乡，就请来鸡川中学吧，特别是天水席钦文老师，植物学大家孔宪武教授的高足，我们鸡川中学双手欢迎！四五年间，鸡川中学就已延揽通渭地界好多教育专家、学人，他们安心奉献，加倍努力教育教学，他们就认牛象乾校长的坦诚、真挚、公正、勤劳。牛校长呢，蓝帽子，中山装，一身洁净从容，一把瓦光铮亮的水烟瓶人人可抽，一罐浓酽爽心的糖茶个个能呷，但是，工作不能马虎，教学不得凑合。他很少理论高调，更多嘘寒问暖，哪位老师家中缺粮，哪位同事家庭有难，他总是想方设法周济、纾解。他不苟言笑，不怒自威，以身作则，光明磊落。鸡川中学就此已然牢牢植根于黄土高原这块富有传奇色彩的泥土之中。

有好校长，必定有好教师。鸡川中学的教师，教学能力在通渭地界是数一数二的，何振刚，西北大学高才生，曾入陕西戏曲研究院整理研究史料，后到米脂中学，三年困难时期返家，任教于通渭一中，因历史原因而到鸡川中学。他高额大眼，风趣幽默，讲授语文高屋建瓴、深入浅出，深受学生爱戴。师成杰，数学权威，授课驾轻就熟，后被调到定西教育学院任教务主任。席钦文，学识渊博，各科优秀，哪科缺人补哪科。他抽空借机，搜集整理通渭、定西、天水等地植物生态，汇编成书，后由他儿子整理付梓。还有冀州张一，兰州窦炳成，天水胡好敬，本地人赵宗理、李世雄、张宗仁、梁鹏志、荀仪、司俊、丁镇华……一长串好老师的姓名后面，是无数学生家长的充实放心和满满希冀。一所好学校犹如深沉河床宽舒河岸，可纳涓涓细流，可容狂涛巨澜。鸡川中学利在当下，名传塞外，远在新疆、内蒙古、青海、宁夏乃至陕西的亲戚朋友，千里迢迢打发儿子女儿前来求学，土坯泥巴垒砌的教室，两千五百多名学生于此静心学习。每当晨曦吐露，大东山脚、安逸河畔，莘莘学子朗读、背诵、思考，沐缤纷朝霞，承晶莹露珠。而当夕阳西下，农人荷锄晚归，慨叹感动之声不绝于耳。看那中学操场，学子或移动，或下蹲，手捧书本，专心致志，琅琅书声，尘俗入定。再到晚自习时分，校园内纤尘不染，窗明几净，洁白光亮的电灯管下，或是无声忆读、双目认定，或是轻笔书写、拄肘凝思，缜密公式或者鲜明形象即将闪现，冥思苦想终于得到回报，于是，唰唰书写，急切排定，小小教室演绎着人生辉煌哑剧。那是真正的学府，庄重、肃穆、神圣，每逢集市日，许家堡街道摩肩接踵人如潮涌，但走近中学大门，人们都是轻声细语蹑手蹑脚，可不能影响老师讲课娃们听课。人们一脸敬仰满心羡慕。那些年景，学生时常苦于锅少米面衣无鲜亮，来去不便，怕耽误求学，家在十里之外的大都住宿在校。宿舍呢，下面土窑洞，上层还是土窑洞，洞中土炕，四五个学生同挤一处。老师的食宿条件稍微好些，先是大锅饭，洋芋包菜大锅煮，窝头饼子搭配吃，只是，中学教员每月固定二十八斤口粮，还得匀些养育家人。后来更加俭省，铸铁炉子略加改动，柴衣木屑点燃煤渣，小小鼓风机鼓风吹送，铁锅烧水，面条煮透，各起炉灶，饥饱公平。体育老师口粮多些，但怎经得摸爬滚打重体力折腾，无奈，只得拿些家中粗面糠皮暂作填充。有位老师烤黑面馍于铁炉，有好心老师误当煤块，边念叨别浪费边往炉膛拨拉，幸得主人发现，出手相阻。

但是，老师、学生的生活是愉快的充实的，清晨，早操之后是早点，门房空地上早已架起柴火，三脚爪，神仙炉，劈柴冒烟，树枝着火，老师们各就各位，倒水，撮茶，掐馍，干硬馍块随着酽茶润泡，缓缓下肚。这个时机，也是畅说交流的绝佳机会，古今中外天南海北，农耕商贾国事家事，海侃一通，笑说一番。喝好品足，"起身!"一声吆喝，各自奔走，灰烬枯枝里犹有惬意的余温。课余时间，操场上有篮球排球乒乓球比赛，教室后边空闲处有节目排练乐器演奏。鸡川中学的篮球队排球队，训练有方，威震四邻。每当许家堡青年篮球队与中学篮球队交锋比拼，街道、操场便是摩肩接踵、呐喊雷动。那种速度的比拼，力道的碰撞，技艺的较量，不亚于日后的 NBA 或 CBA。排球更是名噪一时，高手层出，牛多才的妙手二传，张堪祥的大力扣杀，深得同行专家好评，二人后来深造，分别任教练于县体校和定西师专，业绩显赫，桃李成蹊。鸡川中学也重视音乐艺术对学生的熏陶感染，音乐老师徐进元，虽说是民办教师，但他执着事业，醉心演艺，教学音乐课，编导现代戏，《红灯记》《杜鹃山》，唱念做打，身手不凡，进县城，串乡村，一架手风琴伴他声震屋宇，或是娓娓道来，乡村舞台，寨子场地，人们总能欣赏他和学生们完美鲜活的演出。鸡川中学自恢复高考之年起，高考上线人数比肩通渭一中，稳居通渭地界亚军，曾是定西市七所农村模范中学之一。校长会领头，教师有担当，学生出英才，其中中国人民大学财政金融学院副院长、"长江学者"特聘教授张杰，西北师大校长刘仲奎，甘肃省著名企业家南振岐等，曾就读于鸡川中学。后来，新任校长郭守仪、牛定国、张新民等重振雄风，革弊兴利，全国先进教师荣誉获得者王恒太，省市县教学能手张仲满、何应福、牛步岗等教学精英执教杏坛，鸡川中学又焕发新的活力，一批批优秀学子跨出校门，走向陇原，奔向祖国各地，用聪明才智投身事业，回馈桑梓。鸡川中学，愿您青春永驻，桃李芬芳。

舅爷一家人

第一次去舅爷家，我大概是五岁。腊月头上，大雪初霁，奶奶牵着姑姑和我，深一脚浅一脚向北走去。上后阴洼，过韩家岔梁，在地埂边上匍匐一阵，我挪不动了，奶奶只好手拖姑姑，背我前行。奶奶三寸金莲，但不趔趄，也没叫疼，一段深雪地过后，终于来到背风处一间土屋。"引人家喔干啥？多事！"声音尖利，直聒耳际。抬头看去，一张慈眉善目的脸，脖子上拥出一大块。"舅奶！"姑姑怯怯唤了一声。"叫，太太！"奶奶鼓励我，但我直往后躲，嗫嚅着没叫出声来。"叫啥哩，快叫娃上炕！你也真是……"帮我脱鞋推我上炕的老人就是太爷（曾外祖父）了，他微笑打量，手脚麻利，揩我和姑姑的眉毛、发际。奶奶帮太太（曾外祖母）做饭，我和姑姑瞅太爷，瞅一阵，发笑，轻松，太爷烘暖我们的鞋子，我打量屋子四周。就容三两人睡觉的土炕，对面锅台，墙上架板，上面几只粗碗。不一会儿，飘来扁豆面气味，饭熟了，徽饭。太太大声提醒："吃，那远路，饿扁你哩！"大半碗饭，吃到碗底，实在咽不下去，我瞅奶奶。"瞅刀子瞅！不吃我灌哩！"太爷拉过碗，轻声说，吵啥吵，就你爱吃……忘掉了这一晚是怎么熬亮的，眼前总是脖子上的大块头晃来晃去。太太娘家是碧玉镇上店子郭家，大户，可能受颐指气使的氛围熏陶吧，太爷说，太太从来都是主人的口气，掌柜的身份。她在家里，其他人没啥声音，下地、做饭、喂养，大多时候是她喊叫、吩咐。三个儿子两个女儿都怕她。为了种地方便，太太、太爷时常进出韩家岔那间小土屋，出门就是地埂，抬腿便到炕头，节时省事，很少分心。庄基在上河村北山脚下，地名窑上，三两户人家。三月开头河弯庙唱大戏，太爷、太太回到窑上大院子，奶奶带我去看戏，我才敢放眼瞅太太的怪脖子，那时叫瘿嗉子，后来称甲状腺肿瘤，垂在脖子一边，怪吓人的。太太看我直瞅她脖子，扑哧笑出声来，塞过来核桃、大枣、糖瓜，"装好，戏场吃，乱跑掐扁你！"路上逢人都问好，大声说话，脚步飞快。太太明白我家境况，隔三岔五捎话带信叫爷爷拿米面，大口袋装精面，总嫌装得少，擀杖捣了又捣捅了又捅，直到口袋鼓胀硬挺她才罢手。她舍得钱财粮食，怕女儿外孙忍饥挨饿。

太爷中等身材，干练，勤快，少说多干，喜笑颜开。爱看戏，尤其爱看杨家将的戏。老家人几乎都熬罐罐茶，窝在铜铁炉后边，扑扑吹气，劈柴架罐，大多光阴熬进苦涩浓酽的茶水中去，而后喷吐些陈谷子烂糜子的老年旧事。太爷嫌累赘，不熬茶，不抽烟，就喜欢来人说三国评水浒，说到高兴处，总要留逗来人喝茶吃饭，甚或抿两盅小酒。他不识字，但喜欢读书人。那年我参加高考，他毫不犹豫腾出他一年四季不离不弃的小阁楼，要我静心睡觉，放心考试。那时，客房后墙就悬挂着庄间人恭贺他和太太的巨幅锦幛 "四世同堂"。那是大舅爸的儿子百日喜辰时的事。他老人家高龄九十四。一天晚上，他和亲戚睡觉说话，凌晨亲戚趁车未果，返回唤他，他已仙逝。他赤条条来到人间，又一身洁净离开人世。五谷杂粮，清心寡欲。一生无病痛，满腔磊落心。大舅爷可算得上是半个出家人，浓眉大眼，长须飘飘，高音大嗓，成天风尘仆仆。年轻时云游甘陕宁青，化缘求道，建观修庙，想成个普度众生的世外高人。然而，世俗缰锁羁绊，七情六欲劫持，他逢缘陇西，巧遇一清纯靓丽女子，留恋红尘，终得安家通安驿农家。见过大舅奶，白净脸，大眼睛，双眼皮，面带微笑，俊目流动，顾盼生姿，妩媚楚楚。她生有两个女儿，相貌仿母亲，脾性跟父亲，在陇西公干，偶尔来通渭老宅，也是来去匆匆，相视叮咛。老家土俗，人必得有子嗣。一家人商议，三舅爷的大儿子给大舅爷撑门立户，延续香火。七十岁那年，大舅爷又回老宅省亲。除夕，年夜饭品尝，陈旧事话别，老人家手提袜子，硬要去一箭之遥大侄儿处。舅爸舅妈忙添煤块急暖棉被，说些做人道理处世学问等话题。夜深人静，春意阑珊。老人家不忍侄儿们辛劳，催促早点儿休息。早晨起来问安，觉得异常，忙探鼻息，已是魂归九天。大舅爷一生光明正大，不存芥蒂。他该明白他的落头，寿终正寝，无疾而去。积修还是阳德，总之，他是笑到了最后。见面次数多一些的是三舅爷一家。三舅爷和舅奶恭亲奉老，看护老宅，日出而作，日入而息。三舅爷率性，喜玩，心疼孙子，直到拿捏得孙儿哭啼才放手。可能是因太太持家过渡到舅爸理事，三舅爷不大操心家务，常去大村子那边谝闲、推牌九。舅奶常抱怨他不一起吃饭，延时误事。三舅爷也是放浪不羁脾性，注重大关节，轻视小节口。

　　一天，父亲提说我到结婚娶媳妇的年龄，三舅爷竟笑说，干脆，把巧嫁给你们吧。父亲吃惊，这哪能行呢，辈分不对。巧是三舅爷的二女儿，和我同岁，相貌跟舅奶，棱直鼻梁，小巧嘴巴，眼睛会说话。我们互有好感，但我要唤她舅姑，怎能合卺成婚？三舅爷轻轻笑着，若有所悟。三舅奶生有二男四女，小脚，温柔，耳垂银环，整洁麻利，常见她在锅灶忙活。揽柴烧水，蒸馍擀面，十几口人的饭食，还要煨炕喂猪，下地锄拔，青春活力就在那颠簸移动中慢慢消退，筋骨肌肤就在那风侵雨蚀里渐渐衰老。可她不改关爱，呵护不移，慈祥良善。这几年退休后我有空去看望她老人家，她还是关切地问我，吃饭了没有，穿暖和着没。寒冬腊月，她披件薄棉袄，催我靠近火炉。她耳聪目明，脸膛儿红润，念叨："你舅爷走得早，没见上这火车道……"宝兰铁路横过舅爷老宅大门前三两百米，三舅奶时常目送东来西去的高速列车，念想着远在兰州新区的女儿孙子重孙们，多会儿能拥进大门，她再指点怎么擀长面，腌腊肉。前年冬天，我去看望，她劝我别再提这带那的，她不馋清油大肉，就喜欢粗谷大面，洋芋酸菜。我知道，大多乡下人，却到城里买杂粮。没料到，还没品尝味道寡淡的杂粮面，她竟陪伴三舅爷，魂归黄土！二舅爷殁于饥荒年代，妻室女儿远走他乡。他们这辈人健在的只有姨奶了，她眉眼有点像大舅奶，漂亮，有个性，家住定西市区。她今年八十八岁，耳聪目明，儿孙绕膝。大舅爸今年七十二岁，种地，心疼孙子之余，就是翻翻书看看电视，偶尔视频，催促儿子女儿来取辣椒茄子西红柿，常给我捎些刚刚采摘的新鲜菜蔬。他本该读中学上大学，可阴错阳差，早早成家，接过爷爷奶奶担子，操持家业，务农为本，聪明才智、劳力汗水融进改土造田增产丰收的拼搏之中。小舅爸也到耳顺之年。其实，好多年来他都是随遇而安。即使弟兄分爨列灶，他也是言听计从，不越雷池一步。看不到了，太爷太太沉稳坚毅的步履；听不见了，舅爷舅奶关怀备至的疼爱呵护。舅爸舅妈们也到儿女们关照扶助的年岁，可他们和大多农村老人一样，还在打拼、奋斗。去爷爷奶奶坟地扫墓，想着奶奶背我蹚深雪爬地埂的情景，回忆舅爷一家人对我家的提携帮扶，我内心五味杂陈，难以平静。舅爷一家人大都侍弄土地，以农为本，同样过得舒适、踏实，与世无争，内心宁静。舅爷一家人大都高寿，这种基因一定会遗传下去。

咱不蟾宫折桂更待何人

——那年恢复高考

一九七七年十月的一天，我正和老师们谈论手扶拖拉机的事，突然，公社高音喇叭传来惊人消息：国家恢复高等学校招生考试，今年考试招生！这是真的？真的，真真切切，中央广播电台播报，毫无疑问！老天爷，我终于盼来了出头之日，我有了一展才能的机遇，我不再想着去讨大队领导欢心，不再算计哪年哪月才能推荐我上师范、进大学。那是记事起我最兴奋激动的时刻，我将要奋飞高天青云，要搏击浩瀚迷人的苍穹。怎么着手，如何复习？我们四个民办人员碰头、商议，互相鼓励：咱们是在鸡川中学奔走，身边有众多各学科的教学翘楚，眼前是藏书万卷的图书室，咱们不蟾宫折桂，更待何人！语文、数学、政治、历史、地理……每门学科找老师分析考试范围、重点内容、答题技巧，乃至笔迹、字体、卷面、样貌等，一一辅导，条条提醒。那时的农村学校，老师办公食宿各自一室，老校长又关照我们几个以复习考试为主，教学工作或者后勤事务能代则代可缓就缓。我主要驾驶手扶拖拉机，几趟土肥运过，不多几筐猪饲料粉好，关门闭窗，全身心扑进书山题海之中。语文、历史、地理几科我不怕，我相信我的底子。我就担心数学，上学时就学得不怎么好，毕业后四年来从未翻过用过，公式、方程、演算、归纳，那就下狠劲吧，非学通不成。晚饭过后，自习已下，我的拼命醋战真正开始：该记忆的全部默读一遍，要背诵的尽都书写开头结尾，熟悉了，满意了，再翻数学课本，初中、高中、几何、三角，方程、函数……仅凭记忆公式例题不行，一定得亲笔演算，提高运算速度。没有疲劳一说，不怕深奥难解，列式，推算，演绎，解答，一页页书写的是数字公式，一摞摞加减乘除的是疑问、释然、信心、毅力。子夜已过，斗室清冷。案几堆满书籍纸张，眼前哪有入口食品？但功课不能停，意志不可退。熬吧，熬几碗稀饭，简捷，快当。清水，小米，煤油炉，熬熟熬不熟，一闻焦煳味，盛上就吃。两碗下肚，睡意来袭。小心再小心，不意碗筷勺子跌落锅底，磕出响声。早晨上操，隔壁老师戏谑：小伙子，半夜三更偷吃什么？那是分秒必争，遍览群书，有疑必究，逢题就答，志在必得。三十几个昼夜，六七百个钟头，初中高中所学课程翻腾搓揉，历史、地理、人文、自然，闯关夺隘。自不量力，奋不顾身。考期临近，我却出现异常，整日整夜没有睡意；强迫入睡，眼前却是各种奇异图案闪现，小圆点、圆花朵，旋转、绽放、无限扩充。一种急迫感、恐惧赫然袭来，转瞬，脑子一片空白，继而目眦欲裂，双耳震响。天哪，这是怎么了？拉开电灯，大瞪双眼，下炕挣扎，遍屋找寻。书，还是书，还是涎水洇湿的纸张、书本。不敢声张，不去就医，坚信自己，稍作调整。父亲拿来锅盔，打开仔细包裹的一双条绒棉鞋，轻声叮嘱："蛮哥，多吃点儿，别冻着！"父亲，你不记得吗？你从母亲的嫁妆箱底小心翼翼端出一本书，像是交给儿子传家宝，你说，蛮哥我娃，要念书！儿子终于盼来念书上学的好时机，儿子要争这口气！

霹雳惊雷震颤过，滂沱淋漓洗征尘。激奋扬励的时日终于到来，饱蘸笔墨，成竹在胸，一旦挥洒，河岳可绘，八荒可吞。新景、鸡川、碧玉等几个乡镇莘莘学子汇聚碧玉中学，一场大考就要举行。我去上河村舅爷家吃住。舅爷一家十分热情周到，舅爷挥手择定：叫娃单个住阁楼，你舅奶这几天就做几顿好饭，让娃吃好睡足考棒。县剧团组建不久，台柱把式纷纷登台亮相，白天歇台，晚上倾情演出。我喜欢拉二胡，心急手痒，但不敢越雷池一步，安心休息，备战高考。天可怜见，这几个晚上竟然奇迹出现，睡未做梦，醒来清晰，瞭望母校，振作起步。一九七七年十月，秋实待收，冬意初露。古老神奇的华夏大地，正在酝酿一场摧枯拉朽的暴风骤雨，这是逆转季节的燥热风云，是逆袭时令的电闪雷鸣。天山脚下，东海之滨，林海雪原，椰岛滇池，此刻，无数个木讷的头颅变得异常清醒，无数双大脚迈动的步履踏实有力。青春活力的，老成持重的，双脚泥巴的，大手油渍的，风尘仆仆，豪气干云，他们掬捧三江源头天成清冽，紧搂九曲十八弯赤诚执着，澎湃激荡，滚滚汇聚。大西北这块贫瘠干旱的小小山村，牛谷河、牛洛河围护的小平川，低矮的农家门庭里，次第喷吐端直的热气。那气息翻卷、积聚、抬升，浑然不理四周小山包聚敛累积的严霜寒气，径直飘向青瓦白墙之下依次敞开的教室大门，终至升腾、盘旋、凝聚，后来归纳于涓涓细流，汇聚于浩浩江河，在神州大地叱咤，涤荡出亘古未有的灿烂天地。我是铁定决心要考出个好成绩。作文《不到长城非好汉》，熟悉的题材，上口的词汇，不假思索，下笔如有神。历史、地理、政治，答无漏洞，写有积累。数学，也要答个高分，卷前小分计算题，演算，力求准确无误。哪知耗费时间，待到后边大题大分，忽听结束铃响，再无补救，悔恨终生。接着加考音乐，十来个考生齐聚县一中，大学音乐教授主考，专业、理论加试。我考二胡专业，一曲王国潼的《台湾人民盼解放》（此曲后更名《怀乡曲》，属二胡考级六级曲），主考额首肯定。继考理论，辨识五线谱，询问音名与标准弦式关系（即 C 调应拉 26 弦，D 调该奏 15 弦等），一时懵懂，没答上来。但是，理想不能低，目标不可降，就报北大、清华，最低兰大，全报中文系，作家、诗人，扬名立万，青史留名。考试结束，等待放榜。那是十数天，却是度日如年，坐卧不宁，自信满满，但又胆战心惊。数学最多就答三四十分，其他科目考分超高，可以弥补一下，平均分值不低于人吧？食不知味，行无定力，足不出户，眼不见人。等待，煎熬，《儒林外史》里的监生、贡生可怜。如今轮到自身，始悟读书误人。

　　盼出榜怕出榜，有人高呼，大学皇榜，张贴街上！上榜名单，鸡川一人。谁？丁姓学生！怎么，没有雷姓？不会，没看错吧？夜深人静，独自盯视，没有，没有自己。天哪，我是怎么啦？地缝能容身，我准会立刻钻进去。我怎么见人？怎么向父亲母亲交代？关起门窗前思后想，怪谁呀，自己无能，自信什么？昏昏沉沉挨过三天，突然，有人敲门："小伙子，看榜，有你！"真的？千真万确，红榜金字，大学上线：牛子忠、雷战戈、张堪祥。这是第二榜，县文教局招考办公布。刹那，热血直冲顶门，脚下腾焰生风，我要告诉父亲母亲。一听消息，母亲抹泪，父亲哆嗦，妹妹弟弟们欢呼雀跃。父亲说他出面去借自行车，央求人捎带我娃去县城。满村子打量，羡慕，赞许。正在托人，学校派人捎信，赶快返校准备，连夜上县领表，填写志愿，加盖公章。加足柴油，填满水箱，手扶拖拉机突突突一路狂奔，许家堡到通渭城，六七十里山路，上坡满油门，下坡大滑行，不到一个小时，已到文教局考试办公室，领表、听讲、记录，"一定一定，绝无遗漏。"志愿填妥，就等录取。自己还是有能耐，小学、初中、高中，一直都算是好学生。毕业回乡，荒废学业，但人人一样，锄头铁锹，黄土麦秆，哪个有工夫去啃书本学习知识。一边暗自肯定自己，一边等待大学录取通知书。半个月过去，不见音信；一个月消逝，听得有大学录取通知书寄到邮局。不好问询，不可焦急，等吧，榜上有名，不会落空。直到新年伊始，一纸录取通知书送到手中，啊？陇西师范录取？师范？还当老师？不去，坚决不去，上榜大学，怎落中师！复习，再考，顶多一年时间，定要迈进大学门槛。父亲母亲规劝，亲戚朋友开导，尤其几位老师循循善诱、耐心劝勉：上师范吧小伙子，先抓牢饭碗，再图高升，只要有恒心，师范可考高校。是啊，菜色的脸面，低矮的窑洞，父母和弟妹们急等我改变那个寒碜家境，我不能只为自己，不可一意孤行。去吧，陇西师范，我只会把你当作跳板，我的抱负理想不会变更。殊不知，仰视巩昌雄镇楼，聆听新颖动听课，我竟慢慢平静下来，开始检点我的轻狂自负空虚无知。我和同学们认真起来，深入下去，心无旁骛。当然，诗人、作家的心病有时还会隐隐作痛。雄心高考成记忆，三尺讲台勤耕耘。换得沉浮平常事，笑对世俗利与名。高考于我，何等重要，何等显赫。不会忘记那段刻骨铭心的人生路程，因为它曾给我激励鼓舞，让我毕露雄心壮志，更教我如何脚踏实地诚实做人。高考后将近半个世纪，我的生活道路有崎岖有坦途，境遇有欢乐有伤痛。但是，高考的得失与沉浮，得意与失望，常常警醒我，生活就是这样，人生本该如此，一帆风顺时提防暗流汹涌，痛苦失意时别忘振作重生。高考，我不会忘记那些烙印肺腑的点点滴滴。

二〇二二年四月于平襄

蚂蚁有神韵

战马奔腾，风雪夜归人，志在疆场边陲；空山鸟语，青岫静听松，情系天籁趣声。二胡，刘天华悟性自然，描摹鸟语，啁啾幽僻；黄海怀情系草原，倾心赛马，喷薄激情；陈耀星雄视关山，策马扬鞭，河山胸襟。一个世纪来，二胡大师们用简易的两根弦一条弓，演绎花香鸟语，高山流水，鸣奏人喧马啸，风硬雪猛，展现大自然的绚烂神奇，抒发昂扬奋进的怀抱情愫。而当刘光宇的《蚂蚁》一曲问世，二胡，国乐中的这支奇葩，它独具特色的乐音，更是使人耳目一新、倍感神奇。蝼蚁，万物之中最微小，随处可见，任意践踏。然而，它又是神秘的，其触觉之灵敏、分工之严密、毅力之坚定、气势之雄伟，绝不输于高级精灵。刘光宇慧眼独具，匠心独运，大胆谱写蚂蚁，倾情演绎蚂蚁，让我们痴情分享这场音乐盛宴。《蚂蚁》全曲共分 11 段。开头六小节可视为引子，前五小节为拨奏，二胡固定弦 C 调 26 弦，左手按弦，一四指分开，强调音准。右手食指拨弦，要拨出灵动、活泛特征。前三节应拨奏出空谷传响、叩击视听的天籁，听，一种声音，脚下、眼前、耳畔，触动土层，毅然探索，小小生命即将现身光明世界。第 4、5 两节慢起渐快，反复的乐音展现无数触角探伸、集结、涌动的情景，速度变化宜渐进，点线相连，弱起强收。可随感觉多奏一两拍以加强气氛。队伍集结，阵容齐整，好，出发！第六小节休止拍后一拍高音 5，正是一声号令，响亮，有力，仿佛一位将军毅然挥臂果敢施令。此处拉奏，应奏出清脆、坚定、亮丽特点，左手移至中把位，四指均按弦，加强力度，第四指按准音后上滑，右手有力运弓，音须饱满、通透。第一段包括第 6~26 小节，展现坦途前行、起趄雄姿的阵势。他们抬头挺胸，摩肩接踵，精神饱满，志在必得。间奏部分奠定节奏，拉奏开始，第 12、14、16、18 几个小节的符点四分音符反复滚动，既表现坚定从容一往无前之态，又不乏谐趣幽默俏皮灵动之情，要奏得瓷实、律动。高音 2 跳把下移，顺势带滑，潇洒、率性。如果说前边是高尖清丽的畅叙情志，那么，后边的泛音 5 则是低细柔顺的互诉衷肠。就是这支队伍，充满朝气，富有活力，情趣盎然，阔步前行。跳弓轻松、洒脱、率性、活络之态，右臂顺带放松，避免弓杆击打琴筒。第 26 小节第一拍前有四分之一拍短促休止，注意掌控竹弓，留足间空，强调利落，同时左手迅速提至上把位，按准音位。此段中间换调，由 C 调 26 弦变为 G 调 52 弦（5 为低音），演奏时留心。第 27~35 小节为第二段，演绎突遇新奇、审时度势之情态。调转降 B，速度倍快，左手中移，右弓短促，十六分音符及连续休止静音，怎么，有情况？对手？美食？黑洞？悬壁？不对！仔细、认真、看清！泛音在答，展现真实，别有洞天。整容归拢，走！最后一拍 5 音，四指齐按，第四指按后提滑，果断、严厉，令出如山，既定前行。此段一变前段轻松愉悦、短促有力、高低错落的乐句体现惊变、新奇、审慎、勇于决断的情态气氛，使得演奏曲折有致、新颖迭出。

第三段是 36~45 小节，歌唱自由，抒发豪情。曲调又回 C 调，速度放慢。看吧，或许是雨过天晴，风清气爽；抑或是绿茵如毯，花香扑鼻；又或许高山流水，丝竹铮铮，世界呀，赏玩不够，如此清新美丽；我心哪，难以遏制激情冲动，看我泪目晶莹，鼻息雷动，我轻歌曼舞，豪情万丈；我渴望自由，拥抱天地。曲调充分施展二胡柔肠百结悠扬婉转之抒情特质，一吐柔情，一诉衷曲。开段四个四分音符，歌喉舒展，肺腑发音，左手微下移，感觉音准，高音 6 下滑带唱，情志难抑。第 37 小节第三拍起弓带空弦，一指紧接，揉弦抒情；第 38 节第二拍后高音 7 奏出情之所至毫不顾忌之态势，左手三指迅速跳移，触准装饰音后随即上滑至 7，要透亮，饱满，力透耳鼓。后一拍第二个 6 颤指音，变化丰富，多彩多姿。第 39 节第三拍 3，多音装饰，左手指灵动利索，时值不可过长，强调主音即可。第 40 节三个高音 6 须得奏出轻盈上滑效果，仿佛小锣轻敲，玉磬曼妙。第 41、42 节乐句高低起伏，曲折有致，起音左手三指按 3 发音后迅即下滑按准 5，掌握时值，后半拍左手跳至上把一指按准 3 音，第二拍掌控竹弓，务使右手紧贴内弦发音 3 后，迅速涩滞，留空休止，后半拍两个 3 用连顿弓推奏，要奏得短促有力，时值得有分别。之后左手下滑至第三把，第三指按准内弦 2 音，右手连顿弓拉奏，音要透亮、空灵。紧接左手上移第二把位按 6 音，奏准连线一拍半时值。最后高音 6，左手顺势下移，三指按准，回转滑音，高歌亢奋。最后两小节，情归和缓，志趋深沉，第 44 节第四拍左手二指中把位下滑至 1 又提滑至 6，再从 6 装饰下滑至 1 收束本段。这一段一展歌喉，激情澎湃，长音较多，要发挥二胡柔情人声、悠扬婉转之特质，滚按相糅，轻重相济，高低错落，回滑兼顾，营造出声情并茂、感人肺腑之氛围。

第四段包括第 46～54 小节前一拍，G 调，拉奏、敲击结合，切分、常律相融，变换律动，调整阵容，载歌载舞中新增派对联欢，击节呼应，仿佛是异族风味，细辨乃新颖节律，尤其弓击琴筒，如观者击掌，似山川呼应，分明节奏，烘托气氛，短短几小节，实为神来之笔。注意右手抬弓不可过高，而下击琴筒则要有力，争取干净利落，清脆入耳。第 52 小节后拍 6 音连线下一节两拍 6，注意时值充足。第 54 小节后一拍起至第 69 小节为第五段，整队前行，惊现新奇。曲转 C 调，音符密集，连顿弓切出相临断音，让人仿佛听到敏捷的脚步、急促的呼吸。第 62 小节左手跳跃中把位，高音突兀，气氛热烈。第 63、64 两小节连续颤指，弓毛贴内切外，同指换弦，高低对比，营造惊喜，后四小节更是情至高潮，开怀呐喊，啊——到了！聚宝盆，目的地，美食城。第 64 节左手从中把位迅速跳移至三把位，尽量避免滑痕；右手运弓平稳从容，保持力度。长音颤指须密集均匀，下滑留音尾，不宜过分，高音 2 拉准时值，左手从三把跳移至四把位，二指按弦，三指击打（也可一指按二指击），注意音准。本段弱起，强势收束，整肃行军，突现奇异，情绪激昂，开怀呼告，生动有趣，历历在目。连顿弓演奏注意干净利落，收放自如；换把须一把到位，音准无误。蚂蚁有趣，人能无情？

人非圣贤，孰能无过；蝼蚁偷生，缘出本能。蜗居一冬，始感饥肠辘辘；突现佳酿，哪管壁垒森森。上，争夺，不是巧取豪夺，也得奋勇向前。是切叶蚁，遇茎拨拉，逢叶割取；是大头蚁，抬头顾盼，晃脑示意；是行军蚁，整饬队形，头尾相顾。热烈、嘈杂、急促、拥堵，甚至慌乱、磕碰，似雨侵涛声，如风樯阵马，第六段（第 70 节～95 节）即表现如此热烈争抢场景。快板上行，半音递进，反复交替，由弱渐强，左手一指切 3 音，依次提升，右手快速运弓，渐强力度，营造一种愈来愈热烈越行越急促的氛围。第 72 小节至 79 小节每小节后一拍二指三指四指所按降、还原、本、升各种音型一定注意指距大小，按准音位，力求无误。第 80~87 小节左手依音按弦，右手切弦抛弓，气氛更热烈，情绪更激昂，略有变化的上行旋律体现你争我赶争抢头功的熙熙攘攘情景。第 88~95 小节改奏快弓，内弦浑厚，音色深沉，正是各得其所、挨挨挤挤的匆忙身形，纵步奔驰、回归阵容的有力脚步。第 95 小节一音一拍，统一，收定，队伍集结，阵营齐整，荷载满满，硕果累累。指挥审视，不虚此行。第七段（第 96~143 小节），号召集结，凯旋征程。这是一支有组织有纪律的队伍，既能勇夺胜利果实，又会令行禁止，雷厉风行。听，归队！集合！随着声声响亮的召唤声、指挥令，各个兵种所有行伍如潮流似奔云，飞跃、奔驰、集结、整形，排是排，营是营，雄赳赳，气昂昂，凯旋坦途歌嘹亮。第 96、97 两小节拟声号子：向—前—向—前—众志成城，合力劲挺：是大虫，牙咬足蹬；对巨条，肩扛背拱。C 调中把位，左手一指按准 3 音，一拍余三分之一时值抹指上滑，再伸四指按准 6 音同前上滑，两个下滑音要奏出号子的响亮、清晰、振奋特色来。第 100、101 两小节音符略有变化，表明步伐在进一步协调，动作越来越一致。第 104 和 105 小节、第 108 和 109 小节，各自相同的呼号声、应答声，充分表明了指挥有方、步调一致、同心同德、奋力前行的百万雄师的赫赫阵势。你听，快弓演奏的半音下行的密集音阶，正是逢山开路、遇水架桥的势不可当的气势。第 116 至 127 小节，快速半音上行乐句，展现斩关夺隘一马当先的英雄气概，雄师踏坎坷，过高岗，眼前一片光明。注意半音音准，指距要收束，换把要敏捷，尤其 5443 按指四三二一跳换 3211 按指四三二一这两个把位，后一拍四指要反复练习，先慢后快，直至准确。注意由弱渐强的力度变化，特别第 128、129 两小节，中强至强的力度变化，充分体现一往无前的气势和光明无限的境界，要奏出气概、力度，运弓掌控力度变化，加大臂力，换弦果断，不带痕迹。第 130 至 143 小节为引吭高歌，直抒胸臆。连续长音，高低呼应，奏鸣着胜利在望情不自禁的满腔豪情。注意换把，注重揉弦，高音 6 须四根手指均按，加大力度。第 139 小节内弦高音 3 左手略下移，按准音后奏出，与相邻倍高音对比映衬，后边四小节抖弓音，展现视野开阔、情绪亢奋、一路顺风、琳琅满目的情境。抖弓注意掌握力度变化,长音抖弓应加大臂力。后一小节滑音应均匀,保持四拍时值,滑至低八度适可而止。

第八段(第144~167小节),盘点果实,陶醉功绩。滚圆粗硕的、长条巨形的、需要咀嚼的、直接吞咽的、卸载、码起、堆积、贮藏,程序既定,步骤严密,行动敏捷,触角灵动,直至影影绰绰,恍若迷宫,似凡若仙,亦幻亦真。第144至157小节的上行乐句,快弓奏出模进音型密集连贯乐音,形象展示挨挨挤挤但循规蹈矩的战绩堆码情景,紧张、从容、有序、严密,几处半音要按准。第152小节换至中把,要干净利落。第155小节第二拍72之间属同指换把,尽量减少滑痕,一指移动要迅捷,注意音准。第157小节一度音换把,不可移动过大。第158小节改拉D调15弦,高音3应高一度音,一指迅速下移至3音处,强力运弓,按音、空音间隔递进,造成一种五彩缤纷空灵迷离的情境。左指抬按要迅捷有力,如蜻蜓点水,潇洒飘逸。右腕更加放松,运弓短促,推拉有度。最后一音利落收束,戛然而止,无声胜有声。本段属快弓乐段,最考验演奏者功力,要做到音有颗粒,连贯递进,匀圆绵密,一气呵成。第九段(第168~179小节前一拍),总结历练,坚定信心。收获有心得,成功须总结。我们是无往不胜的战神,是志在必得的强者,靠团结协作,凭坚韧不拔,我们从小到大从无到有。今天,我们是胜利者,但是,我们面前有险滩急流,有凄风苦雨……干,拼搏,奋斗!广板,稳重,深沉,踏实,坚韧,第168、171、174三小节纯四度带滑乐音,形象展示提纲挈领式的揭示与鼓动,后边八度对比及逐层提升的乐句体现出信心满满毅力平添的意志与决心,沉着勇毅,一步一个脚印,不达目的决不罢休。快速升递音及抖弓长音6,仿佛雷动掌声,八方响应,声振屋宇,直击灵魂。本段广板,重在运弓,注重沉稳有力、饱满大度。第176小节八个短促音符要奏出均匀、清晰、准确的时值特征。

第179后一拍及180小节属尾声,拨奏为主,半拍拉、拨。注意前一拍均属左手拨弦,空弦音2一指勾拨发音,5音须一指按5音而三指勾拨,拨弦后指头迅捷抬离,弓毛紧贴内弦,务使发音响亮清晰。最后半拍叠音,左手三指或二指勾拨外弦,弓子用力贴拉内弦,务使叠音同步齐鸣,戛然收束。探索引起,回归寂静;起步厚土,安于洞穴;滋润泥草,逍遥根基;安静安静,休养生息。大自然本来就是这样，低级的动物的本该如此，各有缘起，各有归宿。《蚂蚁》一曲属意自然，倾情灵性，歌唱生活，礼赞执着，是近年来表现顽强上进生命力的优秀器乐曲。被世人昵称"二胡狂人"的刘光宇教授，深谙蝼蚁族类生生不息叹为观止的撼人情态、动人场景，创作并演奏《蚂蚁》，向世人展示顽强生命、团结力量、高远理想、坚定意志的重要。同时，风趣、幽默、传神的演奏令人愉悦、轻松、振作。质本洁来还洁去，强于污淖陷渠沟。借鉴蚂蚁，顽强拼搏，团结协作，洁静处世。

二〇二二年五月于通渭

金丝俊振之音，万马驰骋之声

——我的二胡情

　　废寝忘食敲击键盘，思绪悠悠激情难抑。哈欠喘息，转入斗室，蓦闻金丝俊振之音，万马驰骋之声，哦，你横枕琴架，兀自注目，银弦颤动，竹弓劲挺……我的二胡，我的魂灵，我有两天不曾亲你抚你！

　　我的二胡，普通、简易，酸枝木材质，小鳞格蟒皮，琴杆、琴筒好几处已被拉捏磨研得斑驳陆离，杆子弯头也是粘接过几次。但是，我的二胡，它音色圆润、浑厚、深沉、透亮。特别是，它能领悟我的情结，展露我的魂灵。

　　搁下椿树根剜筒、蛤蟆皮蒙皮的自制二胡，手捧几十元买来的虎丘牌精品，我的人生坐标就定位到演奏家的高度。听舌簧喇叭，辨高音广播，小学、初中、高中，就关注刘明源、王国潼、闵惠芬；去书店找图书，不是赵砚臣的《怎样演奏二胡》，就是手抄本的二胡独奏曲。不知道基本功训练，专挑爱听的独奏曲，《二泉映月》《山村变了样》《赛马》《拉骆驼》……不懂快弓慢弓，不谙把位指法，不识曲子内蕴，生搬硬套，鸡鸣鸭啼，但和二胡的情缘早已深深结定。

　　爷爷喜欢听戏，要我拉秦腔吼乱弹，他就答应点亮煤油灯；一旦拉扯什么二泉（《二泉映月》）三门（《三门峡畅想曲》），鼓捣什么赶集拉骆驼，他就摇头吹灯，摆手呵斥。无奈，我只得在麦场上树荫下小声练习，在弯弯山路田间地埂细心揣摩。好在父亲爱唱戏，鼓动我登台伴唱腔，拉间奏，锻炼胆识，领悟韵味。更有一帮子喜好演奏板胡二胡的同学，课余时间，我们拉奏歌曲，钻研技艺，什么换把移指、快弓慢弓，还有抛弓跳弓、颤音滑音等，姿势开始讲究，技巧强调运用。

那时候，虽饿着肚子走十里山路上学念书，但由于单纯天真，也许因为理想高远追求执着，一旦操起二胡运开弓子，什么烦恼愁闷都会抛诸脑后。《赛马》，我们一帮子琴手高昂头颅，热血沸腾，朗目动情，舒展壮志；《空山鸟语》，老师同学们神清气爽，遐思无限，感叹河山神奇，动容自然绝妙。简简单单一把二胡，却是如此美妙神奇：它能凸现骏马奔驰，草原无垠；也会引领翠鸟啁啾，高山流水。它唱奏我们稚嫩的歌声，润色我们纯真的笑容。

后来，不管下地种田务农，还是背驮行囊求学，乃至三尺讲台教书，最在心的不外两样物事，一是书本，一是胡琴。饭可少食，酒可不沾，然书不能不购，琴不得不拉。每每手释书卷有所感悟，必得操琴寄托，延伸情愫。仰慕先贤，揉弦滚动浩瀚无垠豪情；建功立业，甩弓抖擞阔步八荒雄心；寻觅知音，泛音衷曲倾诉幽幽心声。二胡，通体有我的灵感，满腔是我的情思。

有段时日，我搁下胡琴，倾情相思，那时我正与爱妻热恋，卿卿我我，无暇他顾。还是她嗔怪我，听不见琴声，辨不得心跳。于是，扶正琴杆，运起竹弓，《喜洋洋》《烛影摇红》《光明行》……柔情绵绵的乐音里有她痴情回眸的泪珠晶莹，欢乐跳跃的节奏中是她顾盼生姿的妩媚神情。二胡，相伴我纯真的爱情；琴声，是我甜蜜生活的强音。

我再次搁下胡琴，是在我痛不欲生的时日。我欲将爱妻的遗物、我俩的胡琴，一起焚于孤寂墓地。村人不忍，抢得胡琴，这苍天无眼，琴声有情啊！

我还能抚琴追思操琴倾诉吗？断弦可再续？塌皮还清音？胡琴，你身杆上可有她的手迹？你琴筒上还留有她的擦拭？你谐振共鸣里可有她呢喃的话语？

爬格码字回忆往昔可消减伤痛，按弦运弓如泣如诉可寄托哀思。胡琴，你汹涌江河水，思念，呼告，悲愤，绵绵思绪如决堤狂涛不可遏止；胡琴，你呜咽忠魂祭，倾诉，追悔，叩问：是怀疑伤感，一蹶不振？是痛定思痛，幡然醒悟？

属文沉思，推己及人。好友劝勉，琴手慰藉。胡琴声声，暖意融融。小开门，大起板，田园春色，月夜赶集……读书写作让我振作，拉琴吟诵助我前行。我诠释《怀乡行》《苦闷之讴》，揪心黄土高坡何时绿意盎然，硕果累累；我展现《山村变了样》《葡萄熟了》，讴歌美好时代，大好河山；我倾情《关山行》，奏响《遥望篇》，我的人生节拍合辙时代旋律的行进。登台独奏，不再是一枝花的倨傲、汉宫秋月的冷静，更有天山风情的瑰丽壮阔、野蜂飞舞的热烈执着。组队领奏，带头演出，有阳光照耀，听战马奔腾，赏春诗秋韵。也曾开班辅导，把手示范，倾情研玩。二胡哇，何曾是奚琴，哪里是呜响！弓起弓落，勾勒的是悲欢离合兴衰荣枯；指抬指按，捭阖的是古往今来情操心志。律己倾情，你可任我思接千载，情寄八荒。而要依你课人传授技艺，却是何等窘迫，何等神圣？盛情难却，童心无欺。持琴演练，正身律姿，它使你专注细腻，去躁去粗；钻研曲调，探讨技巧，它让人格调高雅，胸襟开阔；苦练考级，登台演奏，它教人坚定毅力，充实生活。教学相长，共同提高。长弓慢弓，身姿手形，基础练习，循序渐进，古典今谱，名家名曲……终于，我才明白，我于二胡，是这样的亲近，又是如此的陌生。十年磨一剑，一生练一琴。酸甜苦辣我自知，顿按抖抛志不渝。

二胡，我的这把二胡，光泽依旧，但它的音色更加灵敏，手感更是如意。它轻吟我诗心，指尖脉络涌动悲悯感恩的涓涓情思，银弦颤动奋发有为的浩然正气；它喷涌激情大志，纯正透明高远浑厚中有人生的强音。它不比黄钟大吕显赫，却吟唱高山流水的永恒；它无金玉珠宝璀璨夺目，却让人惊心动魄豪气干云。它演奏叙事曲、协奏曲，扶助正直，唤醒良知；它唱响《长城随想》，千年正气凛然充膺；它鸣奏《第一二胡狂想曲》，民族复兴大梦跃跃觉醒；它引领众多弓弦琴筒震颤齐奏，通透光辉灿烂的万里晴空。

二胡，相伴你是缘分，演奏你有灵魂！

文学？冤家！

"我的文学梦"，怎么会有这样一个命题？会有文学梦？文学会成梦？文学不是梦，不是朝思暮想的东西，文学是冤家，是血肉浸透的肝胆肺腑！一提到"文学"，我的心就战栗，我的血液就直冲顶门。我不知从何说起你这"文学"！

我刚开始识文断字，父亲从母亲的嫁妆箱底摸出一本书——《西游记》，"我的娃，这是《西游记》，有人晓得就要没收的！"这是藏书，比命不知要紧多少倍。不敢拿出大门，只能捧在手心，躲在后院小窑洞里翻看。那是个什么世界？石头缝里蹦出个石猴，会翻筋斗云，还会七十二变化，降妖除魔，上天入地。可恨那些排列齐整的文句（后来才知道那叫诗），既多又难懂，既讨厌它，又耿耿于怀。上三年级了，转到离家十多里地的下店子小学，好家伙，一群学生挨肩挤头争看连环画——《大闹天宫》《战马超》《野猪林》《枪挑小梁王》……讨要是不给的，轮换看没机会。怎么，岂能叫我看不上书？有的，书包里有奶奶装的小油饼，"芒种、岁狗，我拿油饼换看一会儿，行吗？"还是饥饿的年代，谁不心疼自己的肚皮。揪心的连环画如饥似渴阅读着，离奇新颖的故事梗概如浪涛般撞击着。这是真的？人会变化？会那么讲义气？有那么漂亮的女孩？贾宝玉、林黛玉为什么不能到一起？我们如饥似渴地争抢、阅读，课内，课外，干粮换着读，巴结讨好读。老师终于发现了我们偷看这些不敢拿到桌面上的书籍，但他并没有如我想象的那般呵斥责骂，他只是小声提醒：这些书不能拿到学校阅读。老师讲，好好学习，长大后就有很多书读，就能编写这样那样的故事。那时候，走上街道，宣讲"最高指示"，演出文艺节目，外地来的老师的普通话朗读，那整齐的节奏，铿锵的音韵，热烈的氛围，那比踮起脚跟争看舞台演出不知来劲多少倍。那叫诗歌，比《西游记》里的好懂，比课本上的热烈。我又喜欢上了诗歌。正如老师所讲，你们喜爱写作，那是好事，平时要多观察，积累素材，一步一步向"文学"靠近。那时候，生产队里也闹"批林批孔"，我逮着时机，忆想着学校课堂上学到的点滴知识，一气编成长诗，春秋战国汉唐宋，孔子孟子大周公，洋洋洒洒，一百多行，大字抄报，俨然上墙。其实，那哪里是诗，那是顺口溜。而在那时，我为有人夸赞我能写"诗"而沾沾自喜，从此也就有了分享"编写"成果的小瘾——能写诗文，人们会赞你有学问。我开始做起我的文学之梦。

高中毕业，回乡务农。心高气傲的我不屑与农汉村姑交流，一心只想看书、编写。可叹，没什么可读之书；写什么呢？身旁脑际尽是犁地、播种、翻土、造田的影子，挑水、捡菜、刷锅、叹息的声音。"我的文学梦呢？""我和文学有缘吗？"当务之急不是"梦文学"，而是想方设法跳出农门，吃上"皇粮"，做个人人看得起的人。也算幸运，我的吃苦用功得到了生产队长的赏识，他打发我去十里之外的碧玉镇子学开手扶拖拉机。培训结束，照例要写总结。十五六个学员中，要算我的文笔还可以。不费功夫，三四千字的总结一挥而就。殊不知，就这一份总结，让我真的有了机遇，农机站站长欣赏我的文笔，中学校长认可我的肯用功，力荐我当一名民办教员。这就是远近闻名的鸡川中学，这里可是高手云集的学府，高雅的谈吐，求知的氛围，立刻激起我探讨学识出人头地的强烈欲望。同时，贫穷的家道、困顿的生活，迫使我开始低头，多看父亲母亲菜色的脸面、粗糙的双手，多听周边亲朋邻里们的感慨、诉说。文学是什么？要关注什么？写谁？怎么写？怎么样才能算是作家、诗人？乱七八糟的问题在我脑际萦回、冲撞。我尝试着采访村子里的人和事，为一些不合孝道不守法的事而鸣不平，诉诸笔端，投寄报刊。我开始正儿八经衍生文学之梦。恢复高考，幸得榜上题名。填报志愿吧，北大清华，中文专业；兰大师大，还是中文专业：这辈子就要成为作家诗人。可我不认为我太狂妄，我要有远大的抱负、超群的理想。

那一天，一纸录取通知书一下子击碎了我的文学梦，那是陇西师范学校的录取通知书，中等专业学校，毕业后要当老师！我岂能接受！我要写诗，成为作家，我最反感老师职业。"娃娃，先去上学，捧住饭碗再说。上班工作照样能写你的诗，出你的名。"好多老师热心开导规劝，再联想穷困的家庭，走吧，先去师范，找一份工作再说。

那时的师范学校，紧赶急教要培养师资力量补充教师队伍，课业加量、课时延长，老师学生吃饭小步跑，晚上熄灯后偷着被筒里学，常有学生晕倒在厕所里——考不及格不予毕业，饭碗就会捧不到手。我呢，因为开学初的一篇作文——一首怀才不遇的小诗而小有名气，我的文学梦又被引诱而生。课外活动、周日晨昏，那堵厚实的老城墙，就成了我延续文学之梦的绝好场所。我读贺敬之、郭小川、李季，读普希金、马雅可夫斯基，读李白、杜甫、苏轼、陆游、辛弃疾，也读《钢铁是怎样炼成的》《上海的早晨》《林海雪原》……凡能到手的诗歌、小说、文艺评论，一股脑儿阅读。我坚信我能成为作家、诗人，我执着地延续我的文学梦。

我做我的文学美梦，可我的初恋难以理解我的情怀，她嫌弃我是中专学历，中断了恋爱关系。这让我难以接受，曾经的海誓山盟，无数的甜蜜美好憧憬，一夜之间化为泡影。我灰心，失落，无助。怎么办呢？我要消极、沉沦？不能，我不会！我有笔，有才情。写吧，书写我的不平、我的愤懑。短短一个寒假，不分昼夜，我情难遏制，奋笔疾书，草草创成八幕秦腔剧本。那时是多么天真哪！剧本就是那么写的？我喜欢拉二胡，多少懂一点儿秦腔演唱程式，也读过几幕剧本。我就不知天高地厚，写起剧本来了。无奈，学还得上，书还得读，走上工作岗位再说吧。毕业分配工作，班主任老师建议有关部门：这娃子喜爱文学，建议分配县文化馆搞创作，说不定将来大有可为。或许急用教师吧，或许我没门道吧，我被分配到边远的一所农村中学。"我的娃，当老师好，受人尊敬，工作干净！"父亲一再开导我，他看重老师，不跟运动，不整人害人。能有什么办法呢？教学之余再圆我的文学梦吧。一进校园，我才知晓，一旦踏上三尺讲台，面对眼前一双双明亮无邪的目光，你哪有多余时间构思人物情节，哪有激情灵感喷吐华章丽句！我教两个班一百多位学生语文课，备课、讲课、辅导、批阅，小到标点符号、大到语句章节、思想内容、谋篇布局，有多少心血就花多少心血，还有班主任工作，大学语文函授，杂七杂八，课内课外，那个忙碌啊，不是晕头转向，也是手脚并用。我又逞强好胜，工作不愿落在人后。我的文学梦也就消失殆尽。

更深夜静时分，只在笔记本上草草诉几句苦，抱怨幽幽消逝的文学之梦何时再续。

无暇顾及文学，就玩消遣把戏吧，练习书法，演奏胡琴，猜拳行令，寻求一时安宁。但我不服气，我的理想呢？我的诗人、作家梦呢？我就这样碌碌无为下去？

一九八二年，罹患心脏病的二妹溘然长世。她最倚重我这个吃"皇粮"的大哥，可我无能力为她治病，她就在我怀中咽下最后一口气。面对急得死去活来的父亲母亲，我该拿什么减轻两位老人的悲伤呢？我主动提出相亲，她也是农村姑娘，和我二妹同岁，失去母亲，侍奉父亲，拉扯两个年幼弟弟，好多青年艳羡她的漂亮温柔，但惧怕她的家庭累赘，不敢答应与她成婚。我俩见面，没有海誓山盟，没有重诺千金，只有彼此心心相印，怜悯同情，她姣好的面庞、端正的身姿包容着一颗善良、温柔、精细的心。老实说，和她相识相爱，我已此生满足，我不再需要构思、书写、劳心费神，我的娇妻就是我最辉煌的诗篇、佳作。如果说文学梦偶尔幸临，那一定是我端详我的娇妻时的冲动、激情，描写她的姣好、美丽、善良、温柔、勤劳、精细。

我有无数双清澈明亮的目光映照，有一双温柔热烈的俊目顾盼，伶俐玲珑的儿子女儿绕膝呢喃，我有何求？我已无意爬格子投稿件。人人讲求实惠，个个眼盯金钱，我也教好我的课程，顾好我的小家吧。可是，天有不测风云，人有旦夕祸福，呵护心疼我的奶奶离开人世，勤奋良善的父亲也撒手人寰。还没缓过神来，年轻力壮的二弟出外打工，一觉睡去，再无回应。我该怎么撑持这个家啊！我太自负自私，总以为我在干着神圣的事业、高尚的工作。有个体贴疼爱勤劳精细的好妻子，家中的一切大可放心，耕耘播种、收割打碾、淘洗垫喂，里进外出，所有家务她都包揽，她也要强，绝不分神丈夫事业。她累垮了，咬牙硬在支撑。她，盼望儿子上学女儿读书，期冀儿女将来有成。终于，她倒下了，二〇〇〇年正月初九，她一声不吭倒在剧场。她有太多的话语要叮嘱，有太多的期望要诉说，有太多的活计要去做，有太多的善良要施舍！她喜欢听我拉胡琴，喜欢读我涂改的诗文！我不能没有她，我应该陪她静卧黄土之中。可是，儿子女儿谁拉扯？侄儿侄女谁照顾？年迈母亲谁侍奉？苟延残喘，行尸走肉，我勉强挪移着吧。我活着，有时看看母亲她老人家，可她从一里之外的老宅子蹒跚到我的院子，烙馍，洗菜，缝补。她不呻吟、不叹息，她知道她不能倒下。慢慢地，我抬移目光，打量庄院，探寻其他。母亲身后有许多和她一样颤巍巍的身躯、混浊而坚毅的目光。她们当中，有的丈夫身在台湾，一别五六十年；有的夫君撒手人寰三四十载，撇下年迈父母、稚嫩儿女，可她们忍辱负重，只身扛山初衷不变。她们变着说辞开导规劝我、鼓励我，她们凭着什么这么顽强？她们依靠什么毅然决然生活下来？她们不是几个人，不在一村一社，她们太多太多，祖祖辈辈都有，各朝各代相同，冲锋陷阵，召唤后人，培育苗裔，不忘初心……我的妻、我的母亲、母亲周围的我的婶婶阿姨们，我该怎样报答她们的养育之恩呵护之情？她们的感人之处、可歌可泣之事太多太多。我能做些什么？笔，文字，文学，在这样的境遇中你又出现。你是什么？我已经忘掉你、轻蔑你，你不能给我带来什么。可是，小冤家，我又扔不下你，你折腾我大半生，我要揉烂你，咀嚼你，吞咽你。你不再让我在名利场上徘徊，不容我无病呻吟。你提醒我，看前面，俯仰人生，关注芸芸众生。我再不是冥思苦想，不是搜肠刮肚，我有激情要喷涌，有酸甜苦辣要倾诉。那是寒冬腊月的一个早晨，突然，我如着魔一般，泪如泉涌，不能自已，那些亲切的、疼爱的、善良的、悲悯的、慈祥的、和蔼的面孔，那些勤奋的、团结的、灵巧的、宽厚的、顽强的、博大的大手、大德、大行、大集体，让我战栗，逼我震惊。我不是在写作，我是在喷涌，在哭，在喊，在诉说。短短二十三四天，三十七八万字洇湿一摞稿纸。"满纸荒唐言，一把辛酸泪"，还有，"狗日的，文学"不管发自肺腑，还是愤激之语，我算是有些领悟，文学，你哪里是"文学"，你是彻头彻尾的"人学"，是做人的学问！夜深人静，我告慰妻子："宛，哥哥稍得宽心，哥哥用文字记下了你，记录下了和你一样的许多许多难以忘怀的人！"年后，小妹自河西来，翻阅草稿，不忍搁置，力荐联系出版。未料出版社一眼看中，及时联系，终得付梓，终于有《岵岘往事》长篇面世（拙作《岵岘往事》由河北的花山文艺出版社出版发行）。

文学梦，谁承想，你以这样的冤家对头状牢牢缠绕我的灵魂；文学，谁会料到，你让我用血和泪浇铸你的躯体！文学梦，我怕你又离不开你。

文学梦，我的冤家！你让我今生今世不得安宁。你是我的激情号角，是悲悯肝肠，是不屈毅力！

肃州赋（新韵）

亚欧要冲，丝路重镇。福禄宝地，肃整冠名。走廊帷幄，泉溢汉御美酒；祁连屏风，杯映夜光霓虹。太白诗，合辙广场韵律；左公柳，轻拂游人衣襟。麦浪滚滚，自古沃野金银地；瓜果飘香，从来富庶聚宝盆。街衢纵横，商铺玑珠，天上街市犹自惭；南来北往，骚人墨客，畅饮汉泉荡诗魂。文殊携狮，摩天大楼堪分辨；法幢肃穆，慈善悲悯总氤氲。枕合黎，梦断海市蜃楼；襟六河，流觞葡萄香醇。长河落日，霞光轻托钟鼓楼；大漠孤烟，飞天巧越航天城。壁画魏晋，腾云天马长啸；水磨彩陶，辉映大禹雄风。狼烟不再，鼓角争鸣，冠军侯可辨军民演练？关隘犹险，烽台屹立，飞将军折服火箭军营。嘉峪晴烟，情绕穿梭班列；清河夜月，辉洒美满门庭。果园怀茂，硕果点缀总寨；泉湖丰乐，歌舞陶醉西峰。队队焉，排排焉，晨练太极八卦；浩浩乎，攘攘也，晚舞探戈拉丁。胡琴悠扬，竹笛嘹亮，八声甘州犹存憾；琵琶反弹，玉磬铿锵，一腔出塞抒豪情。胡笳翻拍，歌赞回归；宝卷依旧，镌刻初心。莘莘学子，高台瞻仰，先辈英烈欣慰；飒爽英姿，垛口宣誓，张骞班超动容。信义承传，仰慕祁子庞子；忠孝赓续，感念阎公胡公。金塔凌虚，愧步神舟后尘；玉关来远，恰遇杨柳春风。小康早度，映雪南山擎大纛，告慰西路忠魂；华夏圆梦，平沙北陌铺锦绣，全凭铁人精神。"一带一路"，汉唐刮目，特色使命召唤；举国举世，炎黄颔首，复兴大业引领。扬鞭催马河西地，登天揽月肃州人。躬身酒泉才豪饮，为我中华再立功。

血洗许家堡

一

那是清朝同治年间的事。同治六年，中秋节刚过。甘肃省通渭县东端的许家堡、丁家店、牛家坡一带（今属鸡川镇辖境），庄稼汉正忙着收拾大秋。这一年风调雨顺，庄稼丰收，沉甸甸的驴缰绳谷子割下后要担，密匝匝的甜荞苦荞拔下后要挑，铲下的稠实蜂蜜要卖，沟坡梁峁上冬小麦要播种，"八月中，没吃饭的工"，人们简直忙昏了头。

这天上午，"勤俭堂"家的张掌柜张三爷领着一伙长工去许家岔担谷子。几截米黄色糜面贴馍吃过之后，长工们辫子一甩，裤脚一扎，腾腾腾，一路飞奔，束捆、插担、起挑，哗闪哗闪，羊肠小道上一溜谷担一字移动。路窄担宽，移肩换担要看坝口。时常是领头的走到宽展处，喝一声"换了——"自己撑担换肩，后边的人做好准备，到时候提气、鼓劲、转担。

张三爷捡拾完谷摊上的谷穗，快步跟上长工，听前边的人粗犷而悠长的吆喊，心里泛起一丝甜甜的快慰与惬意，总算盼到了穗子收腰、大场起摞的时机，他长长嘘一口气，绕过沟畔，穿过柳树滩，向石头坡爬去。突然，一个女人的声音尖厉传来："救命啊，抢人啦——"

张三爷大喊一声："撂担，追赶！"带头向呼救处赶去。

前来抢劫的土匪有二三十人。张三爷和长工们赶到堡子下边时，陈家五虎已经领着堡内伙计赶跑了土匪。"穷寇莫追！叫陈家弟兄回来！"张三爷让人喊回追赶土匪的人，自己去探视受了惊吓的张家坪女人。

约莫一顿饭工夫，陈家弟兄回来了，陈家老五手提一条辫子，不无得意。张三爷长叹一声："唉，你们惹下麻烦了！"只好让陈家老五昼夜巡视，时时防备，传话提醒附近几个村庄人们注意，土匪肯定会前来报复。

被击溃的这股土匪，领头的叫侯十。这家伙诡计多端，心狠手辣。他听说许家堡的张家坪尽出美人，就领着二十几个喽啰前来抢劫，没料到竟被堡子里蹿出来的几个人杀得落花流水狼狈逃窜，那个手使双刀的小伙子一个扫堂腿，把他磕翻在地。他连声求饶，双刀手硬生生把他的辫子割了下来，他羞愧难当怀恨在心，此仇不报，枉为侯十。

"许家堡，五只虎；张家坪，出美人。"其实，这时候的许家堡已经没有许家，七八十户人家的小镇，杂七杂八居住着刘、何、李、王、张好几个姓氏的农家，张氏是大姓。陈家一门崇尚武功，个个演练拳脚，到陈家五虎时已是个个能飞檐走壁。堡子东边张家坪，女子个个出落得粉嫩水灵，招人喜爱。张三爷是许家堡方圆十里唯一的秀才，为人厚道，家道殷实，钱粮囤积，骡马成群。农忙季节他招呼伙计们播种收割打碾，闲暇时节延揽农家子弟开卷课读。他的众多弟子中，有个王家小伙子，悟性超群，忠厚朴实，长得又是神清骨俊，一表人才，深得张三爷垂怜钟爱。授课之余，他和小伙子谈古论今，畅叙抱负，觉得小伙子目光远大，器宇不凡，他倍加器重，从中撮合，把姣好美丽的侄女许配给了王家小子。他和王家商议，新春之际一对俊男倩女合卺完婚，好让王家后生放心课读博取功名，他包揽一应婚嫁迎娶费用。

二

民谣曰："刚七刚八刚五子，领上侯十打堡子。"其实，刚八这股土匪，刺探虚实、搜寻财富的眼目是侯十，这家伙领着刚家弟兄杀人放火，无恶不作，他们主要活动在东到静宁西吉西至通渭会宁这片。侯十探听到元宵节许家堡有人要娶亲，就怂恿刚氏弟兄前去抢劫，说那里有好多美人。

过罢大年，热闹元宵。张三爷周密部署，精心安排，南川、下庄、冯家岔、张家坪和堡子村，几个村落的男女老幼都进许家堡吃喜酒看大戏，陈氏五虎各把一关，流动放哨，谨防土匪前来骚扰。

张家坪距许家堡三里之遥，中间榆柳参差，古槐相杂。喜欢热闹的人们在树干之间系上胡麻毛绳，挂起彩色绣球；几面牛皮大鼓和着铙钹铜锣咚咚嚓嚓地震响。张三爷的侄女出嫁，人们争先恐后凑奁添箱，吃席贺喜。

酉时已到，新娘上轿；唢呐鸣响，彩钱撒抛，好不热闹气派，扣人心弦。男人要争看新娘子的姣好面庞，女人要一睹新郎官的儒雅风流。刚刚解冻的黄土路上挤满了瞧热闹饱眼福的观众。花轿到了堡子前边，王家族人快步迎上前去，双方人众严肃作揖、焚香。新郎亲揭垂帘，扶新娘慢慢步出轿来。顿时，礼炮齐鸣，锣鼓喧天；礼宾唱仪，欢呼四起。

突然，有人断喝一声："土匪来了，快跑！"

张三爷站立堡门，镇定地指挥人们快进堡子。男女张皇，老幼喊叫。距离堡子近的先后钻进堡门，远一点儿的来不及躲避，只得四散奔逃，各自跑向家中。

一围刀光剑影密密匝匝耀眼刺目向许家堡闪闪逼近。

三

许家堡位于许家岔、冯家岔两岔交汇口，东边连接新景大山绵延伸出的张家坪（今东坡村），南西北三面濒临由东北蜿蜒而来折向南去的季节河。站在西北角的堡子坪（一九八三年被列为县级保护的新石器遗址）向南面望去，新景大山犹如一条腾云驾雾的巨龙，许家堡恰似俯视探寻的龙头上隆起的龙鼻。

"嗬，真是易守难攻的许家堡！"匪首刚八对着刚七颔首赞许。他们二人领着三百多人驻扎在堡子西边的镇子中。他和手下几个人攀上堡子坪，谋划着如何攻破许家堡。

张家坪这边，侯十向刚五耳语一阵，刚五命令手下人向附近几个村落奔去。

张三爷一整夜没有合眼。这股土匪人多势众来者不善，他们不急着抢钱抢物，却安安稳稳安营扎寨："麻烦惹大了！"他叹息一声，脚不驻足地巡视，并告诉防守的别轻举妄动，一有紧急情况马上吹号预警。

陈氏五虎建议趁土匪们昏睡之际打开堡门杀出去，向北边的丁家店、南边的铁柜堡、牛家坡求救。王子生提醒不能逞一时之勇，土匪早有防备，好多乡亲押在土匪手里，一旦动起手来，定会伤及自己人。张三爷担心的正是这个。他悔恨自己还是考虑不周，一部分乡亲没进堡内，现在竟成了土匪要挟逞能的把柄。

天大亮了，张三爷率领堡内众人登堡巡逻。只见西边、东边两股土匪向堡前涌来。果然不出所料，大刀长矛前面是被赤手捆缚的乡亲。匪首刚八辫子盘顶，络腮胡子倒卷起来，他大声吼叫："请张三爷出面答话！"

张三爷凛然越出人众，声如洪钟："刚八爷有何吩咐？"

刚八不无得意地狞笑两声："哈哈，割了一条又来一条。"他右手一伸一甩，粗重的辫子向后飘去，在空中滴溜溜扭动，荡回来，紧紧缠在脖子上头。这一手，激得匪徒们"帅啊——"喝起彩来。

陈家老二要扬手，张三爷抬手阻住了他。大声说："八爷好功夫，那好，我们好好谈谈。"他抬起右脚，噗的一声，一把太师椅凌空飞起，越过人众，稳稳落在堡墙瞭望台上。他轻轻一跃，双膝盘曲，稳稳坐在太师椅上。这一下，干净利落，出手不凡，堡上拍手，堡下瞪目。

刚八倒吸一口凉气，心想，侯十这小子佩服陈家五虎功夫了得，看这个张老头的举动，这帮蛮哥子着实不好唬，这许家堡不好攻取，但不能怯场，刚八一捋胡子，黑脸一扬："三爷好身手！可三爷不想，那太师椅再稳也才有几条？""四条！"匪徒们齐声呼喊应答，以示他们人多势众。

"张三爷，你是一个明白人，应该知道八爷此番前来的用意。八爷有两个要求：一个，交出陈氏五虎；二者，送出昨晚迎娶的娘儿们，八爷收到走人。要不——"

"玉石俱焚，鸡犬不留！"侯十可着公鸭嗓子，一顶破毡帽底下的蛤蟆嘴喷着唾沫星子。

张三爷知道这是一个杀人不眨眼的魔头，但他还是耐心提醒："弟兄们都有亲人有妻室，何不想想年迈的老娘、房中的妻子儿女！弟兄们手头紧，张某可以聊作添补。请八爷提个数字。"

刚八向刚七、刚五瞅去。可是尖嘴猴腮的侯十向三人嘀咕几句，刚七冷笑说："不行，老子定要会会陈家弟兄，不是号称陈家五虎吗？难道怕了吗？"

刚五也淫笑一声："听说张家坪出美人，送一个出来，五爷亲亲就行。"

陈家老五忍无可忍，他右手一扬，一只飞镖嗖的一声飞射而至，刚五的辫子立时散落开来，堡上堡下顿时剑拔弩张，土匪中有人举起火枪。

刚七冷笑一声："好啊，要显手艺吗？哪个敢和七爷当面锣对面鼓碰一碰？"

张三爷朗声一笑："对啊！听说刚七爷的鬼头刀可是得的刚老太爷真传，能否让张某和乡亲们一饱眼福？"

刚七听人称赞他刚家的武功，忘乎所以，不顾侯十劝阻，得意地说："怎么？张三爷敢和七爷过几招吗？脖颈痒痒吗？"

张三爷朗声大笑："大丈夫一言既出，驷马难追。张某就和七爷过几招，不过，有言在先……"双方讨价还价，一场比拼即将开始。

四

张三爷是秀才，一副文弱书生的样子。其实，他有一身过人的功夫，陈家五虎佩服张三爷刀马娴熟，拳脚精到。但和匪首比武，他有把握吗？土匪能讲信用？堡内人人议论，个个担心。但谁也再没个好主意，现在只能拖得一时算一时。陈家弟兄争着要替张三爷出马说："三爷你不能去，你要承头，指挥大家！""刚家弟兄要的是我们弟兄，我陈五生惹的祸，我去对付！"王子生和侄女也一再劝说张三爷仔细斟酌，不可轻信匪徒的许诺，那个侯十诡计多端，什么坏主意都能想出来……

张三爷反复权衡，没有更好的办法，这股土匪不会善罢甘休。估计单打独斗刚七占不了上风，只要打掉匪首的威风，再破些财钱，他们也就撤兵返回了。即使战个平手，也能挫挫他们的锐气。拖得北南两边救援的人马喊杀声响起，堡内人再开门夹击，土匪也就知趣撤走了。

侯十提醒刚七不该和张三爷比高低，说咱是来干什么的，哪管信义不信义。可刚家弟兄不同意，他们认为，对付张三爷这样的人物，偷袭不成，就只能让堡子里的人慑于威力心服口服，让他们不费一刀一枪大把抓钱大捆敛财，日后在通（渭）静（宁）西（吉）会（宁）地面上就能畅通无阻呼风唤雨。刚七自信他的一把大刀还没遇到敌手，"刚家刀，水不浇"，他大刀抢圆，上护头身下护腿脚，水泼不进，人难近身。他叮嘱侯十不可提前偷袭，七爷扬刀再扣扳机！

午时三刻，锣声震响。许家堡堡墙上站满了男女老幼乡亲，人们手捏一把汗，心提嗓子眼。陈氏五虎除老大坐镇把持外，其余四人各居堡墙四角，瞭望探视，以防偷袭。

土匪们后退半里之地，在堡门对面围成半圆，枪挎肩头，刀入刀鞘。

刚七黑衣黑裤，扎束利索。颔下一副络腮胡子，脸面黝黑，杀气凛凛，一把大刀斜插后背。他轻轻一挥，河岸边一棵合抱粗的柳树噼啪一声，一块树皮颓然掉落下来，齐腰高露出白花花一截树身。

与此同时，随着咯吱一声，堡门开处，一圈洁白的东西直射而出。待人们辨认时，只听堡墙上呼的一声，一把椅子倒飞下来，那白东西轻轻翻卷上去，落地无声，静止有形。张三爷到了，白衣白裤，干净整洁；三绺长髯，一双俊目；潇洒干练，书生风度。虽说已是五十岁的人，但神清骨俊，腰板挺直。更令人费解的是，这位张三爷竟赤手空拳，辫子垂后。

"三爷，手无寸铁，莫非小看七爷？"

"只讲比武，不较兵器，有本事只管放心使出来！"

"好！看刀！"

一白一黑两位高手就在堡墙下面季节河边比拼起来。刚七走的是勇猛力道，张三爷使的是轻柔灵巧。一上手，刚七使出刚家十八刀，劈、刺、砍、挑、带、剁、扫、绞，刀刀直逼要害部位，恨不得将对手砍为齑粉剁成肉泥。其实，刚七舞的这一套都是传统套路，只不过这家伙力道沉、心怀狠，一把大刀使得呼呼生风，处处杀机，时时死道。

张三爷成竹在胸，虚与周旋。他已探明刚七的刀法路数，但他不能速战速胜。三下五除二胜了刚七，土匪恼羞成怒，那些火枪可不好躲避。他要刚七输得心服口服，兑现诺言，带领土匪立刻撤走，但张三爷想错了。

刚七见张三爷赤手空拳，心中羞愤，故意用沉着迟缓的刀法迷惑对方。他看张三爷面露轻蔑，刀光一闪，唰唰唰，刀法立变，一下子逼得张三爷左躲右闪，连遭险情。

张三爷惊出一身冷汗，险遭暗算，不可大意。他右臂一抖，手中已握有一把精铁戒尺。

这场搏斗，惊心动魄，令人窒息。斗到酣畅处，只见黑白相绞，刀光滚动，一团寒雾笼罩了巴掌大一块地方，乒乓作响，叮当悦耳，浑然不觉得眼前是生死相较。

五

王子生坐卧不宁、站立不安。他深知：和土匪这么比拼打斗不是上策，侯十的恶名如雷贯耳，抢劫一方没有空手而回的。割了他的辫子等于扒了他的祖坟要了他的老命，没有比这更令他羞辱难当的了。他引来五六百杆子，一场血战在所难免。去请官方解围，最近的通渭县衙距这里也要七八十里，而且官方正在"围剿"某地造反的老农民，无暇顾及地方匪患。去南北两边大村庄求救，这一带略有势力的富户都是洁身自保，从不联系；况且四周有匪徒把守，只身一人绝难溜下堡墙。听说堡内挖有暗道，但不知设在哪里。昨晚张三爷来到窑洞，似有隐秘要告诉，但碍于人多，他只叮咛我妈妈照顾侄女，不可逞一时之勇。我得想想办法溜出堡子，不能坐以待毙。大丈夫连父老乡亲都保不住，何谈为国捐躯效命。王子生想到此处，豪气充盈，泪水晶亮。三爷平时的教诲回响在耳旁，不进科场也罢，只要求得一方平安，让我的好妹妹……他情不自禁，紧紧捏住娇妻的嫩手，任她轻轻依偎在怀里。

侯十何等诡谲，他早已派心腹亲信严密把守堡子四周。他明里劝阻刚家弟兄不要单打独斗，暗里却挖空心思想着怎么除掉这个黑煞神。刚七和张三爷一交上手，他一阵暗喜：刚七丧命，刚八刚五岂能善罢甘休，一场生死拼杀自可发生；而张三爷受挫，陈氏五虎不会袖手旁观，刚氏弟兄会更嚣张，一场混战，两败俱伤，我侯十……侯十神秘地咧嘴一笑，一双鼠眼睛滴溜溜乱转，得意地向比拼场地望去。

张三爷和刚七的这场打斗已持续了半个时辰。张三爷渐渐架住了刚七的凌厉攻势。刚七的这套刀法，走的原来是崆峒山什摩尔刀法套路，每一个套路开头都是花架子，中看不中用，破了花架子，后边的刀法也就乱了。想到这里，张三爷左臂一缩，右手一抢，铁戒尺滴溜溜转动，叮当一声，刚七的鬼头刀脱手飞出。与此同时，张三爷猛一矬身，左腿支撑，右腿圆抡。

"扫堂腿！"刚七吃惊之际，看对手蜒身抡腿，猛想起侯十被陈家老五扫翻的情景。他屏气凝神，纵身起跳，想躲过这一扫，哪知张三爷只摆出个架势，待他刚刚起跳时，张三爷如一簇利箭劲射而至，冷冰冰的铁尺立时抵住他的喉头。

张三爷的这一手有名堂，叫作"戒尺提问"，用的是教授学童的术语，居高临下，寒气逼人。刚七双手抱拳，面呈愧意。张三爷立时收起戒尺笼袖，和颜悦色，大声说："刚七爷谦让，谦让。能否进堡一叙？"刚七右手一扬，气喘吁吁地说："承蒙张三爷手下留情。走，我送你进堡。"

这场比拼，胜负分明。但看出底细的人不多，堡墙高达两丈，从上向下望去，只见一白一黑平稳落地；而围观的土匪在几丈之外，戒尺点喉，断难分明，甚至有人压根儿没看出来张三爷手中握有什么兵器，待刚七大刀脱手后已是暗暗称奇，现在看刚七随着张三爷向堡门走去，禁不住喊叫起来。

"老七，不能进堡！小心陷阱！"刚五大喊着冲上前来。

堡中陈家老五手提双刀，跳下堡墙，飞奔堡门。眼看一场混战一触即发，双方人众齐声呐喊，声震屋宇。

六

刚氏弟兄中武功要算刚五最高，而陈家五虎里老五刀法最精，有"五阎王"的绰号。一交手，二人就杀得难解难分。刚五看张三爷移椅坐凳，深知单打独斗占不了什么便宜，他没拦住老七去会张三爷，深感不妥。后来看到七弟跟随张三爷要去堡中，知道交手失利。情急之下，他急忙追赶，没料到堡内杀出陈老五。他知道不是对手，但两军对垒，主帅相逢，岂可怯场退缩，只好硬着头皮舞动双刀拼命砍杀。

陈老五憋着一肚子气。上次放跑侯十，今日引来此等祸患，一些人对他不无怨怼。不是张三爷和大哥阻拦，他早就独闯匪群了。他不计后果，一心要取贼首性命。他怒目圆睁，咬牙切齿，两把钢刀使得密不透风，闪金耀银。他要人们见识见识他陈家双刀的厉害，只一袋烟工夫，刚五便手忙脚乱，气喘吁吁。正在躲避，噗的一声，粗壮的辫子擦头皮被割了下来。他刚要呼救，只见寒光一闪，噗的一声，一道寒光从顶门直贯下去，好一阵子，两半尸身才向两边直挺挺倒栽下去。

"五哥!"土匪们发疯般冲上前来,刀枪并举,火器齐射,陈五再无退路,他怕后退时乡亲们打开堡门,土匪趁机冲杀进去。好个陈家老五,只见他一个鲤鱼打挺,纵身跃起时,已在土匪群中,他挥舞双刀,左刺右劈,前砍后挑,一个人拼掉了二三十条性命,最后大呼"杀尽杀尽",被群匪砍成肉泥。

再无斡旋余地。土匪们推搡缚着双脚的庄稼人,逼迫他们在堡子南边悬崖下边挖洞。

张三爷安慰陈家弟兄别太悲伤,叮咛人们石头不离手、棍棒不离身,告诫老人妇女孩子不许乱走乱动,不准哭泣喊叫。他向北面正中堡墙下的窑洞走去。

夕阳依山。一抹余晖洒进窑洞,绿草涂擦过的土墙泛出莹莹光亮。土炕上,几床大红大绿的丝绸被子叠得齐齐整整。侄女低头倚在炕沿,双目垂泪,脸色微红,忧伤凄楚的神色更增添了她楚楚动人的风韵。张三爷一阵伤感,泪如泉涌,情不自禁拉起侄女的手,颤叫一声:"萍儿……"

"爸……"侄女哭泣着,紧紧倚在张三爷怀里。

张三爷一生未娶。二哥一家远在会宁,大哥患病身亡。他同情敬重大嫂,周济扶助母女俩,把侄女视作掌上明珠。嫂子去世后,他一腔情愫倾注在对侄女的呵护疼爱上。他想着给侄女找个知冷知热英俊有才的好郎君,他认准了王子生。但没料到他的一番好意竟让一双佳偶在新婚之夜就遭此厄运。张三爷悲愤填膺,唏嘘叹息。张三爷毕竟是张三爷,他有他的主意,他在侄女耳边嘀咕一阵,趁人不注意,父女俩进了附近圈骡马的大窑洞。

这是一孔年代久远的窑洞,宽达两丈,深可达十丈,两边依壁泥有槽头,十几匹骡马正悠闲地嚼着草料,后边依次堆着草料、农具。张三爷低声对侄女说:"萍儿,记住,左边马槽底下有块石板,搬起后你和子生进去,拉动左边木桩上的绳子,马槽木板错开,草料下落,盖住石板,毫无痕迹,但不可出洞,那边崖底下有人把守,直到土匪撤走后再出去……"

"爸,你……"

"孩子、蛮哥,爸只求你一件事!"

"爸,你别……"

"蛮哥，爸一生无儿无女，你就是爸的亲女儿，你二叔也无男孩。你要答应爸，不管你们生男生女，有一个一定要姓张，做张家的后代!"

"爸，女儿答应，爸爸……"

"孩子，快脱下嫁衣!"

掌灯时分，王子生被张三爷呵斥着去窑洞喂马。从此，这一对新婚夫妇再没出现过。

七

一夜挖掘。一夜防守。

天放亮时，堡子东南角下面已掘开几丈长几尺深的坑道。土匪见本地人怠慢，二人夹一个，吆喝踢打，坑道一步步延伸进去。

陈氏兄弟像热锅上的蚂蚁，来回奔忙，上蹿下跳，他们空有一身武艺却使不上。去恳求三爷打开堡门，他们痛快杀出去，能拼几个算几个。张三爷哪能答应。堡内三百人的身家性命，就靠咱们几个护持了，五弟已经魂归西天，"他去得值! 我不能再让兄们去冒险。土匪抢的是钱财，我豁出去了，一应家产全部供出，只要他们不动刀枪。"他叮嘱陈氏弟兄加紧四面防守，不到万不得已，不能伤人性命。正月十七，庄稼人叫它 "黑十七"，这天要耍社火，不管舞狮子、掌彩灯还是跑旱船、摇黑驴，一概黑灯瞎火，以示元宵闹过，准备动手干活儿，不再惊动招惹人们。许家堡方圆的庄稼汉哪有心思闹元宵，更不会有余兴卧"黑十七"，但十七这天的确是个黑色日子。清晨，雪花飘舞，寒气袭人，一群乌鸦嘎嘎地凄厉叫着，在堡子上头盘旋一阵，向南飞去。

张三爷心头一紧，抬眼向堡内望去。堡墙下边，疲惫的庄稼人三个一围、五个一簇，弯腰低头吹扇土疙瘩支起的铁锅，淡蓝色的炊烟舔过地皮，无力地向上盘升。女人们抹着泪，抚摸儿女的头，任凭孩子依偎在怀里，仿佛要施舍出最后一丝母爱。张三爷一阵心疼。这十年九旱的贫穷地方，庄稼人何时能过上平和安稳的日子? 天灾已使人们苟延残喘，人祸降临真的就要伸颈待毙了! 他向北面几孔窑洞深情望去，飘舞的雪花中，黑魆魆的窑洞寂静地立在那儿。小时候和大哥二哥放羊放牛，进堡门，钻窑洞，整座堡子就他们弟兄三个，但到处是他们的笑语欢声。每年藏东西，闹元宵，堡内总是一派欢快热闹气氛。而今，堡内容着二三百人，却尽是抽泣叹息。我的女儿连个入洞房做新娘的安静夜晚都得不到，我一拼命，谁去呵护疼爱她！我大半生勤俭辛苦，本想着为乡亲们办点好事，无暇关注自身；可如今眼看着那些衣衫褴褛面黄肌瘦的儿女就要身首异处……官兵们也不见前来，邻近的村落不见有援救响动。张三爷牙关紧咬，奋力登上东南角堡墙，满怀激情向围拢过来的乡亲们喊话：

"乡亲们！我张三娃承蒙父老乡亲垂爱，这几年积攒了一点儿钱粮，本想着一有天灾饥荒时聊以救助，因此，平时我对大家刻薄些。但现在……好钢用在刀刃上，我想过了，粮食是刨出来的，财钱是挣回来的。只要我们平安，我们重打墼子重盘炕，我决定……"张三爷向堡内人众说出打算之后，回转身大声招呼刚八刚七上前搭话。

刚八刚七听从了侯十的建议，要给敢于反抗的庄稼人一点儿颜色。西去通渭北到静宁的通道全部封死，官兵不会前来。他们命令手下喽啰装好火枪，毫不留情，伺堡墙倒塌，分排扫射，为五爷报仇，替侯爷雪耻。一听张三爷喊叫搭话，侯十在刚八耳边嘀咕一阵，刚八刚七出阵扬手示意聆听。

张三爷诚恳地说："刚八爷，你和弟兄们不就因为穷日子过不去吗？我张三一人做事一人当，这方圆十里我是主，我说了算。我本想让人去搬官兵，但我又想，何必与弟兄们结梁子呢？我张三愿意拿出我所有的积蓄供弟兄们享用，只要你保证弟兄们不动刀枪，不伤人命。"

"你有多少钱粮？"

"这样吧，八爷和侯爷前来堡中，我张三陪着七爷，等乡亲们都平安回去后，我陪八爷和弟兄们去取东西，保准弟兄们满意。"

"张三，这事与你无关。你只要放出陈家弟兄，八爷保证撤退。"

"八爷，你也是明白人，双方已有伤亡，再动刀枪，又说不准谁会伤亡，何必呢，你……"张三爷还没说完，嘎勾一声，一团铁砂激射而来，张三爷饮弹倒在地上。

群龙无首，群情恐慌。陈家弟兄再三大伙儿镇静，女人孩子还是哭爹叫娘，一片混乱。正在陈家老大分拨人众的当口，只听天摇地动轰隆一声，堡子东南角轰然倒塌下去。这一下，堡内乱了套，堡外哭声震野，好多人被埋在下面（一九七二年许家堡人开修农路时还在堡下的泥土中挖出铁镢头和人骨头）。

"弟兄们，杀进堡内，抢钱抢女人！"匪徒们呐喊着，舞刀挥枪齐向缺口涌来。

"小心！火枪！"陈家老大躲在缺口右侧，大声指挥人们向两旁躲避。陈家老二老三倚在缺口左侧，老四站在堡墙上，提醒人们看他挥刀投掷石头滚木，不可乱砸滥打。

挺刀持矛的匪徒爬到缺口处了，陈家老二老三冲杀出来，刚砍杀一阵，一排铁砂攒射过来，二人中弹倒地。

"乡亲们，拼啦！"老大老四狂呼怪叫，齐齐冲出缺口，跳进匪群，一场混战，鱼死网破，同归于尽。

陈家弟兄命归西天，堡内再无抗衡势力，那些戏班长、庄稼人，虽说喊杀震耳，挥锄抢棍，但怎是嗜血成性刀枪娴熟的土匪们的对手？约莫两个时辰，喊杀声渐渐平息下去。

黄昏时分，西风呜咽，残阳如血。许家堡内尸横遍野，鲜血如注，几只乌鸦嘎嘎地盘旋而至，扑腾着落到这片血腥气冲天的殷红土地上。

陇中境内，好多山头或险要处都筑有这种矩形或圆形的土堡。纯朴老实的庄稼人想着用这高峻封闭的土墙围护平安阻挡动乱，但他们压根儿不曾料到，他们生活在兵匪不断、掠夺频仍的时代，他们可以躲过一次两次抢劫，却逃不脱几个王朝一种制度的劫难。血洗许家堡，这只是那个时代老实巴交手无寸铁的庄稼人横遭厄运的一个缩影。

许家堡内三百个冤魂游荡在田间地埂。正月十八早上，季节河下游的铁柜堡人前去解冻的河沟挑水，发现水中漂浮着红色血水，人们猜测，上游什么地方又发生了战事。不久，铁柜堡又发生了侯十带领土匪抢劫的事。

端午前夕去探母

"就不能等几天，非要今日个去？"

"不能等！今天就去。"

老婆边抱怨边收拾，唠叨我太执拗，端午节只有五六天时间休息，到时候和儿子们一起去。她的顾虑也有理，毕竟六十六七的年龄，扶个三轮电动车，四五十里路，过峡口，绕石峡，爬老虎湾山，会车避让，过街顾盼，多操心！可是，能等吗？不能等，去看望母亲，在老屋院子走一走，停一停，和母亲说些往事，能等吗？不能等！

三轮车的电是充满的，给母亲买的食物是既定的，烧鸡、糜面馍、炸油饼、糕点、大锅盔，多是熟食；再买些菜蔬果品，西红柿、葫芦、茄子、辣椒、新土豆、西瓜、桃子。总之，是母亲爱吃的，尽量多买些。我知道，母亲时常盼望到身边的并不是这些食物，但我只能这样，回到她身旁总感到亏欠些什么，缺少点儿东西，让她观掂这锅盔，和往常您打的一样不；叫她品尝这西瓜，和上次吃的有何不同……和老人家多待一会儿，多说几句，即使她侧过脸面仔细听辨，转过脸来看我口型点头答应。我总是心内不安，我陪母亲的时日太少太少。

看望母亲去，怎么能等日子！周一到周五，是我当爷爷的日子，哄三岁的小孙女，腰腿疼痛还得闭口坚持，一声"爷爷"或者一张小嘴一噘，心里痒痒的，赶紧应答、跑腿。劳累是劳累，但内心充实、舒服，其乐融融，乐此不疲。母亲呢？一个人在那老屋出出进进，顾东看西，唤谁去？谁应答？那可曾是十几口子人吵闹、争辩、吃喝、忙碌的院子。别的不说，就那心疼孙子孙女的情景，那是刻进石碑雕成版印都嫌浅薄的。十几口人的饭要操持，喂毛驴的草禾禾要翻晒，小猪娃的吃食要搅拌，几间屋里的被褥要晾晒，地面要打扫，那双半缠半裹的小脚不能停，小跑，有序，脊背上还背着小孙子，手里拖着小孙女。下地收割，她趴在地上，小孙子骑在背上，一家人喜不自禁。等到六个孙子孙女争抢呼喊"奶奶"，老人家一声声应答、哄劝、安抚，缕缕白发就在那热切呼唤中稀疏，条条皱纹就在那心疼顾盼中堆积。她记着大孙子头顶的发旋儿方向，记着小孙女小腿上的宵小魔子；她熟悉每个孙孙的出生日期，没忘他们的肚脐眼长什么样子。她拦不住孙儿们长大后，一个个出外谋生，高兴他们走上岗位，成家立业。她这棵老根，从没离开过这小小的黄土屋。她不抱怨，知道孩子们也都艰辛，近的百八十里，远的千百公里，视频中问候一声，电话里亲热一番，她就心满意足了。年节下，儿子媳妇能来一趟，围住火炉，热上两盅，敬她一番，即使熟睡，她面颊上也是笑意融融。如逢端午节，孙子孙女们携家带口，围坐四周，调教小儿小女唤"太太"，小嫩手不住塞糖果、递粽子，老寿星不知乐成什么样子。

　　母亲帮着父亲伐倒团庄后边的老椿树，划板，截料，做成面柜，企盼里边盛满白面和各种杂粮面，她太想做各种各样的吃食了，馒头、花卷、荞面锅贴、糜面截截……可面柜做成了，里面好多年空着。母亲看着儿女们拆掉箍窑，撑起松檩松椽的敞亮瓦房，她听父亲诉说兑换老字画，回忆埋字画在填炕堆，藏旧书在嫁妆箱，新房没住几年，父亲竟撒手而去。她最吃苦耐劳孝敬温顺的二儿，她想给多烙几顿油饼子，多擀几碗手擀面，因为一大家人全靠他支撑，贩鸡蛋，种大田，出外挣钱，供儿女上学，他太辛苦。可他不伴母亲，英年早逝。暴风骤雨，雷震电击，她这棵摇摇欲坠的老树，树冠萎靡，枝枯叶落，但硬是撑持不倒，顽强挺立。她这根基，不知伸到哪里、抓牢着什么东西。

　　而今，母亲不必去面柜里探看，她在意墙上悬挂的字画，说那是父亲操心收藏的。我托人装裱成画框，她高兴。她说她哪里都不愿去，城里的楼房她住不惯，急人，碍手，没走动的地儿，她就习惯这敞亮宽展的老屋。她想说话，村上多少总还有几位熟悉的人，回忆往事，说说儿孙，打发光阴，还能凑合。就是……我理解，母亲和村上几位老人轻轻叹息之后的余音，那不再是加官晋爵后的鞭炮锣鼓震耳欲聋，不再是腰缠万贯荣归故里的趾高气扬，那该是热热的一声呼唤:"妈妈""娘",是响亮的小嘴喊出的"奶奶""太太"。

早年的端午节,天麻麻亮,母亲叫醒我们姊妹弟兄,每人绑花线,脚把骨,手腕子,五颜六色的花线牢牢绑上,说是虫蛇蚰蜒不会靠近。再去折柳梢,每个门框都得插上,意即不会离别,常有留存。花草上有露水,则要手抚脸浸,洗浴湿润,那会清心明目,聪慧伶俐。后来,每年的端午节,母亲独自张罗这些习俗,甜醅早卧好了,鸡汤凉粉早收拾妥帖了,花线托人早买上了,就等儿女孙子们到来,她边唠叨边忙碌。她说,柳梢折下来险些别不上去。这两年,母亲腿脚不灵便,手离不开拐棍,她想折柳(想着留)也力不从心,只有不断地念叨了。

啊,不能等!我该回去,母亲早早迎候在大门,她会说:"还没到五月五,你们……"

"妈!这不,就到啦!"

五月五端午节还要五天整,您老人家又会收拾这准备那的。这不,吃的,用的,我都带着,您就别再忙活。

想着和母亲见面时的情景,我在电动车三轮车上不由得心潮起伏。我得早点儿去看望母亲。

文 化 园 赋

　　黄河源远流长，孕育千载中华文化；秦陇厚重淳朴，栽培亿兆良善子民。华岭雄居，曾经扼守华双；安牛绵延，不啻滋润桑梓。家乡刘家埂，厚重人文地。虽垦荒拓土百载，却绳其祖武一脉。团庄城堡，防匪患于一隅，尚有精制铜锣为证；自发演艺，吼秦腔在院台，今存袍靴鼙鼓道具。战天斗地，老岾山大山顶梯田环绕；环保先行，柳树湾吊湾梁绿树成荫。改革开放，农贸并行，金城尽享吾乡鲜蛋；解放思想，经济运筹，遍地盛开药材香花。虽为岾岘梁顶，不乏氤氲人文瑞气，博士高帽早戴攻坚学子；即是白手起家，犹蠢铮铮商界铁骨，药材大家享誉陇右桑梓。无论雷李南刘贾，或是王谢党胡陈岳，诸姓相间，友善睦亲。修桥铺路，一呼百应。一人困厄，百家帮扶。贵有前瞻，尤重文化。三尺讲台，前捧莘莘学子；偌大校园，今增文化园地。捐资赠款，面貌一新；改建扩充，不遗余力。无论异地他乡，时时关心，难忘生养故土；欣喜根深叶茂，参天栋梁，总忆培育基地。端午良辰佳景，挂牌文化园地。文化娱乐，体育健身。众有所依，老有所乐。属文记载，歌以咏志。

二〇一九年端午

陇西师范七七级一班聚会节目及主持词

男：尊敬的胡老师，黄老师。

女：亲爱的同学们，与会嘉宾。

合：大家好！

男：如果说，四十年前，我们在师范校园相遇，是我们的缘分，

女：那么，今天，此刻，我们又在此地重逢，则是我们的福分。

合：我们要为我们的再次相聚放声欢呼，大声歌唱！（掌声）

男：老师，您教我们如何做人，您教我们怎样奉献。

女：四十年了，我们无时无刻不在感念，我们处处牢记您的教诲。

合：老师，请接受我们深深的祝福！

1.集体朗诵

男：当年苦读找快乐，课余演唱打砂锅。

女：而今花甲浅吟唱，还是满腔来应和。

男：想当年，紧张辛苦的学习间隙，一幕戏剧《打砂锅》让我们轻松、快乐、充实。

女：是啊，生活应该是丰富多彩的，请《打砂锅》原班人马王兴国、王安国、赖耀琳、张勤同学演出新版《打砂锅》。

合：有请吾老爷！

2.《打砂锅》

男：网上笑骂灿烂金，群舌难抵他三寸。

女：学习委员数他牛，半嘴幽默金彦君。

男：我们当年的学习委员金彦俊同学，童心不老，诙谐有趣，咱们班网页开通后，他和那时一样认真负责，

女：收，发，笑，骂，挨，忍，还那么厚道、忠诚，尤其他男中音，一亮嗓门，不惊也叫你头皮发麻，请欣赏他演唱歌曲××××。

3.歌曲《××××》

男：一双眸子特发亮，深情还在揽夕阳。

女：语出常有冷幽默，理案总是热心肠。

男：我们班李应遽同学，从事公安工作多年，外冷内热，合理办案。

女：特别是他那一双炯炯有神的大眼，令不法分子畏惧，让老百姓感到温暖。

男：他以笑话劝诫，用幽默开导。

女：请欣赏歌曲《天上布满星》。

3.歌曲《天上布满星》

男：龙腾虎跃忆当年，校园争抢看投篮。

女：窃窃私语暗崇拜，情书错投体育班。

男：那到底是情书投给体育班，还是体育班的投给该同学？

女：那就只有问问该同学了，大家想知道吧？

男：这虽是笑话，但那时的我们，文化课学习之余，吹拉弹唱，好不充实。

女：尤其我们的王安国同学，篮球场上那个龙虎劲，着实让人折服。

男：此次聚会，王安国同学牵头，联系老师，组织同学，联络食宿，操心费神，请同学们用热烈的掌声表示感谢！（掌声）

女：安国同学不光是篮球健将，他的歌也唱得棒，请欣赏演唱《甘肃老家》《拉着妈妈的手》《再见了大别山》。

4.歌曲《甘肃老家》

男：莘莘学子正风流，康健何惧青春痘。

女：绰号无碍美丽相，潇洒惹人频回头。

男：我们班帅男子多的是，苟世泽、王兴国、张发奎、卢小荣、陈万真……

数不胜数。

女：特别是丁功庆同学，骨骼清奇，五官端正，惹得几点青春小痘不时来袭，同学们亲切地戏他为"丘陵"。

男：是的，我们每个人，何尝不是黄土高原丘陵地带小小丘陵！

女：扎根泥土，默默无闻，任劳任怨，奋献青春。

男：就连脸上的青春痘，也都无私奉献给了他深深热爱着的这片黄土地。

女：大家看丁功庆同学脸面更靓丽了吗？请他为大家说说奉献青春的故事。

5.小品表演

男：同学们，我们的老师已年届耄耋，我们也大都步入花甲。但是，我们的任务还重，我们的工作更繁复。

女：正如网络流行语，没有孙子盼孙子，有了孙子当孙子。我们大都照看孙子，操持家务。

男：所以，我们一定要照顾好自己的身体，该吃就吃，该穿就穿，该睡就睡。

女：锻炼身体，健康为重。这方面，陈树人、王勇等同学为我们总结了宝贵的经验。请二位讲讲保健秘诀，表演太极剑（或拳）。

6，太极剑

男：而今顶天伟丈夫，当年愣头有童稚。

女：即使拔萃跃龙门，思念祖母揩鼻涕。

男：史振林同学，我们班年龄最小的小弟弟，刚到师范不几天，他就想念奶奶，时常偷偷抹泪。

女：是班主任老师哄劝他，开导他，鼓励他，使他成熟起来，成长起来。

男：大家看他，浓眉大眼，胡子拉碴，但一颦一笑中还透着几分童稚之气。

女：陇西师范七七级一班同学微信群就是他首倡建立。今天，他要为大家献上一首歌曲，我们鼓掌欢迎。

男：曾经演算为翘楚，何时多情总吟诗。

女：董郎不遂王母愿，却守陇原教仙女。

男：我们班董昭同学，不光数学学得好，诗歌也写得棒，我们在微信中常拜读他的诗作。

女：通俗，新颖，朴实，幽默。请欣赏诗朗诵。

7，诗朗诵

男：眉宇消失昏暗灯，耳际飘忽提琴声。

女：解渴正遇甘甜酱，揭密探宝有章程。

男：我们班演奏乐器的同学不多，那时，张程同学的小提琴演奏，丰富了我们的生活，增添了亮丽色彩。

女：可惜，因种种原因，他没能坚持演奏下来。但是，他的歌喉依然洪亮，激情仍然澎湃。请欣赏张程演唱《一壶老酒》。

8.歌曲《一壶老酒》

男：而今推崇高颜值，再高何如抬大鼻。

女：不信试看翩跹舞，联袂总有美人急。

男：一提大鼻子，大家都知道他是谁吧？他的大鼻子，可是迷倒了不少美女。

女：不信？你看，和他跳舞的美女来了。请欣赏双人舞，表演者：冉守华、张菊芳。

9.双人舞

男：绰号霹雷用意新，学业无成但用功。

女：愧无战马驰原野，聊握竹弓抒豪情。

男：二胡，我们民族最具特色的乐器，幽怨哀伤似怨妇哭诉，激昂扬厉像万马奔腾。

女：它以简单平常的式样，唱响了无数催人泪下、感人奋进的曲调。

男：雷战戈同学，爱好二胡，钻研日久，技艺非凡。

女：下面就欣赏他演奏《战马奔腾》。

10.二胡独奏《战马奔腾》

男：李海同学，业余时间精研段子，亲情、友情，师生，男女，老幼，无所不包，无所不能。

女：他的段子，推陈出新，脱俗去粗，给人以新奇，让人常捧腹。请听他说的新段子。

11.新段子

男：还有同学在金昌，脱离一线还发光。

女：相约新疆亚克西，情深何止厘米长。

男：苟世泽、伏建军两位同学，一在天山脚下，一在镍都城中。那时演算数学，求出得数，留下"二厘米长"佳话。

女：大家想不想听听二位在镍都新区，赏天山风光的奇特感受？请欣赏苟、伏两位同学的小品（或舞蹈）。

12.小品《×××》

男：研判易经学阴阳，风水地理胸中藏。

女：罗盘圈定平安事，腹内还存好文章。

男：我们班有位同学，他在工作之余，钻研《易经》，探究地理风水。

女：他是谁呢？对，他就是会师楼下半仙，未卜先知李进山。有请李进山同学为大家讲些这方面的故事。

13.故事《×××》

男：常为生计总奔忙，少有时机慰爹娘。

女：至今惭愧未尽孝，悔痛放声唱哭腔。

男：同学们，我们大都年过花甲，双亲大都离我们而去。

女：我们能有今天，首先，我们要感恩父母。

男：父母养育之恩，终生难报。只要我们心存感念，传承忠孝美德，我们心中也该释然。

女：赖耀琳同学，孝敬父母，友善亲朋，思母之情，切切不已。依据秦腔名家李小锋唱段，他翻改唱词，赋以新意。请欣赏秦腔清唱《哭亲娘》。

14.清唱《哭亲娘》

男：赵俊同学，我们的团支书，热情，大方，遇事敢承当，谈吐脱凡俗。

女：同样，他用歌喉倾吐对母亲的思念及对亲人的祝福，请欣赏歌曲《心中的歌献给妈妈》。

15.歌曲《心中的歌献给妈妈》

男：当年靓丽排成群，帅男俊少暗摄魂。

女：如今再看俏脸面，还惹同学起芳心？

男：同学们，谁暗恋过咱们班女生？谁偷递过情书？谁为分离而哭鼻子？

女：没有吧！那时候苦苦求学，胆小，也不敢追我们，留下终生遗憾了吧？

男：是啊，人生就是在好多个遗憾中度过，唯有遗憾，才可回忆，才有滋味。

女：其实也没什么遗憾，我们那时大都无暇吸引他人，也无力打扮，一打扮同学们就取笑。

男：大家看，我们班的美女都来了，她们还那么年轻，漂亮，褪去青春的娇艳，带着岁月的成熟，她们向我们走来，刘选萍、张菊芳、宋淑霞、牛跟琴、王秀琴、司玉仙、安莲英……欢迎女同学们！（掌声）

女：感谢老师，感谢同学们，我们为大家跳支舞，唱支歌吧！

16.舞蹈、歌曲

男：书法，中华文化奇葩之一，写性情，抒壮志，展大美，贯古今。

女：真、草、隶、篆，笔走龙蛇，意载春秋，文人墨客，贩夫走卒，提高与普及，装点和写意……

男：好了好了，照你的说法，你是书法内行喽？

女：不，只是爱好。要说内行，还得看咱们班几位同学的书法作品哟。

男：有请张发奎、赖耀琳、李国俊、王安国、刘志郁、陈爱祖、赵守义、陈万真同学为我们挥毫献艺。

女：想抢先收藏的同学请报姓名。

17.书法展示

男：尊敬的胡老师、黄老师，

女：亲爱的与会嘉宾，同学们！

男：三十八年重聚首，无限情谊永长久！

女：几时再得促膝谈，洮水幽幽话千秋！

男：老师们、同学们，临洮一聚，了却我们多年夙愿。

女：我们感慨，我们激动，我们更懂得了生活的意义、价值。

男：请珍惜生活，珍惜身体，关注健康，爱惜生命！

女：老师们，同学们，晚会到此结束！

（《难忘今宵》歌曲响起，大家同唱，拍手结束）

芦 苇 颂

你真是披肝沥胆，竟在这 "苦甲天下"的黄土旱塬，在荒芜僻静的滩涂河沿，默默地扎根，倔强地拓展。

转瞬间，凌驾于污浊，笼罩于破烂，叱咤于陈腐，畅怀于旷野，不容丛杂野稗生根，不让浊流污泥泛滥。见一双双巧手栽植，曾疑惑这短小幼苗，可抗鸟虫叮啄，可抵恶风卷袭，可御横流摧击？谁曾料，只翻个年头，无声无息，不经意间，你竟是这般模样，这种阵势，疾风不透，劲雨不湿，雷暴不袭，雾霾不欺。只知道扎根，拔节，抽叶，亮花；密密匝匝抱团，葱葱郁郁扩充，青青亮亮摇曳，凛凛冽冽挺身。挤拼悬崖，磕碰石堤，触摸廊桥，回眸爽风。不推诿黄土，不嫌弃寂寞，不抱怨偏僻，不羡慕繁华，托身于双手，动情于栽培，植根于泥淖，挺胸于枯燥。是大手笔，挥洒于一空二白，渲染出洪荒生机。你胸膛是那么奥妙深秘，该不会藏龙卧虎？你有箭般簇叶，傲岸身躯，怎能有点滴亵渎！

哦，只有那些伏击于地道战壕的精灵，那些出没于枪林弹雨的魂魄，才配你芦苇荡的遮蔽、呵护。

你有大魂灵，招徕希冀，纳藏力道，酝酿生机，爆发抗争，簇簇箭叶裹挟正义利刃，风樯阵马疾排百万雄师。多少次艳阳青睐，几多回轻风艳羡，但是，你依然是你，不偏移，不挑拣，不跟风，只扎根泥淖，吸纳秽浊，让净洁清流从脚下汩汩涌动。你青葱翠绿得过于粗鲁，直到一色深绿，不容半点儿杂色异株，不让旁逸斜出，躯干挺直，头颅高昂，一意直指苍穹。在这陇山干塬旱瘠黄土，你只紧盯一隅泥淖，一方湿地，叫阵蚊虫蛆蝇，布网蛮荒污秽，剔除惨白，消祛腐臭，挺出新颖，引来振奋。当然，你也有浪漫，那是晨曦吐露时，你敞开胸襟，献一圈涟漪，柔情蜜意于对对鸳鸯双双野鸭游弋嬉戏；或是黄昏晚霞，你艳羡童稚奔跳，轻嘘绿意，抚摸翩翩纸鸢跃跃彩蝶。

我仿佛听见你在吸纳清脆的歌唱、粗犷的秦音、热烈的笑谈、悠扬的琴声；我依稀感觉到你的根茎、躯干、叶梢，一种脉搏在汩汩跳动，从白洋淀，自洪泽湖，从微山畔，自西柏坡，冲盈舞干戚的温热，布排鸭绿江曾托载的战阵，扬眉吐气，阔步天地，砥砺苍穹。

哦，芦苇，你的真情何至南国，岂囿遮掩！你更是倾情西域，放怀世界！注目你，葳蕤之势与生命之色永远奔流，势不可当；倾听你，江河湖海浸渗的咆哮呐喊余音直击五脏六腑、四肢百骸。哦，贫贱不移，威武不屈，富贵不淫，正是你的本真展露。一步之遥处便是睡莲、荷花、垂柳、苍松，何等礼遇、尊贵、垂青，裙袂香风缭绕，笑靥媚态围拢；唯独你，陷淤泥，抽青茎，布绿阵，抗恶气，一色深绿，一味葱茏，甘愿陪衬万紫千红，倾心习习和风拂动。不挑剔，无需求，紧抱团，只奉献，平凡质朴得让天地动容，使江河湖海赧然，只好把你紧紧拥抱，让你从容不迫立地顶天。哦，芦苇，让我歌赞你，你的忠肝赤胆，你不朽的灵魂！

消暑滨河路

晨依曲径晚傍池，友朋时唤弄丝竹。

通渭人家最惬意，滨河道旁来消暑。

盛夏时节的滨河路，真的成了通渭人消暑纳凉享受光阴的绝好去处。天麻麻亮，背心裹缠的臂膀，短裤捂不住的腿肚，急匆匆从闷热的床上弹起，奔短直的街口，撞狭窄的巷道，喘一口大气，抹几把脸颊，终于跳到滨河路，我的天，宽敞，明亮，空气清新，绿树成荫，池水清澈，花草葱茏。大张口鼻，贪婪狠吸。海棠吐瑞，荷花撒娇，玫瑰喷香，紫薇斗艳。看眼前俏影闪动，款步轻移——原是几位老太风姿绰约，舞步婀娜，她们欲轻轻捕捉清晨几缕凉风，舒展衣袂裙摆之下肢体。紧接着，一双双坚实强健大脚踢踏过来，实沉，粗重，铿锵钟吕，橐橐前行。正欲追赶，后边传来轻盈笑声，哦，小朋友，碎步子，清亮形，桃花面，呵气风。身形未到，笑语先行。后边一拨身影，一串呼声——爷爷奶奶拼命追赶，急切呼唤，不啻出于安全，好似共享清新。稳住吧，挥几下手臂，踢几趟腿脚，瞅几眼倩影，享缕缕凉风。

正在陶醉，却听不远处丝竹声悠悠传来，直透肺腑。情不自禁，欲待放喉高歌，却听曲径通幽处，曼妙清音起，初听大秦腔，细辨小俚曲。紧接着，美声、通俗、民族，唱法磕碰；高音、低声、中和，声声入耳。最惹眼者，荷花池边一黑汉，光头，紫脸，额头暴筋，排牙洁白，一袭青衣，手捏话筒，面对涟漪，尽情放歌，手臂挥动时，观者齐吃惊，小心，唱到忘情处，别忘涉水池。此时，日上一竿，凉亭那边，竹笛脆亮起来，胡琴明快开来，三弦铮铮上来，不排《割韭菜》，不演《柳生芽》，就奏《喜洋洋》，还练《欢乐颂》，撩拨得一帮练家子清嗓，哼调，提气，摆势。你还别说，这种热，热气、热意、热情，却是发自内心，脱于骨骼，让人心旷神怡，百骸舒适。不只荷花池，无论湖心亭，不管梧桐下，别瞅青草坪，三三两两，轻装简从，消退的暑热，吐纳的清新，排遣的旧梦，拥抱的振奋。西至温泉桥，东到秦徐园，男女老幼，干学农商，吮吸清新，沐浴凉爽，伸展腰肢，扩充胸膺，礼遇相敬，和乐相融。举目旷远，葳蕤浸山；俯身脚下，碧水生烟。通渭，滨河大道，车水马龙，矫健身影，莲池微波，亭榭歌声。盛夏避暑，人间仙境。

而当夜幕降临，滨河路才真正显露她的抱负才情。这时候，华灯辉煌，湖水荡金。北屏笔架山，南遮青凉峰。蜿蜒狭长的城阙街衢，高耸林立的楼宇阁亭，拿捏稳明暗远近高低错落的炫灯光晕，一任芸芸众生袒胸露背，找寻舒适。

还去滨河路，宽敞，轻松，亮丽，大气。盛夏滨河路，舞步可消暑？名托消暑，实为痛快。跳吧，探戈、华尔兹，双人，集体，这是青年男女的天地，潇洒英姿，飘逸身躯，甩脱疲惫，踢散慵懒。跳一曲，才言对得起生活；舞一回，始觉得回肠荡气。大时代须得有阔步，新日月方是新节律。或整齐划一，或妙曼婀娜，或风驰电掣，或婆娑轻盈，正是生活的丰富，丰富的生活。四围是火树银花，周遭有热辣关注，头顶掠习习凉风，脚步踏明快节律。舞动，让暑气随风消逝；旋转，带清新充溢时空。

几处老太太老爷爷岂甘落后，有的衣袂飘飘，有的束腰紧身，该甩动时甩动，要扭捏时扭捏，反正，纳凉消暑，享受即是。更多的则是散步谈天忆旧翻新，或促膝于草坪，或随意于排椅，或抚摸伟岸梧桐，或凝目虬曲苍松。而光洁平整条石道上，几个端直身影倒步过来，别不是舍不得这温馨的氛围、凉爽的夏夜，抑或多多重现那刚刚过去的甜蜜、醉心，浮现那曾经的跨越、奔腾？总之，那脚步的沉稳与踏实中，仿佛烙刻着对生活眷恋的深深印痕。

舍不得捷足笔架山，随人流逶迤南屏峰。放眼望去，一条巨龙探爪伸腾，在歌与舞的涟漪里，在凉爽和暑气的浪花中，抓取感怀愉悦深思励志的颗颗夜明珠，在夏夜的浪漫喧嚣与热烈荡漾中幻化、升腾。

滨河路，神泉脚下书画地，盛夏纳凉好去处。

平 襄 棋 坛

　　平襄镇的象棋摊，随处可见。北起笔架山下官井巷，南至青凉峰前凤鑫园，西达神泉溪流岸，东延熙攘田家坡，凡有人迹所至之处，便有推秤博弈局。古稀耄耋高龄辈，龆牙揣书童稚儿，或正襟危坐，或龇牙咧嘴，或踮脚引颈，左右二人捉子厮杀，围观人众聚精会神，甚至摩拳擦掌，胆战心惊。开盘布局稳健缜密，众人颔首认可；如若错施一步漏着，则立刻引起一片摇头。但很少有人大呼小叫，指东道西。观棋不语真君子嘛，静观棋局变幻，看谁棋高一着儿，巧取或是险胜，不变还是求和。据说，就有那么一两次，棋手无争，围观者却因争议闹到派出所，硬要所长判出个优劣来。大多时候，推秤认输或是将军无解，棋摊上不是一片叫好，便是啧啧称奇，大家分享着胜利者的喜悦、开怀，指点、提醒失败者的粗心、不足。

　　和书画之乡的书法绘画一脉相承，平襄古镇的象棋博弈尊重传统，讲究传承。从楚河汉界的划分对垒，到陈抟老祖对弈宋太祖赵匡胤赌注半壁江山的传说，直至近现代，什么杨官璘大战陈松顺，胡荣华十连冠群雄，吕温侯单挑东北虎，王天一大意爆冷门，云云。

　　棋摊掌故、名家高手、搏击绝着儿、心理素质，乃至开局、中局、残局，进攻、防御、拼杀、击败，还有当头炮、屏风马、飞相局、卒林车等，以至《象棋谱大全》《开局与变着》等理论探讨，平襄棋手无不津津乐道，如数家珍。近现代棋手如林，名家辈出，刘克智、卢万奎、李俊仁、呼喜平、张青、卜喜月、王新祥、高伟、陈虎旺……或组队参加省市比赛，或勇夺市县棋赛冠军，都是名噪

一时的象棋高手，尤其弱冠之年的陇山小伙吕赟，更是脱颖而出，一举夺得2020年度甘肃省象棋锦标赛成人组桂冠并荣获甘肃省业余棋王称号。

相较于闻名于世的书画，平襄古镇乃至全县境内的象棋对弈，则更倾注着人们的娱乐与轻松、旷达与世故。那里面少有功利，不费支出，不花血本，讲究一些则拼张棋桌，置俩小凳；简单一点儿就是木板或纸箱画出棋格，棋手席地而坐，围观者或蹲或立或前倾或探头，静观车马炮风起云涌，将士兵排局布阵。

最有趣者，为书法人陈秀章与吟诗者冯克平二人对弈。陈为古稀之年，长髯飘飘，矜持稳重；冯为不惑之岁，虬须密腮，长发垂肩。一托腮，一捻指，或沉吟不语，或蓄势待发，围观者大气不出、静待运子。冯移当头炮，陈跳屏风马，转瞬，空气凝重，观者注目。方格之上，虽无刮骨之氛围，却有砥砺之神韵。仙风道骨，俨然是将进酒的潇洒与进取，天上之水的豪迈与凌厉。驾轻就熟，翩若惊鸿，矫若游龙，抬腕运子，飞白映带，密处不透风，宽处可走马，正是书法的布白、诗歌的节律。或者凝思苦吟，一字捻断长须；或者饱蘸浓墨，下笔有神，挥洒自如。象棋，博弈，却有着诗歌的雅致与情思、浪漫与高古；散发出书法的洒脱与率意、灵动与大气。攻略防守，伯仲之间，握手言和，朗朗畅笑。每当此时，祥瑞路旁，象棋摊前，和乐融融，开怀畅言，高者指点迷津，闻者频频颔首。象棋，真正成为游目骋怀欢度时光的旧宠。你还别说，酝酿新布局，运用车马炮，不光是灵光心智、巧运聪慧，它还能让时日充实、情感丰富。

更有甚者，严冬暖阳之下，酷暑树荫之中，有棋局可观，看高手布阵，何止是一种美的享受。它是生活的组成部分，是轻松愉悦生活的折射与印证。

平襄棋摊，还以密集繁杂闻名遐迩。草编巷口，商铺林立，游人如织，东西百十来步铺面前，棋摊不下十处。棋盘大方，坐凳随意。购物采货客商可运子，南来北往游人任布局。熟悉者谈笑风生明叫杀，陌生人察言观色谨慎行。烟雾缠绕，热气升腾，挨挨挤挤，喧哗四起。每到热闹高潮时，肉铺老板会抱出梨木高脚老棋桌，怀揣紫檀明亮硕大子，"小心，值价！"一声招呼，围观者小心翼翼掂量、玩摩，"沉！真货！"众人自觉吆喝起来："静宁！"人众里挤进一人，大鼻头，四方口，大板牙，一听口音，便知他是平凉静宁路子。静宁有一要求，执子必是坐东，围观者有意取笑：来东坐东，不输只赢。这静宁棋手果真棋风稳健，思路缜密，本地棋手常常是老陈披挂上阵，方可棋逢对手，将遇良才。

紫檀木棋子珍贵，老梨木棋桌耀眼，束束光亮迸射开来，清脆悦耳声响荡漾起来，人们眼前不觉幻化出丝竹的音律、翰墨的韵味。这一番比拼厮杀，直搅得天昏地暗、动魄惊心。五花肉错剁成瘦排骨，酿皮子尽搭揉面筋。直至客主相视哈哈大笑，观棋者直诧异胜否未分，为何发笑？人头攒动，盘马架炮，棋坛风云，智勇比拼，西河桥头，秦徐公园，滨河路旁，湿地凉亭，通和巷口……乃至门庭社区，楼宇房舍，楚河汉界不过尺寸之间，但平襄人不服输、敢拼搏的毅力与意志或可略窥一斑。

青凉峰下，牛谷河畔，县象棋协会驻会设馆，大门右边悬挂显赫牌照——"平襄棋院"，高手云集，老少攒聚。或对盘凝思，渐悟奇着儿险着儿之神来；或指点样本，惊叹特级大师之远见，击掌摇首，捶胸顿足，技高一筹，艺高胆大，吾辈相差甚远矣！此语一出，馆内释然，众皆窃喜起来。

可别小觑小小棋院，"五羊杯""银荔杯""金星杯"……最高级别的全国赛事，入院者人人复盘、个个研讨，大有脚踩冠军舍我其谁的架势。棋手大都张狂目空，此处棋手更是嘴不输名家，目不移板本。他们心里有底，身手敏捷，怀揣梦想，向往大师。馆内灯火通明，捉对比拼，斗智斗勇，好始好收。圈圈光晕裹挟铿锵落子声，辐射开来，扩散前去，斑驳陆离光点散落街衢，辉映市井，于是，柳荫下，庭院中，小区内，公园里，起落的是无声之小棋子，折射的是无尽之快乐情。当然，博弈推秤，老少皆宜，弈者却并不会玩物丧志，输赢薄情。恰到好处的对弈之后是身心愉悦，精神亢奋，不气不馁，誓拔头筹。你看，粗脚大手刚离棋摊，大步飞奔笔架山，流星箭步青凉峰，极目览胜滨河道，踌躇满志书画城。或修剪，或清扫，或培植，或提浇，或归纳，或缕析，浓墨重彩，奋力挥毫，全盘考量，主次分明，举重若轻一盘棋，大手大笔著新章。单位、家庭，照顾周到，安排有序。棋摊前是棋手，工作、家务则是行家里手。

真的，平襄镇的棋坛，折射出文化自信，也显示生活丰富充实。

羊倌双喜

双喜去世三年了。他是我家邻居，半生与羊为伍，没上过学，不善言辞，默默无闻过完了七十二个春秋，正是草长莺飞羊群漫洼的季节，他撒手人寰，融入他最熟悉的草丛泥土里去了。

我记事起，就见双喜领着一群羊，从老街道挨挨挤挤涌上来，漫过上淖坝，溢向莲帽顶的荒坡地去。百十来头羊，齐齐整整紧跟双喜，不啃树皮，不入门户，那乖顺样子着实让人折服。

我上小学时，父亲和双喜一起放羊，周末假期，我顶替父亲，跟着双喜，我算是半个放羊娃。天阴去哪坡，放晴走哪道，冬春赶何处，夏秋去啥地，双喜一清二楚。就连哪条地埂宽，哪个泉眼水旺，他也是心知肚明。对群羊，他不打骂不呵斥，长长的羊鞭适时甩甩；杆把头装一小铁铲，头羊离群太远，他抛一铲泥土，不偏不倚，恰落头羊眼前。老家一带人多地少，几乎没什么荒坡地、水草滩，赶羊其实是围羊拦羊。

杂草丛生的是地埂，大多是宽不过三五步的小陡坡，埂上埂下便是生产队的田禾，麦子、洋芋、糜子、谷子……或者绿油油，或者脆生生。可是，羊群只管自顾自啃吃地埂上的杂草，从不逾越一寸。没看见双喜怎么训导，但羊群就是听双喜的。相处时间长了，我也能唤上好多羊的名号，什么"趾甲""黑眼""单角""顶头""大尾子""黑背子"等。最有趣者，他把那头公羊唤作"平章"。问他为啥这么叫，他莞尔一笑：看戏没？那出，蛮横无理的那个。哦，我才明白，《游西湖》那出戏中有个贾似道，蛮横无理，一手遮天，强抢民女……哈，真有

118

你的。也难怪，他喂养的这头公羊，能背驮两个壮汉，飞奔如故。周边七八个生产队十多圈羊，没有一头公羊敢同这家伙"打角"（抵仗）的。它太霸道，邻近羊群母羊都是它的妻妾，叫它"平章"有点儿意思。后来，"平章"卖给陈大馆，屠夫割下羊头，搭帮的刚刚离开，"平章"竟然奋力跳起，血淋淋撅着半截脖子直往前冲，险些掉下青土沟悬崖去。

双喜不怎么会数数。一圈羊百多头，要他一只一只点数，数上一二十只，他就乱套了。但他记着每只羊的样子，每天黄昏羊群进圈，他一一查点，你在哩、你在哩，你后边是谁、它前边哪个，他一清二楚，明白如镜。哪一只羊缺了，他能叫出名称，指出高矮肥瘦，说明公母大小。羊群就是他的命根。莲帽顶西边有一块荒草地，每当天朗气清，他会在草地上奔跑一阵，吼几嗓子乱弹，羊群也就紧紧跟在身后，或围圈，或打转，远远望去，就像一朵白云被和风托浮，悠悠移东，飘飘摇西。那凄凉婉转的秦音，引领绵柔纯净的羊咩，飘向树梢、地埂，滑落到炊烟袅袅的屋顶，颤动在沉甸甸的谷穗上头。要进庄口了，他让我细瞅头羊"趾甲"的架势，那神情特像母亲在欣赏儿子手捧奖状归来。这时候的"趾甲"，头颅昂着，脊梁挺着，肚腹圆滚滚晃着，四条腿柱端直迈着，蹄子叩击路面，发出清脆响亮的"嗲嗲嗲嗲"声响，步子不紧不慢前移，同时款款左右摇动，正是节律齐整的双步舞姿。

春暖花开，轻松爽快，裹缠一冬的羊毛早该修剪了。厚厚的羊毛，束剪成堆，打理成捆，或出售，或分摊，擀成绵柔舒适羊毛毡，土炕上面铺就，保温，隔潮，谁家拥有白花花合页毡，那他就是"富汉"光景。再能操心费时将羊毛做成毡窝窝，双脚一蹬，蹚深雪，踏冰凌，任它怎地严寒冷冻，双脚腿肚子不觉得有丝毫凉意。但是，羊毛不好剪，羊腿踢蹬，羊头甩动，即使四蹄捆绑，那家伙犹自挣扎，一不小心，锋利的剪刀就会划破肉皮。无奈，只好呼喊双喜前来。一听双喜咳嗽声，羊便乖乖静躺下来，任凭剪刀一张一合修剪起来。那时的羊毛也是生产队的一大笔收入。

我们村是个大生产队，三百多人，田地漫布在华双公路两旁，南北长达七八里。

为了省力省事，队上决定在五里外的后阴洼筑打羊圈，羊群驻扎，积攒粪肥。那时还有野狼，少有人去那个僻静偏远的高崖湾，那是崖畔上掏挖的深土洞，外边围起土墙，夜晚羊群驻歇，粪尿布撒，白天干土铺垫，积攒十天半月，多人操锨起圈，将腥臊膻臭的土肥一担一担挑到地里，刨碾拍打，细绵均匀，便是上好的有机肥料。可想而知，出圈赶羊，抽空担土垫圈，羊倌儿该有多么辛苦。即使这样，双喜从没叫苦叫累，他明白，母亲拉扯他们姊妹不容易，他要多挣工分，多分口粮，赶羊是他唯一的出路。

土地承包后，羊群散伙，生意起步。双喜也跟上邻居们跑买卖，收鸡蛋，贩省城，利润可观。集市上的鲜蛋，篮子筐子满满盛着，收购者伸手一抓，三个一手，一篮几手，快捷方便，数目了然。可是，一手，两手，三手，没数几手，双喜便会记不起来。大字不识，记数不牢，双喜只好重操旧业。但是，田地承包，荒埂围护，羊群再没啃草去处，剪毛卖羊赚不了几个子儿，双喜只好窝在家里，一来二去，他竟病痛缠身，以致卧床不起，渐至沉疴。

那时的赤脚医生勤快、热情，雷声、刘仁、南义几位轮换把脉，草药熬煮，把一间土坯房熏燎成焦黑屋，但是，双喜还是不见好转，茶饭不思，言辞含混。幸好，解放军医疗队进驻乡镇，有人请来军医，一位温婉热情的女医生仔细把脉，详细问询，"好啦，没什么大病。你只要如此这般，不出三日，便能下炕走路；成家立业，没啥问题。"军医单独叮嘱双喜母亲，孩子该成家了，想法子找媳妇。原来，心爱的羊群养不了，收蛋生意没做成，家中困顿无聊，成家立业无望，这年轻人竟害起心病。多亏解放军医疗队妙手回春，让双喜振作起来，渐渐跟上邻居乡亲步子，融入羊欢马叫的快乐日子。

双喜也姓雷，儿大女长，今年又得重孙，可惜他没亲眼看见，没双手托举。一生之中，搂抱、托举得最多的，就是那些白嫩白嫩的羊羔。

二〇二二年十二月于平襄

新春的锣鼓声

新春，那是响着走来的，是叫此起彼伏的鞭炮声震醒过来的，是让响彻云霄的锣鼓声催促来的。除夕一到，蛰伏整整一年的牛皮大鼓被抬上街道，蒙尘三百六十个日夜的铜铙钹掌在手心，声似龙吟的铜锣提在手臂，小伙子们齐刷刷跳出大门，跑向街心，挤不进人堆，便手提鼓槌，屏气凝神。伸长脖子探看，移动脚尖抢位，就等微有缝隙，靠上前去，潇洒挥舞，擂击一通。

开年锣鼓，那是大人们敲的，须得有头面叫得响的长辈摆开架势抡圆鼓槌，掌牢铜钹，点头示意，节奏在胸，"咚锵，咚锵，咚咚锵，咚咚锵，咚锵咚锵咚咚锵……"入心入肺的声响震颤起来，直撞脑门的节拍扩散开来。一下子，人群沉静下来，好似有一种从地壳深处涌动上来从高天之外响彻而来的音韵，让人想到了古时的战阵，眼前仿佛有百万雄兵，身旁是刀光剑影。那锣鼓声，有强弱，能休止，该强处强，要空时空。那又是从内心深处冲撞上来，是从沸腾的血液之中宣泄出来，是从齐刷刷的麦芒上面滚动过来，是从高远的霹雳声中滚落下来。先前，鼓是接地的，双膝顶住鼓帮，形似顶礼膜拜。敲打震颤，神情专注，一通擂击下来，已是汗流浃背、气喘吁吁。若遇耍社火迎宾朋，大鼓就得手提或者肩背，敲鼓者吃力，运鼓者更加费劲。后来，有了鼓架，那场面更是震撼人心，让人难以忘怀。

身旁是紧锣密鼓敲击，近处，远处，四面八方锣鼓震响，号角嘹亮。刹那间，天地混响，气息颤动，整个世界都响彻共同的声音。这时候，你的耳鼓里充盈的是一种从洪荒世界沿袭而来的原始响声，是不分天地不辨强弱的音韵，它让

121

你激奋，张扬，让你想深入地心探索九天。这是锣鼓的声响？这是宇宙的震颤？

锣鼓声送走旧岁，迎来新春，锣鼓声催绽如花笑颜，搅动和乐气息。从除夕到正月初八，锣鼓的点子大致相同。而从正月初九开始，锣鼓的敲击，新增了迎接、纳福、慰问、警示等点数。耍耍社火、舞狮子、跑旱船、拉花灯、扭秧歌、唱小曲，样样不离锣鼓。这时的锣鼓声响，或者助威雄姿，声震屋宇；或者催促奋力，细密急促；或者导引抒情，柔声细语……锣鼓声中，满满是生活，是人生，是历史，是打拼，是希冀。

锣鼓声的魅力，最让人激动不已终生难忘的，是在这样的场景：黄昏时分，锣鼓声稍歇。铜火盆上的木炭燃得正旺，酒壶里酒散发出沁人心脾的醇香。刚刚端起酒盅，忽听一棒铜锣响起，接着是高亢的叫喝声："有故事喽，今晚耍故事——"好呀，又要惊心动魄哩。晚上要来外村的社火，他们派人前来打招呼，鸣锣开道，做好准备。故事就是社火，大家心知肚明。准备吧，各司其职各负其责。外村社火前来，重在迎接进村。爆竹要震响，号角得齐鸣，锣鼓要激昂。晚饭已过，各家出动。长髯老者手端香盘，一脸肃穆，带头躬迎；彩色旗帜挥舞摆动，龙虎兔牛形制各异的花灯辉煌夺目。反穿羊皮袄头扎羊肚巾的小伙子们，手掌菜根剜就的小火炬，清油渗透棉花，铁丝固定火芯，只等一声令下，点燃挥舞。正在等候，忽听号炮响起，远处隐隐传来锣鼓响声。

"准备！迎接！"

社头一声令下，鼓声咚咚，铙钹铿锵，铜锣咣咣，迎接社火的仪式正式开始。霎时，号声嘹亮，鞭炮齐鸣。社火队伍到来，双方老者对视作揖，下跪，焚香，相让，老者抬步前行，热闹程序立马演绎。显露的是笑脸，张扬的是欢愉，对比的是气势，碰撞的是声威。翻穿皮袄的"探马"，赳赳雄姿，甩摆野性，腾跃上前，翻转退后。威风凛凛的雄狮，目光如炬，势吞千钧。但是，真正震撼人心威动四野的，却是那铺天盖地不可一世的锣鼓响声。那是真正的比拼，搏击，砥砺，抗衡。四个大汉提定鼓架，八位鼓手舞槌敲击。不敲十面埋伏，不捶奋勇出击，但要一鼓作气，先声夺人，迎接的好乡邻，展露的精气神，样样要求领先，事事不甘人后。那锣鼓声，从大汉的手臂下滚动、冲撞。抬起，裹雷挟电；擂下，呼风唤雨。神通鼙鼓，心有灵犀。一人一方阵地，一片天地；八面八双手臂，八方合力。敲击下去，音透大地；挥动起来，声贯天宇。那是鼓声，不，那是隆隆机声，是滚滚雷鸣。那又像是飓风中心，它旋转，升腾，扩充，搅动。转瞬，洋面波涛汹涌，排山倒海，并吞八荒，席卷天际。于是，骨骼在伸展，热血在沸腾，雄心在勃发，激情在燃烧。近听这时候的锣鼓声，你得有搏击惊涛骇浪的意志与胆识；远闻充盈天际的锣鼓声，你会热泪盈眶，自豪你驻足的这方热土。这时候的鼓槌，敲击的早已不是皮面，而是颤动的大地，是挺直的脊梁。它敲击厚重的泥土使其更加松软肥沃，它锤打踏实的脚步让其深烙印痕。这时候的鼓声，震落的岂止是旧岁的灰尘，它更颤动出新春的生机活力。看哪，垂柳吐新芽，冰河已解封。锣声呢，不光是金属的穿透，更有意志的凝聚、格调的传送。它不是往昔的鸣金收兵，而是合拍有序的响亮引领。它唱和铙钹清音，协奏鼙鼓震鸣，把叩击灵魂震撼天地的绝世大音传送、延伸。

是懦夫吧，就该闻听这样的锣鼓响声，它会让你不再畏惧惊涛拍岸险浪排空；是弱者呢，早应领略如此的磅礴气势，它能教你刚强勇毅顶天立地。它裹挟关山鼓角铮铮余音，更承袭黄河飞流万钧雷霆。

导引人流，营造氛围，锣鼓声潇洒灵动。即使是旱船，脚下是黄土，锣鼓声一如助力龙舟，火热，齐整，大气，笑迎人的海洋、春的涌动。虽则灯火辉煌，歌声曼妙，锣鼓声同样倾情热烈、亮丽、专注，彻天彻地的震颤幻化成合辙押韵的一腔柔情。

乡邻离开了，亲朋挥手了，锣鼓声还是那么响亮、清新。它幻化出依恋的袅袅余音，更多则是激励的铿锵响声。它的回响植入厚重黄土，融进雷电霹雳。每一次成功喜庆，所有的吐故纳新，锣鼓声，是真心的礼赞，是倾情的歌颂。

新春的锣鼓声，大地的心声，天宇的回响，生活的强音。

爱听，故乡新春的锣鼓声！

二〇二三年一月平襄

虔　诚

已是腊月二十，转眼就到大年除夕。该到买红纸书写对联，挑选门神、春叶、云幡，准备张贴的时日了，可老婆还是坚持说再候几天，孙女在跟前，病毒还没消散，不敢出门。瞅着笔筒里的大小毛笔，眼前幻化出熟悉又陌生的情景。

那时候，每逢过年，都是父亲为全家人张罗年事。喂了一年半的年猪早杀掉腌制成腊肉，白面磨下，清油榨好，毛边条绒鞋、深蓝棉衣棉裤母亲都已赶做熨帖，就等腊月三十跟随父亲磕头烧香之后穿戴整齐，再去街头人多处看大人敲锣鼓放响炮，显摆脚底毛边鞋的鲜亮、浑身衣裤的合身。那几天，严厉的父亲温和起来，快捷的手脚放慢下来，一张一张的白纸折好、裁开，碟子里泡好红颜色汁液，用小刷子或者海绵布轻轻蘸上，均匀刷在票板上，再拓裁好的白纸，伍元、拾元的"冥国银行"票子就在父亲手中开始发行。那时候，父亲一脸严肃，端正认真，拓印清晰的纸票密密麻麻排满簸箕、筛子。要我们弟兄拓印，他总会指教说印水不能浓，纸张要摆正，祖先们花的，不敢糊弄。还有黄纸红纸，父亲教我们裁成一尺见方的纸片，一边粘连起来，上边再粘上云幡、春叶，大门门楣、客房门楣还有灶头上方都得粘贴。对子写好，纸票扎牢，工工整整放在条桌上面、凫笼旁边，就等除夕分别调用。

除夕一到，父亲轻声细语提醒我们姊妹兄弟，各做什么，要做到位，不然别人看后骂哩。简单的早餐过后，妹妹们帮母亲蒸馍煮肉，我和弟弟们跟随父亲粘云幡、帖对子。最费时的是挂春叶，一条一条的春叶要挂在房檐椽头上，两人扶梯，一人上去贴挂，很是吃力。大肉吃罢，饺子咽下，锅灶收拾停当，父亲着手跪拜焚香事宜。那是生活中最神圣纯洁的礼仪，必须是十二分的虔诚。父亲洗手揩脸，端正衣貌，双手捧着香盘，先到灶神前面，双膝下跪，焚香、燃纸票、摆糖果点心，再斟淡茶，而后连叩三头，起身，双手作揖。退出厨房，父亲来到客房，恭敬打开家谱，端详一阵，作揖、下跪，重复先前程序，只是多了斟酒这个环节。最后来到大门前边，同样磕头、焚香、斟酒、献茶，从不怠慢粗心。子夜已过，父亲就领我们弟兄去五里路外的祖庙，要抢头香，讨得吉祥平安。父亲总是第一个跨进庙门，高香燃起，蜡烛秉持，父亲闭目祷告，虔诚肃穆。步出庙门，父亲面露微笑，如释重负。

这些跪拜敬奉的礼数，我早就烂熟于心。但父亲从没教我们弟兄照着去做。就因为他是一家之主而应该他去践行？他荷载全家十口人的吃饭穿衣花销重担，这些过目即通举手之劳的小事，该让儿女们做去，他该稍停脚步放下手臂歇一口气缓一下神。但是，他不推卸不放弃，他要亲自料理。而当播种耘锄收割打碾的当口，父亲更是严格要求、尽心尽力。他不愿儿女们在犁沟里辛苦，一再鼓励我们识字念书，千万别干"人骂哩"的事。他登台演戏，扮演的角色让人感动让人警醒；他钉铆的铁锅、眼镜毫无瑕疵；他犁过的田地不生杂草不见板结。他只是斗大字不识几个。

去年腊月提笔书写几副对联后，直到今年腊月又想起提笔写字。为什么一定要买上红纸饱蘸浓墨书写一阵呢？广场上不是有烫金洒银的现成对联吗？肯定有几家的书体还不错呢。可是，为什么一定要自己书写呢？还要买上长香蜡烛纸钱呢？屈指点数这些该拾掇的小年货，回想那时候父亲的虔诚神态，我好像突然明白了些什么，什么呢？他们这辈人，对神灵的虔诚，对生命的敬畏，可以说是植入魂灵融入骨髓的，除此之外，是不是还有什么？是不是做人处世总要求得内心的安宁，总要怀揣一颗虔诚的心，总要对得起自己的良心？

等两天吧，稍得宽松，总要买几张红纸，写几副对联，母亲就盼我们亲手贴在大门客房厨房等门框上。我也要一如既往张贴亲手书写的对联。不为别的，就为我内心那份安宁。

二〇二三年一月十一日于通渭平襄

琴师王召安

县老年大学歌唱班有一位王姓女士，跳舞、唱歌、弹电子琴，眉清目秀，神情自如。一天，我们几个弄乐器的趁着休息，又说起县域内乐器演奏高手的逸闻趣事，众人说起郭振君的二胡、亢平原的笛子、张广明的三弦、贾俊林的手风琴，都是名噪一时的高手。有人提醒，还有一位演奏板胡的，那才算出类拔萃，独领风骚。众人齐问，方知是王召安。"那是我哥！""你哥?"我吃惊地问，随即又问些她哥的情况，王女士说，哥哥最近身体有些不舒服，问还拉板胡不，说起前年来通渭，我们还一起拉奏秦腔，他也有点儿老相等。王女士说，还拉，教学生，退休了，还是忙，不怎么顾持身体。

王召安，通渭地界把玩乐器的没有不知晓的。他不光有过目不忘入耳成诵的过人天赋，更有不废寒暑不荒朝夕的超常勤奋。少年时期，家境贫寒，一家人就靠父亲熬硝卖钱度日子，小召安去两里地外的县一中，手中捏着的是板胡，心中记着的是曲谱。课余空闲，同学们怂恿王召安，拉首板胡曲，给你一疙瘩谷面截截。拉就拉，既可献艺争光，又能充饥解困，何乐而不为?我那时在碧玉中学上学，和我的同学陈振华、李明刚、冯耀堂几个也鼓捣板胡二胡，陈振华常提说王召安，佩服王的演奏技艺，他们一起参加过业余演出。那时的陈振华已经名闻遐迩，碧玉地界唱大戏，他拧板胡，戏场里好多人就是奔他的板胡演奏而来的。我们村里几个念县一中的，说起王召安，那是眉飞色舞、啧啧称奇。他们说，王召安回家去练板胡，怕吵惹邻居，时常钻进地窖里，一直拉，拉到睡着为止。那时的县一中，聚集着一帮子乐器演奏高手，郭仁民、张国胜、景童娃、范伟东、卢嘉祥、赵平中等。

一九七四年的一天，我去县医院探望我的同学陈振华，他鼻孔插着管子，用微弱的气息唤我乳名。挥泪告别，我步出医院大门，看见好多人急匆匆向南大街走去。无精打采的我不由自主随人流裹进电影院礼堂大门，啊，舞台上有演出。只听清脆的声音传过来：下一个节目，板胡独奏，《公社春来早》（此曲后来更名《山乡春来早》），演奏者，王——召——安，伴奏，县文化馆小乐队。王召安？是他？我猫腰抢到前边，瞪大眼伸长耳欣赏起来。山乡早春，天朗气清。马蹄嘚嘚，人声鼎沸。挥汗如雨，笑靥如花。此呼彼应，盎然生机。那板胡演奏音色清脆、节奏有序、强弱分明、揉按妥帖，特别一大段跳弓，干净利落，铿锵明快。王召安，他潇洒自如，胸有成竹，时不时抬头，或凝视，或微笑，或提醒，或鼓动，一种热烈欢快、昂扬奋进的大气场紧紧裹挟舞台，旋绕感染礼堂内外。演奏结束，掌声雷鸣。我的天神，他王召安竟能这般演奏板胡！

爱好器乐，广播喇叭里一有笛子板胡二胡曲，便立定脚步伸长耳朵全神贯注聆听，生怕漏掉一段乐章一个乐句。那时常听的笛子曲是《牧民新歌》《扬鞭催马运粮忙》，板胡曲是《红卫兵见到了毛主席》，再就是《公社春来早》。后来才知道这两首板胡曲是弓弦王刘明源大师演奏灌制的。听熟了大师的奏鸣，再对比王召安的琴音，一下子感到，王召安不简单，他的搭配小乐队不容易。不是逼近大师水准，但有大师演奏的声韵、味道。

我该怎样练琴？多会能结识王召安？陈振华他的病多会能痊愈？……

翻年，公社农机站打发我去临洮农校学习农机，开拖拉机，修柴油机。讲明的社来社去，一年学习结业，我又回到生产队。但我那颗本不安分的心再也放不下来，我四处打听，得知上中学时的音乐老师郭振君从师范大学音乐系毕业，现在在县文化馆主持文艺调演事宜。正月一过，便去找郭老师。郭听我拉奏一段二胡曲，点头认可，说，现在是业余排练，住宿文化馆负责，吃喝自己料理。

住宿找定，在一李姓人家，大炕，六个人同住。吃饭自理，煤油炉，揪面片。安排妥当，去文化馆排练。大礼堂在一块大土台上，木门木窗，老远地听见各种乐器高低混响。哦，我崇拜的王召安也在。大家都练郭老师编写的二胡齐奏曲，认真，齐整。我志忐着，扶起一把二胡，定睛瞅曲谱，瞪眼看各位尤其是王召安的演奏。休息一阵，大家聚拢过去，围着王召安说东道西，我趁机仔细打量心中这位偶像。王召安，他高个儿，长方脸，浓眉，棱鼻，短发，目光炯炯有神。看得出，他是这八九个乐手的主心骨。相处几天，我发现，王召安是多面手，不光板胡拉得棒，拉管、小号、木琴，这些我头一次见的乐器，他都能演奏得有声有色，收放自如。

刚混迹十天，公社农机站打发人来叫我，说农机站要在中学举办农机培训班，问我去不，可以报个民办教师名额，每月可领好几元工资。这天大的好事，焉能不去？聆听王召安的琴声固然入迷，但能领工资有工作更重要。我依依不舍离开了大礼堂，告别清脆悦耳的板胡声，来到鸡川中学，陪学员开手扶拖拉机，抽空到学校乐队拉二胡。

一九七七年，县剧团正式成立，先前余业调演时的众多乐手，大都进了县剧团。他们属事业编制，领固定工资，有显赫地位，正是系牢的辣子——甩哪哪红。可是，技艺超群的王召安不在团队。听说，剧团招考那天，王召安和几个女孩子打闹，被一位文教局领导看见，认为有失体统，决定不予录用。这可真是小不忍则乱大谋，谁让王召安年轻多情，惹恼卫道者呢？

王召安呢，只好劳作于田间，挥锨于地埂。但他矢志不渝初心不改，不管捏、刨、提、举，他总戴着手套，护着手指。他坚信他那双修长手指天生就是按弦运弓的。打听得全地区有演出比赛，王召安单刀赴会，一曲《公社春来早》，技压群雄，一举拔得头筹。有几位省城来的小提琴、二胡选手，觉得难以超越王召安的演奏技艺，偃旗息鼓，不登舞台。

第二年，临洮县组建剧团，有人推荐说通渭有个王召安，板胡一绝。临洮派人前来甄选，只听一曲，交谈一番，击节赞赏，千里马终遇伯乐，王召安进入临洮县剧团，坐得头把板胡交椅。记不清是哪一年，去县城闲逛，有人遥指一对显赫男女，那，王召安和夫人。那是，他一袭青呢，气宇轩昂，身旁夫人娉婷婀娜，衣着得体。出于自卑还是自尊，我没有上前招呼，只依稀看见他两腮酒窝一浅一深，眼神还那么自信。

二〇〇八年的一天，有人捏着一份《定西日报》，问我看不看，上面有一位艺人的报道。我接过报纸，好家伙，整整一个版面，报道著名艺人、临洮县剧团首席板胡王召安，说王召安，临洮人，二级琴师，二级作曲，列举他作曲的几部剧名，洋洋洒洒，翔实具体。士别三日，当刮目相看，何况王召安离开通渭去到临洮整整三十年，以他的聪明才智和勤奋好学，顶得如此头衔实不为过。说他是临洮人，也有道理，他出生于通渭，得宠于临洮，大半生演绎奏鸣于洮河岸边，沐浴洮河露珠，得大东山巍峨之气势，迎马家窑沧桑之古风，蕴玉井灵动，纳紫松绵密，其板胡演奏通达神枢，宣泄脏腑，大气沉稳，响遏行云，实不为过。王召安是幸运的，他得遇提携，刻苦努力，终于登临艺术巅峰，为洮河两岸父老乡亲展现民族器乐奇异风光。他是洮河宠儿。

大前年，王召安返通省亲，好友邀其来县曲艺社叙旧献艺，他已消退年轻时的轩昂敏捷，显出沉稳、和乐、恭顺神态。接过板胡，轻按，巧运，似入定之老僧、高古之佛陀，轻甩浮尘，随心所欲，几段唱腔伴奏下来，在场者无不春风拂面，如饮醍醐。是的，器乐演奏，音从心来，声随情动，王召安可算是悟得了个中玄机。

这两年，和王女士一起拉琴唱歌，不时打听她大哥的境况，得知王召安育得一儿一女，都已成家立业，孙儿孙女绕膝，只是，他患有疾病，不大外出。

去年春节期间，又问起王召安，王女士说她大哥患的是肺癌，现在是保守治疗。端午节，王召安在儿女们的陪同下，来到通渭老宅。以他的绝顶聪明，他不会不明了他的病情。他还是心心念念生他养他的那间土屋，情系他一步一个脚印走过的狭窄巷子。四处是高楼林立，脚下有笔直宽阔的柏油道路，但他，王召安，总忘不掉怀揣胡琴赤脚奔跑时黝黑门洞的幽深诡秘，忘不掉小伙伴们热切鼓励的炯炯眼神，忘不掉老父亲粗糙板硬的手指，忘不掉小弟弟小妹妹们急迫高亢的呼叫找寻。不巧，我去乡下探望母亲，未能见他一面。我四处查询，得知南方一家医院，可做肺移植手术，叮嘱王女士细心关注，看能否联系就诊。她说大哥正在服用中药，大嫂怕路途颠簸，不愿外出。今年暑假排练节目，不见王女士，一打听，才知她大哥病逝于临洮，她去奔丧。

王召安算是幸运的，他能将他心爱的胡琴拿捏到年近古稀，而我的同学陈振华却在那年拔下氧气管后魂归黄土，他才十八九岁。其他两位同学，李明刚，师大政治系毕业，县域内讲授马列哲学的翘楚，不幸染病，已于二十多年前去世；

冯耀堂，遭遇车祸，落下残疾，拼搏三尺讲台，前年不幸谢世。王召安又是不幸的，他正有含饴弄孙、颐养天年的好时光，可以仔细总结整理他的演艺心得，聚会他曾经学艺玩闹的男女同学，对比老家翻天覆地的新旧变化。可是，天不假年，王召安，他，还是走了。

王召安是有灵的，他会托梦小妹妹：别再哭泣，尤其在你们排练、演出的时候。你情不自禁地哭泣，会影响那些乐手，他们也会伤悲难过的。他们的心中，总有王召安的影子。

我的奶奶太太们

　　我在我们村的辈分是很低的，该我唤"奶奶""太太"的女性长辈有很多位，有旺国家大太太、元顺家三太太、军红家四太太、继强家二太太、丑明家姑太太、寅虎家老太太、连胜家老太太、九明家老太太、建成家老太太、小红家老太太、长顺家老太太，还有两位，大地边大太太和双全家三太太，唤她们两位叫"太太"，其实这两位辈分还要大，比太太辈还大一辈，那是"八十太太"，就是高祖辈。但见面都唤"太太"，要么前面加个"大"或者"三"什么的，明确排行。奶奶们、太太们大多不是嫡亲婆媳或者妯娌，但前面的"大""二""三""四"这些排行字是要连带的，一来显得尊敬，二者唤来亲近。雷李南刘陈，贾王谢胡岳，十多个姓氏七八十户人家组成的村庄，或因为姻亲，或由于世交，都有相应的辈分、亲近的称谓。不是一个家族，但邻里和睦，村风淳朴，关系融洽，人人齐心。奶奶辈的就更多了，和太太辈年岁相当的就有我的奶奶、莽顺家大奶奶、骚顺家大奶奶、军军家姑奶奶、丰盛家陈奶奶、金平家李奶奶、有弟家胡奶奶、长胜家四奶奶、晓舟家四奶奶、六十家李奶奶。那时，太太们、奶奶们大多已是古稀之年。

　　太太们、奶奶们都是三寸金莲，大都穿着大襟袄子，挂着针插，挂着挂棍，绾着发髻，戴着手巾、纱网或布圈。她们大都捣罐罐茶，吸烟锅或是抽水烟瓶，但不蛮狠，吸烟锅只是轻轻装烟末，缓缓吸烟嘴，淡淡的烟气打面颊、发际前悠悠飘过。铜质的或是铁铸的火盆，梨木、杏木枝条燃烧的香气，袅袅上升，徘徊盘绕，联结一番叮嘱或是几声提醒，裹挟世道的艰辛、往昔的打拼。这些草堂上屋檐下的人间烟火，不断地在泉眼、沟壑、树梢、田埂萦绕。奶奶、太太们喝茶抽烟，全家人毕恭毕敬，烙馍，端水，旺火，听说。偶尔传来笑声，紧接着就有附和。主心骨在嘛，儿子、孙子围着火盆，媳妇、女儿围着锅台，总要等着老人家说声"收拾吧，都起身"，大家才起步，或挑担，或挥镰，村上庄间事儿就由奶奶或太太闻听、留心。

太太、奶奶们走出家门，来到街道，立刻就有亲热的呼唤、关切的问候，男女老幼、远近生熟，老远就打招呼，近前仔细打量，"大奶奶，喝茶了没？""三太太，还这么攒劲！""喝过啦！""露水还没消吧，小心打湿鞋袜。"那种热切关怀、融洽氛围，总让人感奋、愉悦，一下子，天地宽阔，心胸敞亮，劲头油然而生。奶奶、太太们三三两两在街道转悠、拉家常、说往事，长长的街道上，很少高声喧哗、粗声大气。她们含辛茹苦的经历、泣血垂泪的遭遇，本就让儿孙后辈肃然起敬、恭维顺从。

奶奶、太太们都出生于民国年间。为着讨生活过光阴，她们紧随丈夫，来到这条紧傍公路的街道，开店，卖熟食，张罗艰辛生意。那时候，很少有新鲜多样菜蔬，主人客商主要吞吃面食。手擀面、干面锅盔是客商最青睐的吃食。蓬灰拌细面，精细揉面团，"打倒的儿媳擀倒的面"，是说要使对方柔顺，不下功夫不行。面筋突露，柔韧适中，开始擀擀，短的长的擀杖先后上阵，直到擀面薄如蝉翼，静待晾柔筋道，再薄撒面泼，卷面切割。切长面的手艺，没三年五载练习，那是过不了关的。左手引，右刀切，绵长均匀，细如牙签，可想那刀下功夫是何等精准。不达精细不臻上乘，那是开不了店引不来客的，客商不买账，哪家上好去哪家，不讲人情。馍馍呢，就挑锅盔，发酵面，铁鏊子，干面入兑，厚圆匀实；掌握火候，不焦不生。吸溜手擀面，咀嚼干锅盔，肠胃舒适，上路口润，南来北往，西至东送，绵绵物流，源源用品，就在太太们、奶奶们的尖尖小脚前中转、延伸。

开店卖饭，挪精换粗，起早贪黑，苦死累活，已经让双双三寸肉团肿胀、麻木，让人痛不欲生。但是还有让人更恐惧、更痛苦的遭遇，深更半夜，月黑风高，一声锣响，"土匪来啦"，深浅不辨，高低不分，太太们、奶奶们慌不择路，豁出命去，总要躲得一躲，藏得一藏。劫匪前头走，散兵后边跟，不容分说，搜刮，抢劫，就差没架走个肉身。

过着挺着撑着，土箍窑要换椽檩房，土炕上增口添丁，过往客商渐渐少起来，薄山地耕不出大元宝，太爷、爷爷们只得出外谋营生，播撒锄耘收割打碾，铡扫晾晒喂养呵护，里里外外就靠三寸小脚撑持的单薄身躯来把持、料理。称谓可是十足精美——三寸金莲！大小不过三寸，可那能算一双脚、一对足?！一层一层一圈一圈的裹布绽开，露出小小三角形的肉团，干硬、枯竭、萎缩，触目惊心。就是这双小脚，踏过泥泞，蹚过风霜，托载儿女，撑持生活。也许年深日久，习以为常，这双双小脚不觉得疼痛，抑或隐忍着钻心痛，颠儿颠儿领着儿孙们挑水做饭，跟随丈夫下地种田。这种疼痛能诉说、可描摹，但一场饥荒过后，丈夫撒手人寰，儿女有的不再喘息，那才是人世间剜心的痛楚、无语的伤心。

诚然，太太们奶奶们硬是挺了过来，用乡亲们的话说，她们"命牢"。她们跌跌撞撞，颠儿颠儿的硬是用一双双小脚，让通向沟壑泉眼的小路，让到达地埂田间的途径，光亮，连接。她们的一条条粗糙干瘦的手臂，一副副单薄干瘪的身躯，堆码、累积起来的，岂止是那麦场上年复一年沉甸甸颗露露的麦擦、谷垛、粮堆！

但是，我的太太们奶奶们，她们当中很少有人走路弯腰、说话唔吃。她们大多高个儿，爽朗，大声（这个或许与她们年岁大耳有点儿背有关），慈眉善目，和蔼可亲。大地边大太太年岁最长，面带核桃，颤颤巍巍，轻易不出门；南家舅太太手有伤痕，家中主事；上街四太太，抬头挺胸，面色红润，菩萨心肠；中街陈家奶奶玲珑随意，苦口婆心，一架水烟瓶不离左右。她们大多懂些灸灸、掐捏、按摩的简单疗法，尤其上店家三太太，谁家小孩惊风、闹肚子抑或头疼脑热，一声招呼，颤巍巍一路小跑，自己喘息未定，双眼早辨患儿气色，掐按艾灸，手到病除。我五岁那年，恰逢饥荒，政府及时救济，定量供应燕麦面粉。奶奶心疼，喂我吞吃过量，眼看着肚腹鼓胀，一家人束手无策。南家舅太太来了，她用双手掐按，用艾蒿灸烤，直到我上吐下泻，生生捡得一条小命。

小时候好奇，听太太们奶奶们述说往事，怎么躲土匪，如何跑兵痞，总想分辨那皱纹满脸的面庞，青春时会是什么模样，美丽动人还是面黄肌瘦，顾盼生辉还是皱眉蹙眼。不过，她们的女儿一个个风姿绰约、妩媚漂亮，那大眼睛、俏脸面、靓肤色，应该和母亲大体上相同或相近。熬过来多少酸甜苦辣，担负过何等生活重担，经受了几多风刀霜剑，太太们奶奶们依然是精神矍铄、容光焕发，从不见她们皱眉头轻叹息。

太太们奶奶们不光手擀面做得筋道，干面锅盔打得可口，那些糜谷荞麦面，在她们手中同样能做出香美可口的饭食。印象最深的，就是党家姑太太的高粱面锅贴。那时杂粮多，稳产高产，管理简单，其中高粱便宜，兑换容易。但年轻一辈大多操弄不来，锅贴的馍馍不是板结，就是坚硬。姑太太锅贴的高粱面截截，虚松、微甜、可口，很多人就去讨教。那可真是一绝。姑太太说过，窍门是在发面，味道讲究甜香，巧兑莜面，把控发酵，掌握时机，看好火候。白面锅盔、手擀长面，那是伺候过往客商的，粗谷大面，填饱肚子，已是大幸了。奶奶的苦荞面裙裙也算得一绝，水是量好的，面是设定的，水滚撒面，见滚见撒，火候适中，水止面停，再在上面轻敷腊肉片，小火微焖。火候一到，筷子搅拌，裙裙成形；大碗盛满，再搁腊肉，双手端捧，碗中裙裙颤悠悠摆动，酥软、喷香、上口，余味无穷。还有，爷爷最喜苦荞面棒棒，要苦，要硬，只有奶奶做的合他口味。

据说，苦荞面做饭，和面讲究，揉擀有度，水要适中，水少面团散开，多擀苦涩难咽。一般人须得兑入白面，才能擀成面饼。奶奶的苦荞面酸棒棒，纯粹，筋道，味正，可口。何尝不是太太们、奶奶们凭借饭食手艺养家糊口的，人人讲究，个个精细，这岵岘梁头才延续着繁盛红火的气象！

太太们奶奶们不怎么讲大理教做人，常听的一句口头禅是，别那样，人骂哩。就这简单明了一句话，界定了做人的准则，不说人人斥骂谴责的话，不干有违良心遭天谴的事。父慈子孝，明辨大理，家风正，庄风正，村里很少有打架闹事扯皮之事。每年的大戏，太太们奶奶们总让儿孙们架子车拉着，背靠椅坐着，听善恶争辩，看高台教化。行事，做人，明明白白，清清楚楚。

我们这辈人，几乎没一人能说得出太太们奶奶们的姓名，只记得她们拉扯了多少儿女照顾着哪些孙子孙女。她们没牌匾没头衔，一生就围着锅台磨堂转，盯着田埂土路走，瞅着公路上汽车西来东往，但几乎没一人坐过车进过县城。她们从没抱怨生活对她们不公，她们感念新社会新时代才让人们生活安定，吃穿不愁。她们走得最长最远的路途就是转娘家，走姊妹，看望出嫁女儿。她们最开心最惬意的事，就是儿孙满堂，阖家团聚。

太太们奶奶们从没觉得自己上了年岁，她们很少下地上场了，但她们依然闲不住，总操心，一双双小脚迈出门槛，一束束目光眺向远方，要回来的该早动身，要拾掇的得早动手，叮嘱着，宽慰着，不知不觉中，我们都长大成人了。我走出村子，在三尺讲台打发光阴，很少去那条陡长的街道，太太们、奶奶们的影子也少见到。日月如梭，老人家在人生这架织布机前摆弄着经线纬线，长长的生活布匹上，她们密麻的手迹清晰可辨、躯体的余温触手可感，可是，她们走了，离开了，先后寿终正寝，魂归厚土。她们留下的，只是儿女子孙吗？是一围围高大的庄基、一座座亮堂的屋宇？还有，那一层层一畴畴平整的田地、一池池一眼眼清冽甘甜的泉水？

太太们奶奶们，每年清明节寒衣节，我们都来你们的墓地，你们也要花销、护理，你们更该排场、大气。你们只是在另一个世界，用另一种气场，对我们，对你们的子孙后代——烘托，围护，鼓舞，助力。你们应该听得到看得见，你们的子孙没有忘记，那颠扑不倒铮铮铁骨的双双小脚，那满布皱纹慈眉善目的可爱面庞，那绵绵不绝温暖如春的关爱呵护，那春风化雨让人铭刻在心的谆谆教诲。你们就如这萋萋荒草，厚重黄土，朴实，平凡，却永恒。

我的太太们、奶奶们，我们不会忘记你们；世世代代，记着你们。

刘家埂老街

刘家埂的街道要硬化了，这恐怕是全区各乡镇最后一条要硬化的街道。这条街道也不太长，东西走向，一里路长，西至虎山根，东到大山脚，西高东低，两旁是农户。多少年来，这条街道黄土铺垫，瓦砾间杂，雨雪天踩两脚泥，热风日裹一身土。庄子连接秦（安）通（渭）两县，且与华双公路毗邻，这土庄子土街道曾经热闹过好一阵子。那时，四邻八乡农人学子乘车上省城下秦州，挑客贩夫跑买卖做生意，总要在这条街道上端一碗手擀面喝一壶热水茶，正如街坊邻居嬉戏的：走在梁上街道，人没花里胡哨，嫩绵先看油嘴，风骚要瞅两脚，意思是说岵岷梁埂上有好吃的，但就是土多尘埃裹。

公路是沙石铺面，街道是黄土垫铺，有的是浮尘，但这岵岷梁顶日日人声鼎沸，摩肩接踵，农事繁忙，生意红火。这街道还嫌不过瘾，脚踩足踏没深坑，上省城的新鲜鸡蛋箱箱拼装瓷实，招徕过往汽车，打一阵旋，溅一脸土，满满一车鸡蛋，三五双挥动的手臂，颤动开柳树梢上的朗朗笑声，托载起百年一遇的美好希冀。这时候的刘家埂街道，她是硬朗的坚实的，她背负马蹄嘚嘚，机车隆隆，铁锹刨挖，锯斧割劈，但她毅然决然挺直脊梁，两肋翠生生摇曳绿柳、嫩槐、新椿、鲜杏。她还会招唤几只小鸡、几只小猪，任凭它们在她胸脯摩挲、撒娇，她就喜欢羊群在她肌肤上跳跃，享受毛驴在她胳肢窝踢腾。她是充满活力的，有无限生机。

刘家埂街道，她又是静谧的整洁的。端午节还没到，门前槐树上的槐花有的含苞欲放，有的喷吐香气，淡淡的花蜜气味一圈一圈旋绕下来，萦回飘移。正在

136

尽情嗅闻，奶奶呼叫吃饭。莜麦面煮疙瘩或者绿荞面酸棒棒，再捧一小碟蒜泥苜蓿菜。地面是光洁明亮的，树荫是斑驳的，风儿是慵懒的，氛围是和乐的。扒拉一筷子主饭，撮起一小口下菜，天底下还有比这更美的享受！这边槐树下有品尝，不远处那棵椿树下立刻有感受，转瞬间，垂柳、刺槐、老椿，树下面有碗碟，浓荫筛处飘饭香。

寒冬腊月，街道上的积雪早清除了。东头老店家门前，几条长木凳一溜儿摆开，过往乘车的客商或蹲坐或溜达。

大个子雷老太太提来水壶，生起柴火，火舌直舔壶底时，陆陆续续有大人小孩围拢前来。这时候的老街是慷慨的温暖的，热气任你摄取，笑语惹你俯仰。老富叔就会抖旧料兜奇闻，什么"长衫抡圆后湾，社火耍红大年""上场子出门撞炮火，吊湾梁三声抢铜锣"，等等，总是些与这条老街密切关联的陈年旧事。说到可笑处，老炳叔哈哈大笑，周围人众或捧腹或弯腰，一派和乐融融氛围。老街还嫌不过瘾，惹逗男女孩子拣一方平地，摆几副架势，跳方、踢毽子，不说比输赢，却要分高低。大队药铺房檐下，则是象棋、掐方，宽阔处便是打陀螺、老钱窝。地势开阔，土街温润，任那圆锥小木枣急速旋转，不停下来不透大气。八尺开外是一窝硬币，三两个铜钱，老虎、公鸡、杠子，谁赢谁打头，投中钱窝，算是眼尖手准，博得一阵喝彩。

老街是公平的，男人家的麻线陀，转不过女人们的话匣子，上街、中街、下街，街道旁门户前，方方正正台阶上，三个一撮，五个一群，纳鞋底，缲鞋帮，毛边鞋底比漂亮，谁个俊俏，哪个年轻，粉条多会儿榨，馒头哪天蒸，总有说不完的事，道不尽的兴。就是街南边戏台上唱大戏，也总要在老街上派角色、对台词、扎马步、定时日，请哪家亲戚，邀何处朋友，踏着老街甩摆，步着老街算计。老街那厚重的泥土里，宽阔的胸腔中，渗进去容纳下的尽是痛快、融洽、欢乐、进取。

老街最丰满健硕的季节是金秋时节。挨挨挤挤的麦摞在街东街西两面大场码着，洁白的羊群在老街上欢蹦乱跳，膘肥体壮的黄牛、骡马、毛驴驮着架子车、犁铧，把泥土的芬芳、禾穗的馨香驮载到轩昂的门庭、宽敞的院落。

一担担沉甸甸的谷子、糜子，一车车鲜亮饱满的洋芋、苞谷，把金色银色辉映在老街的台阶巷道、角角落落。夕阳西下，炊烟袅袅，鸟雀喧，鸡犬归，老街俨然成为庞大乐团的指挥，哪个乐章华彩，何处节律柔和，老街心中有数。高亢的、低沉的，舒缓的、热烈的，生活的交响曲每天都这样，老街总能奏出美妙天籁、人间华章。

老街上曾有三寸金莲、红嫩脚丫蹒跚、跳腾，更有结实厚重脚板徜徉、迈进。轻飘的、沉重的轮毂不停地碾轧、啃噬，她却越发坚实、劲挺。从夏到秋，自冬至春，老街坦然、包容、磊落、大度。不论雪域高原的冰雪，还是海滨湖畔的盐渍；哪怕千里迢迢的仆仆风尘，抑或万钧雷霆的震撼劈刺，只要踏上这条老街，身心立刻宁静下来，躯干转瞬挺直起来，面貌立马光鲜开来。老街，她享受归来游子的跺脚、踏蹬，她陶醉轩昂门庭的延揽、欢迎。

不知什么时候起，老街变得拥挤、狭窄起来，家家户户门前的小方台，大的直接筑起土墙，小的扩充加宽，上架木椽，再盖瓦片，一座小房子然站立。为着牢固，石块帮着垒砌，水泥勾缝牢靠，大小不一的小棚子挤满各家门口，停台三轮车，堆放杂物件，方便是方便，随手真随手，但是，老街变了，变得拥挤狭窄、低矮，变得老气横秋、陈腐破败，变得薄情寡义、死气沉沉。那小屋矮棚上的门扇，不是耷拉脑袋龇牙咧嘴，就是斜拧一旁几近掉落；屋顶上面的瓦片或者石棉瓦，有的参差披拂，有的破旧不堪；街道两旁的水渠，一段段瓦砾填埋，一截截杂草堵塞。一有刮风下雨，污水浊泥漫过街道；如若大雨急流冲刷，满街道更是坑坑洼洼，凹凸不平。出门怕老街，进门怨老街。老街上少了人影，多了落寞沉寂。

老街道啊，你何时变得如此吝啬、狭隘？你何时变得这般小气、势利？你身边小房小棚多了，可高门大户门扇锁了；你躯干石墙石壁起了，可垂柳旺椿没了。老街道啊，你变了，变得老旧，变得低迷，变得陌生。老街道，你真的忍心你这样少了人气、少了活力？

老街道，你不该是这副模样，你看，陌生但热情的各级主管部门负责人来了，设计、施工的队伍来了，摧枯拉朽的大型机械来了，要不了多久，你的面貌将会焕然一新，你的胸脯会开阔起来，身躯会挺直起来。老街道，刘家埝老街道，你一定会振作起来，抖落出崭新面貌，挺起来宽阔坚实胸脯。你的躯干上，定会迈动大的、小的、踏实的、密集的脚步。

刘家埝的老街道，我期待你焕发新姿。

夺　卡

袁大头连卡都攥不住了。"攥紧，就……指望……它……"老伴儿抓着袁大头的手，断断续续叮嘱，咽下最后一口气。他不忍卡上余温消散殆尽，怀揣卡片，他就觉得老伴儿在他身旁呵气，催他趁热吃喝，拍他衣襟尘土。真的，大半辈子，都是老伴儿忙里忙外操持，他这个孩子王很少过问家事。他嫌麻烦，更疼老伴儿，卡片一塞，"拿着，钱你取，菜你买，掌柜你当。"退休后，手头稍得宽裕，他有意让老伴儿宽展一些，卡让她拿，钱任她花。但知道老伴儿节俭，一个钢镚儿舍不得花，"你呀，尽给乐乐乱花。"

"乐乐!"

袁大头唤着孙儿，伸手去摸卡片。唉，摸啥呀，卡早不在手上了。怪谁呢，老伴儿一走，摸卡伤心，取钱无神，几次按错密码，他就掏卡递给儿子，可儿媳不同意，"爸，您拿着，我们不缺钱。"

过了几天，听见儿媳数落孙儿："整天要钱要钱，房贷、天然气、物业费、暖气费，谁掏? 哪有那么多钱!"

"让你们拿着，你们推三阻四，乐乐……"孙儿的上学用品、小吃、玩具一应花销都是他袁大头开销，楼房首付、生活费用也是他掏钱垫付，新近买的小车，他垫了大半资金，怎么，还呻唤没钱花?

"乐乐，取吧，拿上!"

儿子上前，咧嘴一笑，"爸，也是，您不花钱吗，我拿着，花钱了您尽管开口。"

"放下！你们没卡！那是爷爷的！"

孙儿一把夺下卡片，塞在爷爷手里。

又过了几天，见屋里只有俩人，儿子轻声说："爸，她看上一件皮大衣，贵是贵些，但特好看，就是……"

袁大头掏出卡片，说出密码，大口张了几张，双手小心翼翼递了过去，"你妈……常年揣着……"他想说怀揣卡片，就能感到你妈体温，但他没说出口。

没了老伴儿，不揣卡片，袁大头空虚寂寞异常，有人唤他去老年大学学唱歌，"你有基础，也没啥牵扯，就去吧。"

县城老年大学红火热闹有模有样，唱歌、跳舞、书法、绘画、演奏，各尽其长，组织有序。新近又来个上海歌手，练声，教唱，编排，学员们大有长进，争先恐后嚷着去山楂小镇到红色基地演出。应该表演几场，那歌喉、舞姿、乐队，还真像模像样，好多年没见过如此水准的合唱节目。红军长征、藏族舞蹈、蒙古风韵，各种各样服饰装扮都得收拾，惟妙惟肖、声情并茂才能动人。都是退休干部、老师、职工，不在乎花销几百块，就追求老来有依托。一声吆喝，大都呼应，买，自己掏钱，穿戴踏实。

"谁还没交钱？就差一人。"

李后勤大声提醒，众人你盯我瞅，而后不约而同朝后看去，不在，袁老师不在。大家心知肚明，袁大头手头紧，就他交不上钱。

"你不看，他从不坐公交，五六里路，他独自走来走去。"

"哦，我还以为他在徒步锻炼哩，来去坐车才要四块钱。"

"我说他那衣着，七长八短的……"

"那件白衬衣，还是杨姐给的。"

"杨姐，你叫叫袁老师，让他明天一定来，服装道具嘛，他别在意。"

袁大头还真的不能空缺，节目编排已定，大后天就要演出，县城里没称心的服饰租借，怎么办？杨姐、曹妹、李哥几个低头嘀咕：没几个钱，咱们几个凑凑，老袁他实在掏不出来。

袁大头还真的急了。他不屑下象棋推牌九，上学教书，课余时间就喜欢唱歌跳舞。老伴儿去世后，唯一解闷的就是去老年大学吊吊嗓子、扭扭腰肢。儿子儿媳一脸不高兴，但孙儿举双手赞成，爷爷，多学点回来教我，我们班常有歌咏比赛。可是，怎么去，一套像样服装都买不起……得张口了。他明白，向儿子张口，多么难哪！袁大头硬着头皮静等儿子回家。

"爸，不是我说你，那么多干头，你咋就爱扎女人堆？"

"唱歌提神。人家都是文化人，著书立说、吹拉弹唱，那是高雅……"

"啥高雅，内心空虚无聊，寻找寄托刺激！"

"你……你把卡给我，我……"

"又要卡？要钱？给别人……"

袁大头不好再说什么，知子莫若父，就这么个儿子，娇生惯养，一味溺爱，没大就由己，如今成家立业，还能指教什么？

袁大头想着搪塞几日，想点儿法子，凑齐服装费用，但是，几位老哥老姐硬要帮衬补齐，这让他实在过意不去，他也是退休教师，每月五千多元退休金，儿子教学，儿媳干部，哪能让人凑补百十来块演出费用！不行，豁出老脸，也要讨卡，"那卡本来就是……就是我的……我的生活……"

"爸呀，生活就有我们，菜你不会买，面你扛不来，手头有钱，光惹……惹乐乐吃零食。"

儿子索性说出来："没听人家咋说，一群老骚情，半夜三更还缠绕……"

"你们……咋能胡说八道！"袁大头不再说什么，他知道儿子儿媳脾性，不能和他们讲理，他只要自己的卡片。他刚张口，孙儿进来。他只好笑嘻嘻去问孙儿，作业多不多，路上挤不挤。孙儿大咧咧显摆："我都五年级啦，还当我小屁孩！"

袁大头又去歌唱队。杨姐凑过来："袁老师，你尽管放心唱歌，服装买好了。"越叫放心，他越不踏实，"杨姐，麻烦你们了，钱我掏，明天就有……"

明天怎么会有？还得要卡。袁大头悔恨起来，怎么轻易就把卡交给儿子？你们说好的每过几天给我一些零花钱，我戒烟戒酒，不去打麻将推牌九，但我还有几个同事，总有想不到的人情，红白喜事，添个份子，人家请我，我钻地缝里去？！老伴儿，你活着，揣着卡，哪有这等难肠！

听说，儿子要去老子的存折、卡片，再没想着老子要花钱，还说，老子的钱财天生就是儿子的，真是这样？至少，在我袁大头身上是真的。但是，我再要要吧，就取三两百块，或者，他们手头就有现钱……不会的，现时人人手机付费，方便、安全，就咱这些落伍者用卡片……袁大头边想边向家里走去。"就取三两百块，买服装用。总不能老叫人家垫哪。"

"爸，别人老垫着，那才叫过得踏实，说明爸人缘好，有威望。"儿媳总是嘴比蜜甜。

"有啥威望！有威望连……"袁大头想说连儿子儿媳都这样对待，我还能有啥威望，但他不能说，"连襟，就连襟那种，长袍子的那种服装，你们单位演出你穿过的。"

"那我上网给你买吧。"

"买什么买！老了就安分些，白天唱，晚上跳，别人不嫌弃，我还臊得慌。我妈刚走……"

"啥？你、你们，还有一点儿良心没？"

"爸，你别生气，你晚上回来那么迟，邻居们都说三道四。"

"邻居，邻居看到啥？我七十二三的人，我……"话一出口，袁大头就觉得无聊至极，他铁了心就要工资卡。

"没啥解释，你就把卡还我！"

怕邻居听见，又担心儿子吵闹，袁大头的儿子十分不愿地伸手去摸。他本可以用老子卡上的钱，去买时髦衣服，去摆阔绰，尤其，四人一围，"挖坑"，虽说是扑克，但三人对一人，赢钱容易，输钱快当，几个挥锹，一人下跳，真如挖坑，深浅自定，又叫"挖烂泥"，浑身不得干净。但那勾当上瘾，刺激，街面上不行，就走房间，简捷、灵活，可大可小。这白来的票子，怎能丢手他人？

"拿去！你就咽下！把心操烂！还吃不？喝不？花不？"

"吃""喝"俩字孙儿最爱听，小家伙刚进门，就听爸爸呼吃喊喝，大步飞奔过来。不见糖果小吃，却看一方硬卡飞旋过来。

"干啥！卡是爸的，我管！"儿媳双手糊着面，抢上前来。

"别抢！卡是爷爷的，我管！"孙儿抢圆书包，猛扑上来。

说时迟，那时快，只见小小院子，四双胳膊八只手臂上下翻飞左右挥舞，一方塑料卡弹来撞去，吼喊呼叫，声震屋宇。

殊不知，那方小卡，怎禁得住七手八脚拼抢夺取，只见它晃晃悠悠跌落下去。

挨近地面，矬身容易，小孙儿自然占得便宜，弯腰伸手就抓牢这方卡片。怕有闪失，孩子索性趴在地面，很像足球守门员奋不顾身，抱球守护。

第二天，袁大头兴冲冲向排练场地走去。已经习惯了，他不记得坐公交车，只记着掏钱给李后勤，补交演出服装费，还记着给孙儿买些零食，再就是买上香火去老伴儿墓地。

"老伴儿，我记住你说的，把它攥紧！"

袁大头不由得去摸卡片，耳畔传来嘹亮的歌声。

书 包 情 缘

我与书包真的有缘，五十年后又背起这东西，跟在孙女身后，颠儿颠儿一路小跑，清晨，午后，黄昏，一刻不差，还真的有点儿新鲜感。

小时候上学，我和同学们背的都是奶奶或妈妈缝制的书包。说是书包，其实就是小布袋，一尺见方的口袋，左右、底部三面缝严，上面开口，两边缝牢三尺左右的布带，里面装上几本书，放好干粮，挎上左肩或右肩，十里山路，稳稳当当挎到学校。那叫单肩书包吧，由于要挎牢，时不时伸腰提肩，常常显出昂首挺胸的姿态。当然，书包要左右换着挎，不然，时日长了，会出现双肩不平的可能。本来，那时的课本少，作业本是不装书包的，按时完成作业及时交给老师，第二天发下来急着看老师画的正误号或者醒目的批语。要装书包的，首先是干粮，糜面谷面截截、煮洋芋，再就是偷看的小说、连环画。书包不大，装的东西不多，轻松，简单，挎书包是一种享受，快走几步，提提肩，伸手扶扶书包，常有一种昂首挺胸的感觉。

离开学校，走向社会，不挎简单的书包了，挎起背起挑起的除了看得见摸得着的麦捆、粪肥、草料，再就是看不见摸不着的瞎操心白劳神，慢慢地，这些东西拖坠勒压得双肩脊背垂下来弯起来。

再次掂量、估摸书包，那是孙女要上小学了，口袋里有钱，也舍得买好的。帆布的、锦纶的、真丝的、皮革的……七匹狼、恐龙、巴朗、耐克……中版、韩版、日版……潮流，时髦，且都是大容量、多隔层的双肩书包。买上吧，孩子上学一定得背书包；与时俱进，得背双肩的，减压，匀称，流行。小学生，书少吧，背上小一点儿的。背着背着，发觉书包有点儿小，书多，装不下，那就换成大一点儿的。背着背着，觉得又有点儿小，再换吧，总要能容纳得下嘛。背着背着，书包越来越沉，孩子身躯越来越弯曲，好家伙，课本、作业本、辅导资料、课外读物……还有装满钢笔、铅笔、碳素笔等的笔盒或笔袋，等等，背起来太沉，只好再提个袋子，上学背着，放学提着，孩子也够受的。每次给孙女提书包，我心里也会跟着书包往下沉。

书包是双肩背着，作业在家里完成，看着孩子吃力困顿的神情，于心不忍，我就帮办起来，替孩子背起沉沉的书包，混迹于上学的人流之中。好在去学校距离不远，两里路，一二十分钟。孙女背起书包，弯腰往上挪动，书包还是沉沉往下垂，我心里也有些沉重。不由自主，我就会想起小时候我背过的书包、走过的崎岖不平的山路。是该从小就要背负沉重呢，还是起步就得轻松简捷？是要盲目跟从呢，还是自作主张？每次提起接下书包，总要忍不住劝导，孩子，别背那么多吧，太沉。孙女总嘀咕，写的背的都要在家里完成，不多背些，行吗？该是吧，头脑里要记得多，书包里也就得装得多，也就让书包越来越大越来越沉了。

每每帮孙女背起书包，我就会想起小时候我背书包的情景，也会时不时冒出一点儿思虑：会不会有别的办法，让孩子们的书包里少装些东西，让他们轻松一些呢？我还是背吧，背起孩子的书包，它总有变得轻简的时候。

姥姥那些事

　　小时候，最爱去的地方就是姥姥家。下一段五六里路的山坡，登一条四五里地的山道，再走七八里的下坡路，蹚过一条小河，便到了一个叫红花沟的小村庄，姥姥家就在阴山崖畔的平台上。姥姥心疼我，拉着双手问这问那。我边回答，边往桌子跟前挪动。高大的方桌后边，靠墙立着长长的书架，上面是薄厚不一的书籍。我熟悉这些书，但每次到来，总要抽出这本，翻开那本，看上面惊奇的故事，记那些迷人的歌谣。狐狸和狼、狗熊撞板、农夫和蛇、牛郎织女……那些聪慧和执着、良善与忠贞，那些上口的诗文、奇异的变故，时常让我激动、遐思。

　　大舅回来了，他总是挑着粪担，提着铁锹。见我翻看书本，他叮咛看后放回原处，别撕烂，指点书中画有波浪线的地方，"看出来没，这几处，该记下的。"我不大懂，但学大舅，仰起脖子，默默背诵。那些画线语句，大舅大多能一字不落背下来。大舅喜欢绘画，最常见的是他画的猛虎，回头凝视，尾巴翘起，前爪奋攀，后腿力登，虎势雄威，不可一世。高远处一轮圆月，四周是荒草萋萋。我最爱看大舅的人物画，一幅《萧何月下追韩信》，简单，逼真：一个头戴高帽手捏马鞭的人在马背上左顾右盼，四处审视；马儿昂头扬鬃，似有嘶鸣；几个黑影，几处悬崖，头顶圆月半露半隐，脚下披拂的衰草，仿佛刮着飕飕阴风……那时不知道这故事的来历，只觉得这个老人可怜兮兮的，万一有歹人或者有虎狼扑出，那该如何躲避？大舅见我怔怔出神，微微一笑，"看出啥呢？那故事长哩，多念书就知道。"

146

姥姥不让我出门，说我贪玩，外边悬崖，操心哩。我哪里听话，紧跟二舅去疯跑。二舅会制作许多玩具，滚核桃、泥哇喔（形似埙，孔多）、柳条笛，最好玩的是跳线猴。两条细木条，上边穿孔，孔上穿线绳，绳上穿着小猴手臂，捏动木条，猴子就在上边翻筋斗、立蜻蜓，好不灵动。摆弄小猴，吹响哇喔，跟随二舅去放羊。出门一箭地，下沟坡，来到沟底溪水边，捧起清洌小流，吮吸几口，淘洗一阵，二舅和几个伙伴打扑克，我就弯腰低头捡蜗牛壳。正午刚过，天气闷热。一滩一丛的青草在阳光照射下，泛出耀眼的光芒。据说那深草丛里有毒蛇，不敢靠近。溪流岸边是赭红色的崖壁，刀削斧剁似的直立光棱，上面斑斑点点的小石砾，嵌在里边露出丁点尖头。该不是蜗牛壳吧！圆睁双眼辨认，手抠，树枝剜，不是，没螺纹。再盯，细瞅。蜗牛壳可好玩呢，捡拾到一个坚硬的，挤破伙伴们手中所有的对手，那才算自豪呢。碰巧捡得一个石化了的，坚硬如铁，光洁似玉，那是掏钱买不来的。那就不敢装在书包背到肩上，而要揣在口袋贴近胸口。正在专注留神，忽听崖畔上有人大喊："沟底的娃们，赶快上来，需雨来喽！"二舅急忙唤我，伙伴们合力赶羊，气喘吁吁爬上崖畔，向东望去，只见大东山顶彤云密布，黑黢黢的云影正遮空吞地扑卷下来。姥姥早在门前石头坡上观望，看见我们到来，老远伸手招呼，嗔怪不该去沟底，唠叨捡那么多壳壳有啥用，牵着我的手，去大门跟前石槽里搓洗。

姥姥家有许多石制器皿，石槽、石舂、石礅、石磨，都是姥爷亲手打凿的。姥爷和同族乡亲们大多是石匠，靠凿石磨打碾子维持生计。那活儿恐怕是世上最艰辛最吃力的活计。那时的农村，家家户户安有石磨，一庄一村都有石碾子。磨槽平了要凿，碾子光了得铲。狭窄的磨坊里，石磨摆在眼前，盘腿坐稳地上，或者凿子凿槽，或者铲子削棱，总要石槽深浅合适石棱光滑合缝。打磨一副石磨，少则两天，多就三日，汗流浃背气喘吁吁也就挣得三元纸币。没见过姥爷打凿石磨，只见过一两回他老人家，靠着客房廊檐石礅，闷声抽旱烟锅。饥荒那年他领二舅投奔会宁族人，不幸客逝异乡。后来，大舅二舅和亲戚们运回来他老人家的骨殖，葬于故乡黄土。

姨姨长我两岁，三舅小我一岁。那时却不管辈分，没大没小一起玩耍、吵闹。一有争持，姥姥总是偏袒我，哄我吃炒熟的蚕豆扁豆，还有藏匿的甜杏仁。

姨姨和三舅懂事，揽柴火，晒填炕，喂毛驴，看羊只，总有干不完的活计。

麦黄六月，姥姥家的杏子早该熟了。放下柳条筐子，递过母亲烙的大饼，不顾姥姥一再叮嘱，我和姨姨、三舅几个成天贴在杏树上不下来。杏树大多在崖畔一块陡地上，六月黄、绿皮子、荏面红、粘核子，几种味道都得品尝。绿皮子个儿大味甜，看上去绿皮微黄，用手一捏，两瓣分明，酸中带甜；荏面红像面饼，汁少，甘甜，最能充饥；粘核子掰捏不了，薄薄的皮囊里边多是稠汁，只能吮吸，留下杏肉拉撒的圆核。

不能摇撼，黄软的杏子一有晃动，就会掉下来滚到崖下去，但又摘不到那里。我在树上攀摘，姨姨和三舅在下面捡拾，几筐子没拾满，我已经吃得肚子鼓鼓的。有一次，杏子吃得太多，掌灯时分我肚子发胀、疼痛难忍。姥姥赶紧双手研摩，用艾灸灸，搀扶我上了几回厕所。肚子不疼了，姥姥抚摸我的额头，心疼地念叨："蛮哥，现时常来哩，长大了，还能记起姥姥不？"挑拣好色俊个儿大的杏子，炒几碗壳硬肉虚的麻豌豆，姥姥反复叮嘱我不可贪玩，赶早回家里去。走下石头坡，拐过场门口，老远地还听见姥姥在叮嘱，小心……筐子……二舅大声回应，一定送到许家堡，"过河小心，别溅湿鞋子！"后来，二弟到中学上学，姥姥唤不前来，就隔三岔五颠着小脚到中学门口等，竹篮里常盛着鸡蛋、油饼子。

上了中学，后来到单位上班，渐渐地就少去姥姥家了。姥姥呢，还迈着小脚锄草拔麦子，围着围裙帮儿媳烧火做饭。姥姥家的地，大多在三里路外，陡峭，靠近崖畔。挑一担麦子，不能换肩膀，只能一口气挑到大场里。大多时候，姥姥和舅舅们背着麦捆，弓腰驼背往前移动。姥姥那双小脚，不知怎么钉过那些沟沟坎坎，踩实那些小道地埂。姥爷的离去，使得姥姥痴呆疯癫了几年。但她不敢倒下，她要拉扯儿女。我每次去姥姥家，没见过她老人家叹息、萎靡。她高个头，方脸面，大嗓门，大襟褂子，裹腿，常带围裙。母亲和姨姨还有舅舅们，在她跟前从不敢大声吵嚷。

姥姥娘家在二十里路外的一个叫白杨林的村庄，她有个姐姐嫁在三里地外的陈家河村，丈夫是远近闻名的木匠，我跟随母亲去过几次，我该称他们姨爷姨奶奶。姥姥姊妹嫁的都是手艺人，她们或许想着，身边有个手艺人，吃穿花销不怕穷。姥姥操持生计，日子还能过得去。但她经不住恶气闷气的憋屈。一次，邻居家的孩子玩闹惹她生气，她气堵胸口，晕厥倒地，从此后便慢慢地神志不清起来，严重的日子，她不知饥饱，不辨亲人。那时大舅一家早已另起炉灶，在深沟那边耕耘锄拔，护理、伺候姥姥的重担，基本全落在二舅二舅母身上。要端吃掌喝，揩擦换洗，还要温言劝说，搀扶背负。地上的活儿，能撂的撂可减的减，伺候母亲要紧。整整五年，一千八百个日夜，二舅和二舅母两双眼睛紧紧盯着土炕上的母亲，天冷时煨热炕，天晴时晾晒衣裤被褥；四只手臂在扶持拥抱、淘洗端捧中干瘪、掉皮。但凡见过的听到的无不动容掉泪、感慨钦敬。

三舅内向、厚道，高中毕业，他本该补习再考，可他不愿拖累兄嫂，他想去闯生活，终于学得一身好手艺，砌墙，起砖，能挣大票子。三舅育有三男三女，却不幸身患胃病，去世已二十年了。欣喜儿女都已成家立业，各有所成。

姨姨大多时候留守省城兰州，照看孙女，偶尔回趟老家。年近古稀，她和老伴儿总舍不下老家那整齐的房屋，洁净的院落。大半生过来，她像姥姥，像她姐姐——我的母亲，总喜欢干净、整洁，总是闲不住。

大舅散漫，八十岁了，还像孩童，家中事全撒手给舅母料理。他早不画画了，有人掏钱收藏他的旧画，儿女们不答应。远在宁波的大儿子出资修葺房屋，一再叮咛弟弟，重新装裱那些画，千万别出卖。大舅又认真，每当镇上赶集日，他总要去象棋摊，捉子拼杀，笑谈趣事。我们姨舅弟兄在一起，说起大舅，都有些惋惜：假若那时家境好些，如果能够坚持不懈，大舅肯定早已出名……

二舅也是闲不住。两个女儿远嫁外地，儿子儿媳在县城打拼，孙儿要上学，楼房得按揭，他心疼孙儿，一到跟前，掏不出一沓票子，他觉得不好意思。政府联系，朋友帮衬，他又赶起一圈绵羊，他说，现时滩肥草多，闲着感到无聊，挣钱事小，充实要紧。中秋已过，羊只膘肥体壮，他总会宰杀一两只，送给亲戚朋友，他才感到踏实。他压根儿没觉得，他已是七十五六的年岁。

姥姥最放心不下的是她的老生胎——我的三舅，她走了，三舅不忍她孤独，抛妻别子去陪伴她。我享受姥姥无穷的疼爱、呵护，却只能涂写这几行拙文，记述姥姥的点滴事迹以求内心的些许安宁。姥姥有巍巍身躯，灿烂笑容，宽大手掌、响亮声音。看见母亲，我就想起姥姥，想起给舅舅舅妈打电话发视频。

这个不寻常的冬天，我该时常问候舅舅一家人。

戏骨王宗祥

一九七七年隆冬，我随队去定西参加全地区群艺会议及观摩演出，有幸目睹孔新成、付志忠、王宗祥、康万年等秦腔名家的精彩表演。他们正在排演古装剧《小刀会》，主角刘丽川由三人扮演，国家一级演员孔新成担任 A 角，付志忠、王宗祥担任 B 角。那是在地区礼堂舞台，领队徐进元老师指着一位中等个头儿、鼻直口方、古铜肤色的演员，说，那位就是王宗祥，咱通渭老乡。我专心去看乐池乐队的演奏，没在意演员们是如何手舞足蹈挥刀上阵的，也没留心王宗祥是怎么吹胡子瞪眼挥鞭策马的。排练结束，徐老师领着同学们跟随刘月娥、康万年等几位名家走台、亮相，没来得及去拜访王宗祥，只记下他大概的样貌。

大概两年后吧，各县组建秦剧团，定西地区秦剧团好多名角都到各自县域担当台柱子，王宗祥也到通渭县剧团。我那时在陇西师范上学，抽空去瞅陇西县剧团的演出，得知台柱子是付志忠，由此自然想到通渭剧团的戏也会推陈出新、精彩纷呈。果然，王宗祥的加盟，让通渭县秦剧团如虎添翼、声威大震。起初，四邻八乡爱好者或骑上自行车或徒步跑去县城，一睹王宗祥的唱念做打，陶醉古装戏的精深。后来，人们不满足奔波劳顿饥渴难耐的远程看戏，有人就动脑筋，找场地，搭戏台，卖戏票，一角或一角五分一张，买票进场看戏。尊贵的县剧团迈开了下乡演出的脚步，远则两三个山头，近就五六里土路，人们摩肩接踵，奔戏场，听锣鼓，主要看王宗祥的精彩表演。

女人撂下抹布，拉扯新近赶制的衣裤；男人跑出圈厩，顾不得掐灭烟头，快跑，锣鼓开响，戏票卖光，不看旦角戏，就瞅王宗祥。"看戏不看王宗祥，吃饭

睡觉不得香"，那真是万人空巷。当然，拨乱反正，开放搞活，压抑十年的情感要释放，缺失数载的乐趣得弥补，看大戏，押腔韵，诌闲传，弯曲的羊肠小道，拥挤的戏场内外，热烈的评品戏说，架势的甩摆模仿，最能让扁担挪移的双肩轻松耸动，让角色自由地吐露真情。王宗祥和他的团队的精彩演出，博得观众的同声赞许，给人们的生活平添活力。

我们的村庄可算得上是老戏窝，从观看碟娃儿刘娃儿要命娃的攒班戏，到供烟膏跟刘志明学演唱，再到添置行头登台演出，《游龟山》《铡美案》《法门寺》《四进士》等，尤其新中国成立初期学演《火焰驹》一出戏，还真像那么回事。

　　老捧叔、南家舅爷弟兄、李家三虎弟兄、我父亲和叔父，他们上省城看过梅兰芳的兰花妙手，到定西瞅过张鹏程的架子花脸，下陕西听过田德年的铜锤洪音，回过神来再对比王宗祥的唱念做打，他们觉得，王宗祥的戏，算不得登峰造极，也该是炉火纯青，难能可贵。他们说得最多的就是，王宗祥泼实、卖力、架口好、功底厚。具体分析，那还得一戏一评说、一角一谈论。

　　大概是一九八三年吧，严冬，陇川郭家咀人请来县剧团，搭台演出，票价一角五分。我在陇川中学教学，恰逢周日，抽身前去看戏。戏报写的白天演出《烙碗记》，晚上《游西湖》。买上戏票，挤进戏场，静等大戏开演。天公不作美，竟然飘来雪花，不一会儿，纷纷扬扬，天际四合，不辨西东，不分高低。但是，戏场里人头攒动，却不见一人离场。大戏开演，角儿走动。戏里侄儿遭恶人暗算，烫烙双手，痛不欲生。主角刘志明跟跄悲怆，伤心欲绝。只见王宗祥人戏合一，捧碗惊厥，一声"定生"，直挺挺仰面倒地。此时，天地垂泪，万籁俱寂，鹅毛大雪铺盖肩头，蒙住视野。不见脚步挪移，只听唏嘘抽泣。王宗祥的呼告、哀怨、怒斥、无奈，刘志明的良善、忍让、宽容、真情，定生的赢弱、悲苦、孤单、痛心，牵扯舞台上下戏场内外千百颗同情的心，观众在颤抖，心在滴血；一声声情不自禁地啜泣、呜咽，会同连绵席卷的雪幕，滑落胸口，铺盖大地。王宗祥不是在演戏，他是在鬼门关挣扎，他想用凛凛身躯阻拦魔鬼邪恶侵袭，用满腔热情唤醒正直良善挺立。后来才知道，那种直挺挺仰面倒地的"僵尸"动作，非三年五载，那是锤炼不成的。加上王宗祥苍老沙哑的呼叫、夺魂摄魄的哭唱，逼仄悲伤愤懑惊恐之情臻至高潮。那个时机，台上伤悲，台下垂泪，寒气不侵，大雪不停。蓦地，雷鸣般的掌声响起，仿佛从地底，爆发出来，直冲云霄。

　　自那以后，我有意无意抽空就往戏场跑，留神听看王宗祥的演出。《金沙滩》中老令公、《炮烙柱》中梅大夫、《下河东》中赵匡胤、《游西湖》中贾似道等，每出剧中主角，非王宗祥莫属，不是王宗祥霸台，是观众异口同声要求他演主角。王宗祥上台扎绑牢靠，穿戴停当，闭眼静坐，神形归一。他的心中，戏如人生，角色神圣，要进入角色，还要回归生活。他全身心投入，用真情演唱。不论三九严寒还是春寒料峭，一出戏唱罢，他总是汗流浃背、举步艰难。同事们给他粘贴伤湿止痛膏，脖颈、肩胛、脊背、肋骨，几乎上身粘贴个遍。同人心疼他演戏以

152

命相搏，劝他少出场演配角，但他不答应，他热爱观众，珍惜演出，"只要喘气，我就得唱下去！"东边南边静宁、秦安、甘谷、武山，北面西面会宁、静远、定西、陇西，王宗祥带领的秦剧团唱响周边八九个县域，足迹踏遍陇右的山沟梁峁田间地头。

王宗祥一丝不苟演出。他演老令公、梅柏、赵匡胤等英雄豪杰、忠臣义士，顶天立地，叱咤风云，披肝沥胆，刚正不阿；扮刘志明、宋士杰、黄伯贤等良善之士、豪侠之辈，底气充盈，光明磊落，不屈不挠，永葆初心。即使饰演殷纣王、屠岸贾、贾似道等奸贼佞臣，他也能把握得分寸得当，塑造出一副副阴险、贪婪、狡诈、凶残的丑恶嘴脸。王宗祥的拿手好戏《出五关》，那是百看不厌。

紧锣密鼓之中，马童腾跳翻越之后，他扮演的关公上场，左手拂须，右手握刀，目露威严，背负苍穹，眼神架势尽显功力，活脱脱关公再世。挑袍一折戏，王宗祥凛然站立，手执大刀，声如洪钟，气若长虹，加之他方面大额，虎背熊腰，顶天立地威震敌胆之英雄气概铺天盖地，观之惊心动魄，让人五体投地。他演《金沙滩》中老令公点数八子一折戏，回肠荡气，催人泪下。高远的台阶上，他扮的老令公瞭望、急盼、胆战心惊，心急如焚。战鼓擂动，喊声遏云，一个身影闪过去；战马嘶鸣，旌旗蔽日，两副躯体倒下去；黑云压城，尸横遍野，又一双手臂举起来，三个、四个，挥呀、砍啦，使尽浑身解数……老英雄屈指点数，挥刀助阵，拈须、沾泪，但是，八个儿郎，却剩三个。偃旗息鼓，寂静无声。老令公在高台上心胆欲裂，观众们在戏场里忧心如焚。突然，高台跌落，劈叉直立，脚直腿平，身如座钟。收腿，提身，委顿，挣扎，扶刀，抖须，瞭望，点数，目眦欲裂，肝肠寸断。惊天地，泣鬼神，英雄气短，儿女情长。王宗祥的表演，身到、手到、步到，情至、气至、神至。观者无不摩拳擦掌，屏气凝神。眼前即是战场，身旁闪现刀光剑影。奋不顾身，却阻周遭身影幢幢；指点迷津，浑然不觉眼前是高台教化。这时候的戏场，群情振奋，热血沸腾，"杀敌保国，舍我其谁"！后来观看陕西名家刘随社表演的老令公，唱腔上佳，但身手腿步的大开大合，和王宗祥比，还差一大截子。或许陕西秦腔重唱功，甘肃秦腔重表演吧，王宗祥的关公挑袍、刘子明哭侄儿、老令公数儿郎，那是绝唱，后人难以企及。

　　王宗祥刻苦用功，天赋过人。虽然出身名伶之家，但他谦逊本分，从不张扬。台上顶梁柱，台下普通人，见面点头微笑，举步沉稳踏实。他以饰演须生为主，擅演老生、红生，声嗓洪亮中略带沙音，苍劲，老辣，音准，吐字清晰，以字带腔。热爱舞台，执着一生。他八十高龄那年，有好事者延请他的老搭档，辅佐他出演关公挑袍一出戏，他欣然接受，披挂上阵。刀挑锦袍，威风凛凛，细瞅他额头面颊，却是汗珠涔涔，渗透衣领。但英雄气概依旧，浩然正气犹存。是的，王宗祥把英雄气、侠义情演唱到家、挥洒到老，他模仿英雄义士登台，张扬赤胆忠心走场，背负诚信仁义谢幕。他的老搭档蔺相如、张怀良、王正明等，或熟稔架子功，或擅长髯口戏，或用心新腔调，都是名噪一时的高手。他调教出来的梨园弟子，苟小弟、高启来、令宏伟、王玉梅、魏国霞、任芳玲、成柱恒、卢小琴、包琼、李玉兰等，都是有板有眼身手不凡的后起之秀。他跻身二级演员之列，再无工夫申报更高级别职称。他离不开舞台，舍不下观众。

　　王宗祥热爱舞台，倾情秦腔戏，他走了，融入厚重黄土；他凛然正直的形象，他叱咤风云的高唱，借英雄豪杰、仁人义士，永远屹立在华岭峰巅、笔架山顶，回响在渭水岸边、黄河上游，更留驻在通渭百姓心中。

二〇二三年一月于平襄

喜闻鞭炮声

"啪!"

"啪啪!"

正在午睡,几声炮响传来。孙女一屁股坐起,我也揭被起身。我就感慨也感动:好啊,炮声,终于听到了炮声。这是从楼下响起来的,明显是那种小鞭炮,被一个一个拆开来,一个一个点燃的。那肯定是小孩子们的作为,安全,用时长,逗人。果然,七八个孩童,红衣的、黄帽的、围脖的,捂着耳朵或者猫腰伸臂,捂得严严实实的口罩下面迸出惊喜或者开心的啸叫声。偌大个小区,花园周边的空地,密集停放着式样各异的小车。仅容车辆出进的过道上,孩子们摆开架势,敏捷地燃放起来。

好家伙,炮声,你终于震响起来。听不到炮声的日子多么沉闷抑郁啊。本来,谁家迎娶媳妇,礼炮轰鸣,喜气盈门;哪个新买小车,鞭炮震耳,欢欣鼓舞。

那炮声,那纷飞冲撞的纸屑、土末,那是吉庆祥和的呼告,是成功到位的抖落。一声声炮响,牵引的是一张张肃穆或乐呵的脸面,是充盈天际的人气。

可是,好长一段时间,尤其最近一个月有余,不闻炮响,不见人迹。放下的碗筷,教习孙女书写计算,剩余时间就是透过玻璃望远处模糊的楼宇,瞅楼下寂静的车排。阳光煦暖,风息树静。这个时候,楼下该是人声鼎沸脚步匆匆的热闹繁忙情景:象棋桌旁,呼喊争拼;车位空隙,挥拍击球;人行道上,身来影往。六百多户的住宅区,天蒙蒙亮,爷爷奶奶手拖孙儿孙女,买热粥,奔小学。自行车、小车，密集的光晕折射出炫目的身影。天大亮，又一道风景，双手拉扯衣裤的，柔声哄劝鼓励的，碎步紧跟提醒的——心肝宝贝要去幼儿园呢，身心扯向路东路西长长的人流之中。

不大一会儿，熟悉的身影依次回来，左手提馍，右手挽菜，欢声笑语中，满是灶膛里的香气。高低、响亮、粗犷的声音叠加、包裹，生活的魅力就在这亮亮的移动变迁中，在这清清的颤动飘浮里迸发。中午，下午，黄昏，亮丽的风景再现，鲜活的场面轮转。时时有活力，处处是生机。即使更深夜静，万籁无声，进入梦乡的，回味咀嚼的，心神总是安宁的、平静的。

可是，近些日子，品尝这些本该再平常不过的人间烟火气，竟然成为一种奢望。从早到晚，从高到低，层层楼宇是寂静的，静得出奇，静得怕人。汽车轱辘是碾轧砂砾土层、柏油路面的，难道也惮于出行？它们一辆辆静静排列，不见移动。

人影呢？脚步呢？呼叫呢？应答呢？疫情，病毒，这万恶的魔鬼！心里诅咒，腿脚停滞，还是先防一防吧，老伴儿心悸，孙女年幼，防得一天是一天，幸好提前储备了些米、面、油、洋芋、洋葱，凑合着过吧。但是，那些没来得及收拾吃喝的家呢，那些不得不出去的人呢？手机上翻看的，电视中收看的，放开后的病毒感染可是严重的，远在河西的三个妹妹家和女儿全家都被感染，有的还在住院。她们一再叮嘱能不出门就一定别出门，在镇政府上班的儿子刚刚"阳过"，反复提醒不能出门。但是，总不能这么一直待在家里。

这日子，能看见人影走动，能听到声音响动，那该多好！盼望身影出现、人声传来，不亚于干旱盼润雨、冷天望阳光。

疫苗注射了三次，口罩换了又换，上街买菜买馍，见人躲得老远，进门急忙洗手，可是，好多人还是不幸感染，呼吸困难，浑身疼痛，不思饮食，昏昏欲睡。儿媳妇和小孙女小孙儿隔在另一个小区，也是不敢出门，不能拾掇吃喝，"爷爷，千……千万别…出门，记着！"三岁半的小孙女在视频里反复提醒、叮嘱。"爷爷……听话！"放下手机，悄悄抹泪。多会儿能手拖小宝贝去幼儿园呢？让她摸我的脸，对着耳朵说悄悄话呢？捂严口罩，买上鸡蛋、菜蔬，送到家门外，酒精消毒，再唤出门提取，行吧？儿媳妇连声劝阻，不行，不可以，这单元好几户感染，楼道也是病毒……"米、面还有一些，先凑合吧，千万别出门！"

我在手机里一再提醒母亲，千万别出门，乡下和城里差不多，也有好多人感染了病毒。哪里都缺医少药，不能大意。儿女们又叮嘱我一定待在家里，有米有面先凑合，躲过几波高峰，总有疫情结束的日子。

盼望着，注视着，聆听着。

震响起来了，炮声，这此起彼伏的鞭炮声，不啻是早春时节一声惊雷，它打破了令人窒息的沉闷、压抑，它宣告寒冷的冬季即将过去，煦暖的春天就要到来。不是吗，爆竹炸响，炮声轰鸣，老祖宗就是用它来驱邪逐怪的，是用它来纳祥迎瑞的。看吧，鞭炮声中，是一张张开怀的笑脸，是一双双踏实的脚步，是一个个刚正的身躯。

听吧，小区里鞭炮声冲天而起；不远处，鞭炮声此起彼伏；紧接着，炮声连成一片，响彻晴空。鞭炮声、孩子们的欢叫嬉笑声，让孙女情不自禁蹦跳起来，让我热泪盈眶激动不已。我要走出门去，深深嗅闻鞭炮那浓浓的火药味，融入孩子们欢愉快乐的氛围中。

爆竹声，小区的爆竹声，楼宇下的爆竹声，我打心底爱听。

我曾给他背箱子

前天早上，母亲打来电话，说对门军军爸下场了，"你就不下来，随个情吧！"母亲提醒我下边多人戴口罩，咳嗽，说是传染，要我哪里都别去。我也叮嘱母亲别出门。听母亲的，给堂兄弟微信转了钱，请他代我随个情。疫情期间，孙女在身边，还是小心为好。

军军爸姓王，名讳建元，大家都叫他王营长。我俩是发小，又是同学，他长我四岁，属龙，今年整七十。他母亲和我母亲是远房姑侄关系，我应该唤他小叔。但时至今日，我也没唤他一声"小爸"或"小叔"。我们俩就没排过辈分。

我们俩一起上小学。学校叫上寨口小学，离我们村足足五里地，出门一里地后下一面陡坡就到。有一次，他给我叙说一位同学的笑料，我没管住嘴，当着大家的面抖搂出去。一下子，那位同学狠狠揍了我们俩。晚上放学，赵老师留下我们俩，厉声问："谁叫你俩胡说八道的？听谁说的？"不由分辩，抽出花园边上擀杖粗的棍子，劈头盖脸打下来。王营长个儿大，又挡在前面，我没挨几棍，他被揍得抱头哀号。走出校门，看他一跛一拐，我既害怕又同情，让他扶着我慢慢走，他轻声说："不疼！以后再不敢乱说。"

过了两三年吧，我俩和同村的同学都转到碧玉镇下店子小学念书。一天，他叫我去他家，说商量点儿事。"商量"这词儿不是随便用的，去他家，还商量，一定是大事。果然，他家有好几个人，都是村上有头有脸的。一位我该叫大爷的中年人笑眯眯说道："虎子，喜儿迎媳妇，要你背箱子，去不？"背箱子？喜儿（王的乳名）要娶媳妇？"他……他还在念书。""咋？念书就不娶媳妇？"大爷笑

158

着问我。我也晓得，迎娶新媳妇，早不流行抬花轿，也没轿车接新娘，大多数人家是牵上枣红马或者俊骡子，新娘子稳坐鞍子，手捏大伞，送亲的人众紧跟后头。嫁妆呢，装在皮箱或者木箱里，专门物色合适人选背，叫背箱子。马或者骡子，一般是孩子或者晚辈中哪个牵着，叫拉驴儿。"就你合适，你是小辈分，属相也合适，就你背去。"说是商量，其实是打招呼。老姑奶奶摸着我的头说："蛮哥，没啥装的，一两件单衣，轻着呢，该到你了。"大爷还说，路难走，不好骑驴，人都得走着；但程序不能少，你还顶个拉驴的，去时要捏驴缰绳。

这是庄间事，一定得服从，况且我俩关系密切着呢，背就背去。第三天，吃过肉菜，我们几个迎亲的大步流星前去。新媳妇家在一个叫"南川来"的村子，十四五里路。下午，吃饱喝足，到了起程时刻，大人给我绑好箱子，肩上垫上首巾，一手捏条绳子，一手拄根棍子，"背起，一路顺风！"大人一声提醒，我就背起木箱，撅儿撅儿赶路。我记着大爷和姑奶奶们的叮嘱，不能离新媳妇太远，半路还不得停，当然就不得倚靠地埂或者土墩什么的喘口气。木箱里装了多少衣物不得而知，但背起来觉得怪沉。从南川来背到黄家岔，六七里地，一路上坡。到一条公路边上时我已是汗湿脊背。四下环顾，不见人影。是不是靠向地埂歇一歇呢？不行，大人们叮嘱不能停歇。跨过公路，开始下坡。一段五六里的狭窄陡峭土路，好几处是木箱就要挨住路面的。下到沟底，实在挺不住了，两手攥住拄棍，横扶木箱底子，弯腰驮在脊背，慢慢前移。双肩不怎么疼了，腰也能挺了，爬上沟畔，路过小学门口，记起挨打的情景，有点儿好笑，有些悔悟。再坚持一下吧，他护持过我，我不能中途停下来让他不高兴。

黄昏时分，我背着箱子走进村口，候立的几个小伙子大喊起来："背箱子的到喽！背箱子的来喽！"转瞬，各家门口探出头来动起身来，纷纷围着我，走向王家门口。"娃才十二三嘛，背过十好几里路，攒劲！"老姑奶奶搂了我好一阵，核桃枣子塞满我的口袋。

从那时候起，他就算是大人，我还是孩子，但我俩还是和过去一样，除了说些念书写作业的兴趣，就是扯些扫盲演节目的笑谈。他还是那样，干啥都拼命，不存力气。一次全校拔河比赛，我们两个高中班实力相当，比拼的同学都使出吃奶劲头，就要挣碎肺腑，还是不见移动。突然，王建元瞪眼俯身，肩膀扛起粗绳，同队的全力下压、后扯，一下子拔过中线，取得胜利。他肯出力，又负责，性子直，全班同学一致推选他当排长，他就成了王排长。初中、高中，我俩都在学校宣传队，我学拉胡琴，他学烧汽灯。每晚演出，他是不扮不演的台柱子，舞台亮堂不亮堂，演出成功不成功，就看他的汽灯烧得稳当不稳当。那是绝活儿，油汽混合得怎样，充气充到哪种程度，他王排长心里有数。四年的中学生活，无数次的宣传演出，王排长烧的汽灯从没耽工误事。王排长心灵手巧，兴趣广泛。他编制的礤子、雕剜的佛龛、锤打的刀刺，都是小巧玲珑，精当别致。高中毕业回到生产队，我和一帮女娃到常年基建队修梯田，他担任民兵营长开大会训练青少年，从此人们就称他"王营长"。

土地承包后，王营长的工作重点也转到犁地播种上。不知怎么摸索的，没费多少工夫他就掌握了砌石墙的手艺，庄间邻村人常请他砌石壁起砖墙。走南闯北的手艺人都称赞，王营长的砌石壁手艺是技师水平。走上三尺讲台后，我很少到村里，和他见面谝闲的时机少了。听说他跟着攒班戏当演员，我不大信。我们一起演出过现代戏，他扮演个匪首、群众什么的，还演得过去。但他哪里踩过靴子、戴过乌纱、穿过蟒袍？寒假一到，村人鼓动出演古装戏，几位老戏骨鼎力支持，演就演，我还真的想露一手，几年没捏琴杆，手怪痒痒的。

正月初八晚上，灯火通明，人头攒动，观众就奔王营长的表演而来。《铡美案》，王营长饰演包公，他脚踩靴子，身穿蟒袍，头戴相帽，还真的有心目中的架势。我伸大拇指肯定，他点头抿嘴鼓劲。上京、杀庙、递状，王营长，不，包公登场，上步、撩袍、亮架、捋须、吼唱……啊呀，这，这竟是他，他王建元王营长的演唱？不可思议，他竟有如此演艺！士别三日当刮目相看，何况我和他好几年没交谈，见面打个招呼，怎能细深了解？如果他能吼唱时不偏头，再多些戏路，不被家中琐事缠绕，他还真的能成为"班长"，一直吼唱扮演下来。

王建元实诚、自负、坚韧、强悍。别人盖客房都是请匠人，定框架、做木工、起墙面、上大梁、瓦琉璃、粉水泥，平时没个八九人那是运转不开，吃紧处就得一二十个强壮劳力跑步支应。王建元呢，从备料到扎架，就他们两口子蹦上跳下，费了整整一年工夫，硬是撑起一座砖木结构架子房来，那房檐是石磴顶柱出阁拱斗，讲究着呢。就他王营长能下这功夫能装饰这样房子，只是累趴了顺从憨厚的高个子老婆。他嫌院子太低（低于街道），房基起得老高，上下走动得搭木梯。等有时机，他要垫高院子，让院落更加亮堂。

那年盖房子，我请王建元给我砌石基。他就如给自家干活儿，托线绳，揽泥灰，抱石头，他驾轻就熟，一气呵成。他调笑我："小心捉粉笔的手，还嫩，熬茶去。"午饭后刚一阵，我还没睡醒，他已经吭哧吭哧挪石头。庄间人说请王建元干活儿，他能把你催死。还说，他有个怪毛病，吃饭吃个半饱，不实诚。我才没管他是匠人还是师傅，看他碗里饭菜少下去，瞅准时机提碗扣下去，"你碗里的，吃不了兜着走！"他笑骂着，不好推辞。

几垧山坡地种不出多少票子，儿子们跑到外地做生意，家里大小事务还是他王营长料理。或许太过忙碌吧，他变得急躁起来，性子僵直起来，有时候还呵斥老婆。孙子上大学，儿子儿媳在京城务工，老婆给儿子儿媳料理生活，他一个人待在家里，吃不香，睡不好，就像困在笼里的猛兽，闷头转来转去，"你看么，这么多粮食，这么多清油，没人吃么！"他给我念叨，领我看他积攒的光阴。一座十来个平方米的房子，严严实实码着粮食麻包，另一座房子里，依次排开几口大缸，里面盛满亮晶晶的胡麻油。我提说卖些吧，一样能换得票子。他摇头嘟囔："能舍得哩，娃们来了要吃喝，粮食不敢乱动。"

二〇一三年冬天，天水师院教授何万生、省图书馆馆长郭向东出面组织老同学聚会，到母校看望老师再照相留念，同学们几乎辨认不出面前这个瘦骨嶙峋胡子拉碴的散架子就是当年虎背熊腰的王排长。没几个月，大儿子勉强接走了他老爸。一天，我打视频问他在哪里？还习惯吗？过年回来不。他结结巴巴诉说，他们不让我回来，我在楼房里，天天没干的，把我急死了。我说，那你回来吧，老家宽松自由。他看看老婆，低声嘟囔，娃们顾不上打发，我摸不着路径。我知道，他就拿手原始的，时髦的、消遣娱乐的勾当，他一样没学会，他压根儿就没工夫去人堆凑热闹。他没处转悠，不能调解日子。

过了三两年，王营长让儿子们送了回来，他说话含混，走路徘徊，见人不大理睬。他儿子说他爸得的是小脑萎缩病，医生说，顶多能维持半年。他怎么会得这个病？再有法子治没？

二〇二〇年冬季，已是省政府参事室参事的郭向东同学和何万生教授、家居陇南的高耀卿几位同学又联系同学聚会，都惋惜王建元同学不能前来。同学们都要郭向东的书法作品，郭向东倾情挥毫，特意为老排长书写一幅，要我一定带到。我展示大字，叙述聚会盛况，王建元咧嘴傻笑，口中喃喃念叨，还记得同学们的名字。我隔三岔五去看望母亲，顺便提点杂粮馍馍看他，他点头高兴，开头几句话还有条理，后边就胡拉八扯，再就不怎么说话，只摸摸身边的大刀、板斧。他老婆说，你来后他有笑颜，别的人一概不理，见有先前惹他不高兴的，他会喝骂不停。他老婆大气不敢出，他一不顺心，就会叱骂甚至动手。一个月前，他不怎么吃喝，也不怎么走动。他就剩下个骨架子。

这个冬天，好多身体有疾病的老人没挨过去，下场了。王建元没感染病毒，但也下场了。他曾经在那个高台上轰轰烈烈甩摆，高喉大嗓吼唱，也是前呼后拥，锣鼓激昂扬励。他肯定不会料到，他在人生这个平凡普通的舞台上，也曾热热闹闹风风火火上前、退后，却不会是这么悄无声息冷清寂寥地走下场去。不能请吹响，没有锣鼓唢呐声，他寂寞无声地走了。

多想再给他背箱子。不可能了，他已上七十岁，儿孙满堂，寿终正寝。再要娶媳妇，真该是下辈子的事。

二〇二二年腊月平襄

诗 歌 集

大道，在这里延伸

那是一个骤雨初歇的黄昏，
那是在淤泥污水围堵的土墩。
几个浑身湿漉漉的汉子眉毛紧拧，
几个双脚裹泥巴的青年紧咬嘴唇。
出路何在啊，这座狭窄的县城？
必须迈动双脚，大道如何开通？

多少个夜晚，为清除这滩涂衰草，

为排除污泥浊水，他们研判探寻。
有史可查的这片废弃荒野，
就这么生硬顽劣地与城区毗邻。
洪水在它上面恣意泛滥。
肮脏凭借它放荡横行。

怎能让林立高楼狭隘、局促。
岂容这巷道街衢拥挤、纷争。

笔架山叠加纷乱的足迹，
南屏峰拥挤翘首的人群。
狭长的城区堵塞凝滞，
交通成为发展的瓶颈。
开辟，一定要开辟大道，
就在这滩涂之上动工。
百年一遇的洪流狂涛，
就在这指定的河道畅通。
滨河大道，环城通衢，
要让这座陇上名城活络繁荣。

说干就干，方案科学规划，
县委、县政府领导身体力行：
详细考查，科学论证，
专家、权威测绘、拟定：
变废为宝，化朽成奇，
崭新的蓝图终于诞生。

就接这清晰的足迹起步，
牢记这黄钟大吕的吟诵。
端直连接文庙街的苍松翠柏，
畅通直达榜罗镇的会议展厅。
通渭，一条巨龙吞云吐雾；
大道，就在这里延伸！

不怕它暴风骤雨肆虐侵袭，
排洪泄涝要做到合理精准；
高大宽阔的混凝土河道，

坚如磐石的拦污除淤大垄，
沉淀、汇聚、牵引、疏通，
十里长堤，转瞬间波光粼粼。

衰草、淤泥、破瓦、顽石……
一切腌臜废旧要剔除干净。
现代化的挖掘、推铲设备，
更有新时代的巧匠能工。
滨河大道犹如巨龙游江，
裹挟黄流浊污波翻浪涌。

这是三十米的阔绰宽度，
北望笔架山，南瞻青凉峰。
铺设这承载与展露的坦途啊，
岂止要建设者的胆识、才情！
这十里大道满满承载着，
南来北往的惊喜、崭新。

不能有丝毫的掺假、糊弄，
不讲半分面子、一点儿人情。
无数双眼睛在关注、审视，
要对得起党和人民的信任。
主抓工程的一班人马，
无畏恶臭蚊虫，不惧烈日狂风。

泥巴裹挟不住端直、宽阔，
嘈杂掩盖不了提醒、叮咛。
榜罗镇和文庙街的红旗啊，

指引奋战者开拓、扩展、挺进。
争分夺秒扯直主干道，
呕心沥血争取高水平。

连接，连接敬老院的庭院，
畅通，畅通进校园的大门。
笑语喧哗不断绕桥环城，
摩肩接踵走来书画大军。
大道让生活的底气丰盈充裕，
大道使迈进的脚步踏实坚定。

两边有亭榭回廊，曲水青坪，
左右是鲜花芬芳，绿树成荫；
排列着楼宇宅院，街巷通衢；
全城镇四通八达，活络畅通。
大道自诞生之时开始，
承载的岂止是车水马龙？

消除了等待、观望、焦急，
随处是轻松、舒适、宽容。
携手忙碌过后的甜蜜回忆，
满目返璞归真的绰约风韵。
啊，大道，你虽初具规模，
但已锁住千面娇媚万种风情。

你让皓首童心大动，
学唱红领巾的稚嫩歌声；
你惹锅台前的婶婶阿姨，

婀娜多姿舞动阵阵旋风。
你驮通渭小曲婉转悠扬，
你炫书画名城辉煌人文。

黎明，你律动几段健身舞，
黄昏，你展喉放歌新流行。
你端直，践行者正直真诚，
你宽阔，迈步者豪迈宽容。
追赶人流一路走向前去啊，
目不暇接是满满惊喜新颖。

湿地公园、生态路段，
依大道辉映着万紫千红；
健身区、长征文化公园，
毅力信念在这里增强传承。
江南水乡的荷香灵气呀，
在流连顾盼的感叹中萦绕拂动。

莘莘学子，蹦跳幼童，
告别拐弯抹角的狭路曲径；
伴随琅琅书声，助力健步飞奔，
脚下宽阔笔直道，身旁苗壮劲挺林。
告别废旧破败，除却陈腐保守，
通渭呀，大道在这里延伸。

这里每时每刻在飞珠溅玉，
这里经久不息是笑语欢声。

南来北往的游人旅客啊，
跨大道去神泉沐浴清心，
步坦途来悦心赏画品茗。
大道啊，早已从你我心中延伸。

又一个霞光满天的黎明，
又是那朴实勤奋的人们，

从文庙街的纪念碑前出发，
率领牢记使命的浩荡大军，
大步向前，我们，你们，他们！
大道，在这里，在通渭，在心中
延伸！

二〇二一年五月通渭平襄

笔架山抒怀

又一个华灯初上、月色朦胧；
又一次凉风习习、更深夜静。
苍翠葳蕤的笔架山啊，
收敛着阵阵喧嚣的林涛声。
她仿佛在细细辨别，
仿佛在仔细聆听！

哦，婉转悠扬的通渭小曲，
余韵里回旋着欢乐喜庆；
载歌载舞的脚步下，
深深刻着追赶时代的烙印。
此刻，古平襄的大街小巷，
到处弥漫着甜蜜的梦境。

可是，分明地，有窃窃私语，
有情不自禁的感慨、激动。
哦，向西，向南，向东……
公园鹊桥，牛谷河畔，
丰草茂林，婆娑树影——

啊，是你，你们，夫妻诗人！

轻点儿，再轻点儿，你看他俩，
相偎相依，比画吟诵。
哦，她弯下腰去捡拾，
他双手捧了再捧。
她饱蘸浓墨重彩，
他屏声静气描金画银！

哦，看清了，那是金银花，
还发散着榜罗汉子的余温；
那是挂满树枝的山楂果，
谆谆告诫的话语犹存。
夫妻诗人啊，你们
你们双手捧它，捧它战栗不停。

哦，鬓角，发际，脖颈，
绣鞋，佩带，衣襟……
装饰开来，打扮起来，

从头到脚，认真细心。
我分明听见，听见
夫妻诗人在浅唱低吟——

这是咱家的金银花呀，
她绿了山，净了水，
逼走了盘根错节的穷根；
这是邻村的山楂果啊，
香气喷吐，甜蜜充盈，
它们驱散了懒惰、观望、贫穷！

那是书画村啊，举世闻名，
我们正好前去画眉涂唇。
你，什川古堡的靓男，
你，平襄新城的才俊。
画吧，就用咱通渭人的笔墨，
描哇，就凭咱陇中汉的才情！

为你陪嫁，不再是愁肠悲苦、生
离死别；
为你打扮，有的是温玉软翠、珠
宝金银。
为你脱下，永远脱下落后贫穷；
为你戴上，永远佩戴富庶光明。
咱们走过来大汉盛唐、宋元明清，
哪朝哪代有如今的美好繁荣！

哦，你看，我们的领导来了，

和蔼可亲，行色匆匆。
刚刚挥锹渭水源的治理，
又去查看华家岭的风力传送。
他们一再叮咛，用最漂亮的服饰，
装扮我们的夫妻诗人。
这不，滨河路，文庙街，
少男少女挂彩披红。
黄土地的深沉厚重，
堪堪承载他们弄墨舞文；
他们吟诗作画，描绘时代，
要把这真挚、勤劳、淳朴的传统
继承！

哦，这不会是新式婚礼吧？
汽笛长啸，鞭炮齐鸣！
千年通渭的山川梁峁哇，
托举着一品书画的满腔热情——
牵手诗人夫妻迈向殿堂，
合卺在歌舞升平、鲜花丛中。

哦，你们窃窃私语，急切盘问：
还没去鸡川寨品尝苹果的馨香，
没看够陇阳坡的光伏巨阵，
没摸够牛营大山的满圈牛羊，
没听够窗明几净里的琅琅书声，
没亲够书画村的笔墨钤印……

哦，更有那不忘初心的我们的各

级领导,

　　还有他们,牢记使命的我的父老
乡亲,

　　我们该为你们托举山的笔架,
　　我们应为你们铺排载史汗青!
　　不哇不,不再是五言,
　　不再只为离愁别绪、短诵长吟!

　　笔架山哪!你是山的笔架,
　　你该排列彪炳史册的笔阵;
　　从平襄古镇,到牛谷河畔,
　　从榜罗镇前,到华岭山丛,

多少支如椽巨笔正在书写,
多少张画卷正在晨曦中铺陈!

抒写吧,诞生诗人的厚重土地,
描绘吧,脱贫致富的通渭人民。
秦嘉徐淑的低吟浅唱,
应和着新时代的嘹亮歌声。
我们跨着豪迈的步伐,
迎接霞光万道的黎明!

　　　　　　二〇二〇年十一月于平襄

老师，请接受我们的祝福

那是一九七八年吧？
我们离开家，告别妈妈！
在陇西师范，
在巩昌城下，
在浴火涅槃中，在洗礼感召下，
我们依依惜别，匆匆出发。
我们还会相逢吗？
我们还能和您，
老师，再谈谈心，再说说话？
一晃三十八年，我们大都老啦，
三十八年哪，我们都立业成家。
我们的老师，她老人家，
会有怎样动人的年华？
是谁，提议我们再次相聚？
是你？是我？是他？
不！是我们大家！

放下吧，放下，
放下身边的繁杂，

出发吧，出发，
紧跟上老同学的步伐。
别揩呀，她不会在意爷爷的泪花，
别梳理啊，她不会留心妈妈的
白发。
因为呀，她是爷爷心中的神圣，
她是妈妈人生的牵挂！
一别三十八年的她呀，
还会有激扬文字的风韵？
耄耋之年的她呀，
还能有循循善诱的表达？
不！一切都不重要，
什么都不再抒发！
今天，此刻，
我们从皇城根前，从黄浦江边，
从陇原大地，从天山脚下，
向洮河之滨，
向杏坛脚下，
聚会！诉说！倾吐！表达！

我们会怎样开口？

我们将如何讲话？

千言万语，万语千言，

诉说不了我们的思念，

倾吐不尽我们心里的话！

是黄河的澎湃？

是长江的博大？

不！这是我们共同的心声，是我们憋了三十八年的爆发。

我们多么想再轻轻地叫一声，

我们多么想再真情地喊一次，

老师！妈妈！

您过得还好吗？

您们身体还康健吧？

那时候，我们都懵懂单纯，

我们都率性憨直。

是老师教导我们怎样做人，

是老师培育我们成熟长大。

那古老的城墙之上，

有我们浅浅的脚印，

那树丛之中的灯光，

映照着老师消瘦的面颊。

生活，学习，

心理，生理。

老师操尽了心血，

消磨掉青春年华！

一晃四十年啊，

您的学生也都成家立业，年岁花甲。

在您苍松翠柏的庇护中，

在您阳光雨露的滋润下，

我们，栽培桃李，

我们，浇育鲜花。

四十个春秋冬夏，

我们从未忘记老师的教诲，

一万四千个日夜，

我们不曾虚度年华！

我们没有成为诗人，作家，

也不是科学家，教育家，

但是，我们堂堂正正做人，

忠心耿耿报效国家。

我们是普通平凡的人，

我们有温馨和谐的家。

而这一切的一切，正是按照老师的指引，

这所有的所有，正是遵循老师的点化。

我们甘心做大海中的片片浪花，

我们情愿成为百花丛中的朵朵鲜花。

老师啊，这片片浪花，朵朵鲜花，

怎不展现繁荣，岂不汇聚博大！

此刻，此地，老师，您的学生，

汇聚一堂，环绕您的膝下，

不为别的，就想看一看，就想

听一听，

　　就想回忆一番，就想感受一下：
　　您的眼神，您的风骨，
　　您的笑颜，您的讲话！

　　啊，老师，让我们仔细打量，
　　老师啊，让我们认真观察，
　　还是那慈祥而多情的神态，
　　还是那硬朗而挺直的骨架！
　　那么从容大度，那么朴实无华，
　　那么深邃含蓄，那么磊落豁达！
　　岁月，让您鬓角花白，
　　不！那是人生的精华！
　　春秋，使您满布皱纹，
　　不！那是魂灵的支架！
　　正是您无数个日日夜夜的呕心沥血，
　　陇原大地才满是芬芳鲜花！
　　正是您满腔热情的精雕细琢，
　　城乡市镇才到处林立人文的高楼大厦！
　　啊，老师，让我们再看看您的房屋，
　　那是陋室，仅容书架，
　　我们数点您的财产，
　　竹兰相伴，墨笔相杂。

　　老师啊，难道您够不上富贵？
　　难道您没资格豪华？
　　您给予我们，给予社会的不可估量，
　　您又获得了怎样的报答？
　　此刻，我们终于明白，
　　我们的情感又一次升华——
　　老师，您永远愿做社会大厦的基石，
　　您永远是支撑历史栋梁的脚手架！
　　而我们，儿孙绕膝，成家立业，
　　我们却很少前来探望，
　　我们却鲜有祝福问话！
　　老师，像您一样两袖清风，
　　老师，如您一般不摆花架，
　　您的学生，没有什么贵重礼品，
　　不想什么奢侈豪华。
　　我们从五湖四海来相聚，
　　我们涉万水千山才到达，
　　我们只有一个心愿，
　　就来看望您老人家！
　　我们共有一腔真情，
　　我们要倾情表达——
　　老师，您好！祝您健康！
　　老师，您好！祝您幸福！
　　老师，愿您寿比南山，福满天涯！

梦回刘家埂

是谁的呼唤直透肺腑？
是谁的抚摸浸润肌骨？
谁呀，一声声唤我乳名？
谁呀，一次次扶我学步？
啊，你，挺直的岵岘梁？
你，陡峭的青土沟路？
你，草密林茂的柳树湾？
你呀，高大坚实的土堡屋！

哦，刘家埂！
我的根，生我养我的故土！

我的家，我的梦，
长我大我的老屋，
让我紧紧拥抱你呀！
我不再抹去，抹去泪滴，
我不再离开呀！
我是你回归的游子！

请你开呀，还在紧锁的大门！
请你转吧，光滑依旧的辘轳！
那是你呀，满载丰收的麦场！
这是你呀，欢蹦乱跳的毛驴！
啊！你——那杆长长的旱烟锅，
你——那架锃亮的铁火炉，
你——时常温热的土炕，
你——热气腾腾的洋芋……

啊！不是，都不是！
我找，我找寻，我辨识——
那一双粗糙而温暖的大手，
那一行清晰又坚实的脚步！
还有哇，那亲切的呼唤，
还有哇，那爱怜的话语！
那一串串银铃般的笑声，
那一句句赛蜜糖的叮嘱！

我就在你的脚下呀！

175

我魂牵梦绕的刘家埝!
我紧紧地拥抱着你呀,
我日思夜想的出生地!
我回来啦,我的刘家埝!
我回来啦,我是你的游子!
回来啦,你看我热泪盈眶,
回来啦,想你念你的游子!

这是我的木大门哪,
生锈铁环,斑驳油漆;
这是我的架子车吧,
拉绳不再扯得端直。
啊,这房间的蒸腾热气,
这院落的欢歌笑语……
我找哇,遍处找寻,
我呼唤哪,生我养我的故土!

你看我已经满头白发,
你看我早已风尘仆仆。
就为着柳树湾甘泉清冽,
就为着岵岘梁参天大树,
我,你,他!
我们抹泪离开故土!
今天哪,我们终于回归,
你呀,可还是过去的你?
可还有抹不去的记忆?!

哦,这不就是华双公路边,

忘不掉的莲帽顶上的苜蓿地。
奶奶又抱着我和妹妹,
一芽一芽剜那苜蓿!
奶奶,您老人家脸上的菜色,
可曾让孙儿为您抹去?!
您还会为了烧熟一锅甩汤,
在锅台前一根根拣拾酸刺?!

您能再切长长的手擀面?
你还舍不得丢弃薄薄的洋芋皮?
你的那双小小的脚哇,
步着艰辛,踩着希冀!
却总引导我们兄弟姊妹
走路平稳,行进端直!
奶奶呀!您可还在走吗?
我还能再扶扶您老人家的手臂?!

这不会是吊湾梁的簸箕地吧?
能不能再翻刨出几颗洋芋?
这不就是剥了又剥的老榆树吗?
却是如此苗壮坚实!
曾经饱受折磨的刘家埝啊,
可曾铭记那段曲折历史!

哦,那是爷爷和他的泥水匠连襟,
脸上还残存温热的土屑、污泥。
他们在田间地头劳作,
又在土块、泥水中忙碌。

一眼眼窑洞，一间间土坯房，

虽然少有斑斓的色彩，绚丽的表皮，

但他们是那样执着、坚毅，

他们是那样的到位、卖力！

从不糊弄，从不掺假，

流的是汗水，凝结的是情谊！

他们双手舞弄的是泥水，

却让子孙后代尽享温暖、安逸！

他们的音容笑貌还在吗？

在你我的脑海里，

在家乡人的记忆里，

在厚实的黄土地里！

黄土地永存，

祖父辈的精神青春永驻！

那是父辈们佝偻的身影，

刚刚甩响连枷的欢快声息。

他们是地道的庄农人，

浑身装满生活的各色手艺。

锅锅碗碗，铆足了生活的艰辛，

凿子斧头，开辟着人生的轨迹。

他们不怕生活的单调，

吼秦腔，唱乱弹，撩袍甩袖，

台上台下，真善美，他们追求，

化装卸装，假恶丑，他们摒弃！

一句"人骂哩"，违规的事他们不做，

他们有他们的人生哲理：

做任何事要对得起良心！

说每句话千万不能离谱！

哦，那是妈妈，我的母亲！

您刚从地埂上回来，

鬓角还挂着些许草粒！

我知道，因为贪玩，

我少拔了喂毛驴的嫩草，

您担心会耽搁白天犁地。

早已是夜深人静啊，

您还在缝缝补补，

您不愿儿女有一点儿破烂，

您期盼儿女都有出息。

一针一线，星辰换成朝霞，

一抚一摸，褴褛终换袋皮。

可是，母亲，您的儿女

哪里去找您的青春年华？

哪里可有您的乌发青丝？！

您从不提及您哪儿不舒服，

却总念叨上大路的大太太，

大山顶下的老戏叔，

还有大地边的小婶小叔，

他们都老啦，还在忙进忙出，

还在张罗一桌丰盛的饭菜，

还在晾晒崭新如初的被褥，

就等孙子孙女围坐在一起，
就盼儿子媳妇的欢声笑语！

刘家埂啊，你有厚土的大山，
你有青土沟的甘泉，
假如我用大山厚土书写，
假如我用山泉尽情记录，
我可能记下母亲的恩慈?！
我岂能写尽母亲的哺育?！
而我的曾祖母，
你可曾听到?

我，
远在边陲的您的小曾孙，
只在夜深人静时思念家乡的叹息！
我，
正在哨所全神贯注。
我牢记先祖们的叮嘱，
为了小家，更为了国家，
别光记着光宗耀祖。

还有我的婶婶、叔叔，
我的姐妹、我的兄弟，
还记得老坟滩的煮玉米?
还想起后阴洼的地锅烤洋芋?
我们这些贪玩的毛头小子，
翻过墙头去掏鸟窝，
趁着浓雾去偷摘梨，

一年半载看场电影，
三天的饭菜也会忘记！

过去了，我的小背兜，
逝去了，我的毛毽子！
刘家埂的上坡场，
青土沟畔的戏台子，
可曾有我翻过的跟头?
可曾有我奔踏过的足迹?

今天，此刻，
我们这些游子，
我，
你，
他，
我们。

我在金城，
我在秦州，
我翱翔在蓝天，
我奋斗在大地，
刘家埂——我们的根，
生我养我的土地！
回来啦，我的老岵山！
回来啦，我的黄土地！

就这个端午节，
就这个大好的日子，

天南海北的他和我，
关内关外的她和你，
来看看守望家园的母亲！
来亲亲整日念叨的祖母！
为老人家跳一支，唱一曲，
教老人家打手机，刷刷屏。

妈妈，这就是您的儿子！
奶奶，这就是您的孙女！

我们乘坐的高铁！
我们换乘的飞机！
不！我们已经插上双翅！
刘家埂，您可曾听得到？
您的游子千呼万唤，
千唤万唤您的名字，
刘家埂！
刘家埂，我们看你来啦！

通　渭　行

终于，单调古老的小曲，
湮没在甜甜的沉沉的梦境；
终于，腾空的蹚地的舞步，
散落到高高低低的门庭。
哦，平襄古城的夜晚哪，
竟是这样的温馨、迷人。

我从笔架山上悄悄走下，
叮嘱柏林森森松涛阵阵，
轻点儿再轻点儿，从容再从容。
庆贺的锣鼓声刚刚平息呀，
功劳簿还有待书写的姓名，
请容许我们的思绪驰骋。

哦，牛谷河畔的花丛里，
夫妻诗人也在浅唱低吟。
金银花、山楂果的烂漫芬芳，
书画村、诗词廊的墨香字醇，
让他们有入洞房的浪漫，

使他们如度蜜月般激动！

那边，高速列车刚刚停稳，
走下来熟悉而陌生的面孔。
哦，汉、藏、回、蒙、羌……
千百年生活在此的子孙。
峨冠博带的引领阵容中，
赫然有李南晖、王瓒、牛树梅、
赵荣……

听吧，他们分明在呼唤：
我的通渭，我的故乡，
我魂牵梦绕的父老乡亲。
请容许，容许我们，
容许我们这些游子，
触摸、热吻您的尊容！

我们不去翻动那陈旧的一页，
我们只想欣赏您崭新的风景。

180

去南边吧，想再次抚摸
会议遗址前猎猎战旗飘动；
到东操场啊，再次聆听
鼓舞人心的铿锵吟诵！

哦，这里，文庙大街，
怎么，还有熊熊燃烧的篝火？
不！那是璀璨夺目的华灯，
是红领巾移动后的光晕，
是川流不息的闪烁车影。

这不是藏污纳垢的南河滩？
怎么池水清清，绿树葱茏？
哦，这就是滨河大道，
那是青凉山的青翠朗俊。
千百年来的拥挤、局促、破败，
一夜之间幻化成舒适、漂亮、
宽松。

哦，这不是鸡川古堡吗？
缘何圈不住香甜阵阵？
你看，清冽甘甜的洮河水，
正在浇灌畦畦葳蕤桃林。
那该是层叠的苹果箱吧，
它怎能包装下甜美香醇！

这是金银花、山楂果，
来自襄南乡、常河镇。

多想在这花的海洋、蜜的田园，
醉心一卧，吟诗作文，
可别忘啊，咱是通渭儿女，
是在书画之乡，有诗词巨阵。

哦，你，令人揪心的石峰堡，
竟是这般鲜花烂漫、绿草如茵；
你，断壁残垣的平襄城，
竟是如此高楼林立、宽敞齐整。
远去了，血雨腥风、刀光剑影，
到处沐浴安逸温馨的和风。

那是什么，日夜旋转不停？
哦，山梁之上的风力巨轮。
她让肆虐千年的飓风狂飙，
变得如此驯服、顺从。
她分明含着新时代的旋律，
唱响脱贫致富的陇原强音。

牛谷河、安逸河、尖岗山、
华家岭，
通渭的山山水水树绿花红。
跨鞍马营、跃过锦屏，
惊赏碧玉、登临新景……
通渭人生活的履历表哇，
创新、大美是首页签证！

翰墨飘香，书画通渭，

这只是描绘生活的缩影；
他们要从笔架山前擎起，
书写新时代的刻刀、笔锋！

看，这座简朴整洁的大院，
刚刚挥去八方的仆仆风尘。
此刻，又传来誓言铮铮：
决不让林地有一棵枯树，
要平整那一段光秃地埂。
还少图书室，还少读书声，
还有更大的项目亟待开工，
还要化解拆迁重建的纠纷；
街头巷尾的谈吐哇，
一定要更加礼貌、更加文明！

公仆、带头人，骨子里
还是操场上三军的魂灵。
他们在晨曦中出发，
向沟壑梁峁毅然前行。
他们明白，这方热土，
镌刻着先烈们深深的脚印。

哦，还需目睹？再要聆听？
可是，移步离开啊，我们不忍！
就让我们紧随书画大军，
在任情挥毫中飘逸、升腾。
即使幻化成缕缕墨迹，
我们也愿留驻斑斓、香醇。
就让这时代线条，大美笔意，
展现崭新的通渭精神！

哦，放心吧，远去的魂灵，
这方热土走来豪迈三军：
红领巾、莘莘学子，
迈向工地的建设大军，
栽培、修剪的勤奋人群。
听吧，此起彼伏的小曲，
正旋转成雄壮有力的歌声：
唱响通渭，唱响幸福，
唱响通渭的崭新黎明！

二〇二一年四月于平襄

冬 夜 挽 歌

别垂下呀沉沉的夜幕，
别飘落哇纷纷的雪粒；
别呼啸哇刺骨的寒风，
别抽泣呀颤抖的香炉……
崎岖陡峭的山路上啊，
走来了我风尘仆仆的妻！

来吧妻，哥哥为你驱拂寒意，
来吧妻，哥哥为你劈斩荆棘，
来吧妻，儿子帮你烧火做饭，
来吧妻，女儿缠你梳洗缝补……
就是这小小的土屋里呀，
你才应该香甜地睡去！

妻啊，这是你爱吃的洋芋，
你的女儿刚刚为你烤熟；
这是你常洗刷的锅碗啊，
你的儿子揩它时还在哭泣；
这是你时常照看的明镜啊，

这是你时常翻看的日记……
你的女儿捏着你的相片，
怀中抱着你穿过的衣服；
你的儿子枕畔倚着课本，
眼角还挂着晶莹的泪滴……
你的笑声还在回响啊，
你的呵护还在耳际……

妻呀，我的好妹妹，
你不要匆匆忙忙下地。
哥哥领你去照张相啊，
你和哥哥相偎相依。
你浅浅的小酒窝呀，
满溢着温情甜蜜幸福。

就是这方舞台上面，
就是这把简陋二胡，
哥哥拗不过一片盛情，
拉一首催人泪下的曲子：
《江河水》啊如怨如诉。

我在流泪，妈妈在啜泣。

那是我灵巧聪慧的妹妹，
贫病交加，溘然离去。
她等我给她抓药，
她盼我给她买新衣；
她懂我忧伤的琴声，
她盼我娶个俊俏嫂子……

妹妹啊，你可听见琴声？
你可看见妈妈让我搀扶？
啊，无数同情的目光中，
有一双那么忧伤、凄楚！
那是冰天里的一抹阳光，
那是暗夜里的一束火炬。

不用媒妁啊，不必倾诉，

就那么默默地相守，
就那么无语地凝视，
就那么轻轻地执手，
就那么战栗地相拥，
就那么热热地相抚……
让我轻轻地吻吧，
让我轻轻地抚慰！
可是啊，你只颤抖着，
将一方手帕递我怀里。
你轻轻地转过身哪，
不让我噙你晶莹的泪珠……
你去了，没有妈妈疼你，
你去了，琐碎的家务等你；
你去了，脚下是十里山路，
你去了，面前有贫瘠的土地。
我在三尺讲台煎熬哇，
笔下写你，心中唤你。

我是那样思念，
我是那样焦急。
那一双明亮的眸子啊，
让我燃烧令我痛苦；
那一身端正匀停啊，
引我骄傲伴我自负。

我写呀，我喷涌激情，
我吟哪，我沸腾诗意，
我拉呀，我颤动相思，

我唱啊，我充满活力！
我的妹妹重又回归，
我的灵魂入窍附体。

就那漆黑的堂屋里呀，
你刚从谷地匆匆走出。
一轮太阳滚动过来呀，
我瞅你抚你依你亲你……
小弟弟脆亮一声姐呀，
太阳含羞，玉兔迷离。

诗情啊，就该为靓丽倾诉，
就该为清纯荡漾涟漪。
造物主啊，我呼你岳母，
我拥你最宠爱的倩女。
吻那一双明亮的眸子啊，
河岳可吞，星辰可吐！

我揩你至情至性的泪，
我倾听你的缠绵话语；
我知道你离不开爸爸，
离不开两个弱小弟弟。
我就是你的哥哥呀，
妈妈的疼爱我来弥补。

山路弯弯哪何其短促？
千言万语哇何从倾诉？
执手相抚哇泪眼迷离，

猛转身哪天地凝眸。
才子多情啊春风得意，
我无才气呀满怀豪气！

就是那一个夜晚，
母亲离去，弟弟离去。
简单朴素的洞房里，
只有哥哥我，只有妹妹你，
只有两颗灼热的太阳，
只有两束燃烧的火炬。

你无言哪我无语，
你发抖哇我战栗。
一汪清潭掀起波涛，
一丝柔气牵动大风。
噙你的泪呀吻你的唇，
吞咽着我呀消融着你……
可是啊，我的娇妻，
疼爱里你还念叨惦记。
你离不开弟弟的呼唤，
舍不下哥哥的抚慰。
刚刚焐热新婚的被呀，
你依依送我，我恋恋送你。

你不知道莎士比亚，
你不晓得李白杜甫；
你不懂得章法布局，
你不熟悉主题旋律……

你只是那么温柔美丽，
你只是那么善解人意……
你懂啊，体贴爸爸，
你懂啊，心疼弟弟。
你明白呀，孝顺老人，
你明白呀，疼爱丈夫。
你的诗篇是辛劳勤苦，
你的主题是姣好美丽。

哦，你更懂得二泉映月，
你最爱听空山鸟语。
短暂的一个星期日啊，
你总要递来上紧的弓子。
相偎相依的余温里呀，
我的琴声，你的泪珠……
我知道哇，我的娇妻，
那边要亲热伤心的姐姐，
这边要疼爱温顺的女儿。
只有一个体贴周到的你，
爸爸的土炕要煨，
妈妈的衣服想洗……
还有啊，奶奶疼我，
她的孙孙媳妇她要呵护。
掬一把红枣递过来呀，
揣几颗核桃踮着小步。
不为别的呀就为你，
为你善良为你美丽。

不哇妻，你没去那边，
那边早有弟媳操持家务。
你没去挑水下地呀，
这是斑驳的沉沉担子；
你没去细心犁地呀，
驴圈空空，毛驴卖出！

啊，你来了，我的妻，
步履艰难，腆着肚子。
那是婚后的第一个严冬，
那是苦涩的头一个除夕。
妈妈留下的蒸笼啊，
你要蒸煮新岁的成熟。

蒸一笼柔软花卷，
爸爸守岁时少些倦意；
熬一锅诱人的猪骨头，
弟弟们拜年时自豪得意。
妻呀，你总是离不开——
这边留恋，那边催促……
炕要煨呀不缺温暖，
衣要洗呀不留愁苦，
娇要撒呀婆婆心疼，
头要梳哇奶奶快意……
浑身是关爱体贴的汗水，
眼前是勤快踏实的脚步。

就是那一个明媚早晨，

哥哥盼到了一声啼哭。
妈妈让我快去看你，
你却不让我跨进里屋——
你不愿痛楚外露哇，
你不愿惨白让我目睹……
你呀，本就永远年轻，
本就出类拔萃姣好美丽。
就是你过性命大关哪，
还那么天真那么质朴。
我在屋外小声哭泣，
你唤哥哥快去教书！

多少年，粉尘教鞭，
书写良心，讲解正义；
披肝沥胆，分辨诚意……
无数双明亮的眸子，
闪动着善良忠诚的光亮，
托起明天，驱散荫翳。

可你呀，你在小小农家，
就围个朴朴素素的锅台，
哺育两个活泼可爱的孩子，
铡几筐草，垫几回圈，
喂几次猪，吆几声鸡，
洒几身汗，喘几许气……
你呀，我的好妹妹，
你就操务几垧山地
你就浆洗几件衣服，

你就缝补几床被子，
你就守护简朴家门哪，
你就烤吃几颗洋芋……
你挑着一副农家小担，
担着春风，挑着夏雨，
承荷清冷，负载暖意，
肩扛酸甜，担挑甘苦。
担着小小一家平安，
挑着普通人的和睦。

可是啊，千百副肩头，
在哥哥的轻松愉快里
既有奋力攀登的毅力，
更有承前启后的踏实。
因为呀妻，你的双手
常举起挑动日月的担子！

你知道哇，我这书呆子，
只会流泪，只顾读书。
拖着一身疲惫回家，
在你怀抱的港湾小憩；
温馨的甲板上逗弄儿女，
相守的深流里沐浴甜蜜……
可是你呀，你就喜爱，
喜爱听我拉琴看我读书。
更深夜静啊儿女睡熟，
你还要替我研磨掭笔，
你还要为我揩去汗水，

你还要收拾书本宣纸……
你的作息表哇，没有黄昏，
你的时间里没有休息。
你把温柔融进了田间地头，
你把美丽浸泡在晾晒淘洗。
你的勤劳朴实的和风，
轻拂枯燥哇吹散争执……
于是啊，
爸妈的茶盅常冒热气，
弟媳的脸上常有笑意，
弟兄们干活儿有说有笑，
下地赶集从无扯皮……
和睦哇，农家少有的幸福！

说好一个空闲时间，
约定一个晴朗日子，
你抱着女呀我拖着儿，
弯弯山路，匆匆脚步。
看一回孤独的爸爸，
疼一番年幼的弟弟。

朝披霞光，晚离锅台，
叮嘱爸爸，安顿弟媳：
炕要小心填煨啊，
柴要俭省烧取……
一颗善良温柔的心，
不知掰成几瓣分向哪里！

黄土地呀，我的顽固世祖，
您养育了多少优秀儿女！
您永远敞开炽热的情怀，
可您割不掉干旱贫瘠的痼疾！
我的娇妻和父老乡亲哪，
常被穷困的毒瘤折磨蚕食！

娇妻呀，你把那守旧的水桶，
在落后的土路上怎么挑下去？
我空有一腔抗争的激情，
可我面对贫穷回天无力！
我不愿我的娇妻羸弱寒碜，
她的美丽不应过早消逝。

出于怜爱，出于自私，
哥哥领你和儿女去到河西。
你太疲惫，你太辛苦，
你不应该衣衫褴褛。
你不应该捉襟见肘，
你不应该如黄土一般惨淡无余。

我太自豪哇我太自负，
我太狂傲哇我太痴迷。
我以为凭借我的本领，
还有娇妻的勤劳朴实，
生活呀，将会是太阳，
将会有从天而降的甜蜜。

可是啊，生活像是宣纸，
可写大气磅礴的中堂，
可写小巧玲珑的扇面，
可写潇洒流利的条幅……
真草隶篆的美感，
全凭书者的悟性功夫。

我竭尽全力去写，
我披肝沥胆去书，
风霜雨雪，晨昏朝暮，
勤奋不辍，始终如一。
那一双双明亮的眼睛，
是我呕心沥血的书体。

是你呀，我的娇妻，
紧紧伴我研墨、铺纸，
看我尽力挥洒心疼，
听我尽情吟诵叹息。
为我甘愿起早摸黑呀，
爱我一身书生呆气。

我写我爱，我书我意，
我从未泯灭我的良知。
可是我再尽心努力呀，
我不能让你轻松快意。
我知道哇，你的肩头
仍是一副沉沉的担子。

189

要煨炕啊去扫树叶，
要煮饭哪去捡树枝；
要度日啊勤俭节省，
有思念哪偎我写字，
要舒缓哪去剜野菜，
有伤心哪伴我哭泣。

我知道哇我的娇妻，
你用俭省撑持时日：
穿破的衣服缝了又缝，
铺烂的单子补了又补。
就那新婚蜜月的嫁衣，
穿它你也要瞅个日子。

可是啊，你毫不吝啬善良，
毫不悭吝神圣的爱意：
呵护儿子啊心疼女儿，
与人为善哪待人诚实。
就为我有一张奖状啊，
你是那样自足满意。

只是啊，我灼热的太阳，
时常为吃穿的阴云遮蔽，
时常为简陋的食宿忧愁，
时常为寂寞伤心叹息。
我明白呀，你太年轻，
不该只是睡觉做饭洗衣。

妻呀，那空旷的斗室之中，
那清冷的旧墙下面，
一畦畦的辣椒茄子，
一行行的黄瓜苞谷，
填补着空虚的生活，
也吮吸着你淋漓的汗珠。

我恨我呀，我这呆子，
对我的事业过分痴迷。
只有那更深夜静啊，
一腔激情向你倾吐。
端一盆热热的清水，
沐浴你呀解除困疲。

没有金钱，没有首饰，
没有奢华，没有荣誉，
只有心心相印息息相通，
相濡以沫呀相偎相依。
盯你的眼哪搂你的腰身，
吻你的泪哪噙你的气息。

寒碜你不怕，穷困你撑持；
攀比你不屑，奢华你不取。
可是啊，思念的毒蛇缠你，
忧愁郁闷的鞭子抽你——
爸爸弟弟们可有热炕睡？
婆婆公公可有清水吃？

尤其牵挂呀，揪心牵挂，
千里之外的宝贝儿子，
给儿子写封思念的信，
给心肝寄件崭新的衣。
冰天里可曾呵着双手？
单薄的棉衣是否合体？

伙伴们来找班长上学，
女儿要哥哥陪她写字；
爷爷奶奶要疼孙儿，
你要为娇儿找喝找吃……
孩子们追逐嬉闹的长鞭，
抽你抽我抽女伤心哭泣……
就是这种儿女情长，
就是这份普通情意，
消磨我的可怜灵感，
吞噬你的姣好美丽。
你吃饭无味睡觉不香，
羸弱的身体患了病疾。

还记得吧，我的娇妻，
爆竹声已在稀疏响起。
你手捧分来的鱼肉，
伤心念叨呼唤儿子。
我们返回老家时啊，
已是热闹的大年除夕。

离不开家呀舍不下夫，

疼不够儿啊亲不够弟。
梦中伤心常念叨哇，
天冷爸爸有棉衣？
亲我的妻呀疼我的儿，
为何恓惶去河西？

白雪呀，你可映出焦急？
沙原哪，你可渗漏泪雨？
铁轮哪，你在无情碾轧，
黄河呀，你在呜咽哭泣。
我的娇妻探望爸爸呀，
加急电报击她忧愁战栗。

爸爸呀，你愁苦忧伤半生，
爸爸呀，你辛苦勤劳一世。
你还不到五十岁呀，
你还盼望抱上孙儿孙女。
妈妈撇下你整整十年，
你含辛茹苦拉扯儿女。

无数个漫漫长夜呀，
你似唱非唱似哭非哭；
无数只血泪斑斑的木勺，
伴你煎熬孤寂打发酸楚。
木勺哇，你舀来儿女温暖，
舀着无尽的眷恋相思。

妻呀，哥哥劝你别太伤心，

哥哥知道你有满腹话语：
没有烙好爸爸爱吃的馍，
没有去洗爸爸常穿的衣；
没有熬一盅茶给爸爸喝，
没有热一碗蜜让爸爸吃……

哭一声爸爸呀，你太愁苦，
唤一声妈妈呀，你太心急！
你不愿一个人孤单哪，
你唤爸爸早来陪你！
残疾的大弟呀年幼的二弟，
你们怎么、怎么苦熬日子？

感谢你呀善良的婶婶，
敬重你呀朴实的姑姑。
你们和乡亲们一道，
决不让这个家庭颓唐下去。
可是啊，相依为命的爸爸去了，
我的小弟，谁来伴你哭泣？

妻呀，哥哥陪你去到墓地，
你号啕大哭，哥哥劝你揽你。
哥哥理你散乱的头哇，
难肠的日子还要维持。
那河西的广袤原野，
何处不度温饱日子！

可是啊，我是多么天真，

我是多么单纯幼稚。
我自恃凭借良心可无忧，
我坚信一片赤诚有宽裕。
我鄙视阿谀奉承的嘴脸，
我唾弃争功邀宠的恶意。

妻啊，正直忠厚要付代价，
你心明眼亮从不放弃。
处处掣肘哇处处碰壁，
思念家乡啊眷恋故土。
尤其你呀整日以泪洗面，
何以千里迢迢忧闷愁苦！

我在河西整整七年哪，
你在肃州两千个朝夕。
那戈壁边缘的硬风，
吹皱了你细嫩的肌体；
那祁连雪峰的清流，
濯糙了你白皙的皮肤。

你刚熟悉烽火台的傲慢，
你正品尝酒泉液的醇意；
你才清除怪蛮横的沙尘，
你已习惯颇刁钻的酷暑……
可是啊，就为我这呆子，
你却叹别绿洲泪洒河西。

我是那样恃才傲物，

我是那样卑视世俗。
只有一颗炽热的心哪，
却时常自叹怀才不遇。
孤芳自赏和清高自负，
陷我孤独，逼你喘息。

道一声珍重啊祁连山，
留一腔祝福哇河西地；
热泪滴洒呀古长城，
惆怅遗留哇酒泉池……
来也空空啊去也空空，
去也失意呀来也失意。

只是你呀，我的娇妻，
你的眸子依然亮丽，
你的温柔依然如初，
你的多情依然如故。
有你想偎相依呀，
火海刀山哥哥敢蹈敢赴！

啊，喝上了家乡的清水，
粘上了故土的黄泥；
睡在了温暖的热炕，
攀开了熟悉的话语……
我天真单纯的妻呀，
你那样兴奋那么欣喜。

庄基要打呀你来摺土，

房子要盖呀你挑椽子；
锅台要盘哪你端土块，
小猪要养啊你去赶集……
就为有一个安定的家呀，
你呕心沥血废寝忘食。

我才深深地理解呀，
理解我至情至性的娇妻：
你就为做一个家庭主妇，
就为过上平和安定的日子；
就为哥哥事业有成啊，
就为儿女将来有所建树。

可是啊，我不是政治家，
没有纵横捭阖的胆识勇气；
我不是诗人、科学家，
没有超群的聪明睿智。
我只是一个农村教师，
时常多操教学，少管家务。

因为呀，我的娇妻，
我的摧枯拉朽的战阵里，
我的承前启后的学子军，
有我永远盈实的后勤部！
我行吟屈子天问，
深沉出自你的明亮眸子；
我长啸李白不平，
激情源于你的真挚爱意；

我慨叹杜甫忧伤，
眷恋发轫你的良善话语；
我哭泣卖火柴的小女孩，
怜悯来自你的温柔慰抚；
我登南天门的勇气呀，
牢记你常踩日月的脚步！

啊，妻呀，我的娇妻，
你让我如此多情细腻；
让孩子们胸襟充实，
让莘莘学子情感丰富。
每当我登上三尺讲台，
我总想叱咤风云激情洋溢！

我不是爱情至上论者，
可我对爱情万分珍惜。
因为呀，有我的娇妻伴我，
我有发自内心的活力，
我有情不自禁的冲动，
我有登天揽月的壮志！

一十八年的难忘岁月，
我和你总像是蜜月初度。
那么温存哪那么缠绵，
无须话语呀只瞅眸子。
相见相离的铭心时刻，
你揩我泪，我抚你泣。

你没有妈妈的呵护，
你有哥哥的疼爱怜惜；
你没了爸爸的指教，
你有夫君的体贴爱抚。
你在我的怀抱里呀，
就如永远长不大的孩子！

有时候我会无端地忧愁，
无端地伤心流泪哭泣。
你呀，总用你温暖的怀抱，
让我默默地紧偎紧依。
你温柔的双手轻轻抚摸，
一轮太阳暖我发芽吐绿。

于是啊，向沙漠进军，
我和我的孩子沉着勇毅；
于是啊，雨中登泰山，
我的莘莘学子充满活力；
于是啊，简笔与繁笔，
都是那样光华熠熠！

每一个周末呀，妻，
哥哥来了，儿女来了，
你总是站在大门前，
你总是伫候在晚霞里，
呼一声儿啊唤一声女，
默默地和我并肩齐步。

194

就那短短的几步走哇，
总是那么快慰那么惬意。
敲过深深的眷恋沟壑，
缩短煎熬的相思曲途。
抚一抚手啊闻一闻气，
胸中的波涛翻卷难息。

不要我挑担不要我下地，
不要我问询不要我操持。
就那么默默地相守，
就那么轻轻地相抚。
陪你走几步听你说几句，
猪娃捣蛋哪小鸡调皮……
儿子又长高了一截，
女儿还那么任性挑剔；
千层底的鞋呀那么漂亮，
针脚细密的西装那么合体。
穿上去呀你的追求，
戴上去呀你的心意。

邂逅与你无缘，
推诿与你不遇，
溺爱与你陌生，
自私与你背离……
你只有一身清纯天真，
你只有一腔热情真意。

是啊妻，我的好妹妹，

只有难得的一个晚上，
只有甜蜜的短暂时期。
倾诉不够，亲密不足。
人世间的恩爱夫妻呀，
何如你我至情至性生死相依！

就那贫瘠的几亩山坡地，
就那圆圆的一口蓄水池，
就那陡峭的黄土路哇，
就那整洁的小土屋……
哪里没有你的脚印？
哪里没有你的手迹？

一垄垄松软的犁沟，
满满浸泡你的汗滴；
一捧捧饱满的麦粒，
默默飘散你的气息；
一行行端直的树木哇，
飒爽展露你的英姿！

八旬老耄疼你俊俏，
娉婷少女羡你美丽；
主妇夸你持家有道，
同事慕你体贴周至。
哥哥此生与你相爱，
无比甜蜜无比幸福。

你为何那么温柔多情？

你为何那么勤俭朴实？
每次我和儿女出门哪，
你总是那么恋恋相依。
拂我的尘哪理我的衣，
执女的手哇抚儿的躯……
啊，妻呀，哥哥唤你，
你的儿子女儿唤你。
你没去那边心疼侄儿，
你刚刚离开爸爸墓地；
你没去姑姑家帮灶，
每个晚上你总在家里。

你要细心喂养毛驴，
它不能轻易卖给邻居；
它用头撞击着大门，
它知道这里不用鞭子；
它找遍每一块土地，
它听不见你的疼骂呵护！

你还要仔细孵些小鸡，
几只母鸡不忍任人捉去。
它们要听你的吆喝，
它们要随你的脚步；
它们不忍心啄破蛋壳呀，
它们满地里唤你找你！

还有那可怜的小猪娃，
它要拱你轻捷的双脚，

它要吞你搅拌的食物，
它要偎你摊开的草料，
它要叼你换下的衣服……

儿子袖口破了你可缝？
女儿领子脏了你可洗？
被子烂了你可拾掇？
单子破了你可缝补？
满院的树叶翻滚哪，
你可去扫去揽去拾？

妻呀，你明明去了剧场，
你明明陪着弟媳去看演出。
就那你抱你喂的小弟呀，
去年刚刚娶回伶俐媳妇。
你去喝他们的喜酒哇，
你在阁房独自流泪抽泣。

我知道我的娇妻万端感慨，
我只差面对众人拥你亲你。
多少年哪，你缝补浆洗，
姐姐的双手，妈妈的慰抚。
此时此刻呀，爸妈相笑，
我的娇妻该有多么幸福！

妻呀，你明明瞅着舞台，
全神贯注看儿女演出。
就是这令人心碎的舞台，

哥哥的琴声惹你哭泣。
难道你又看见了伤痛？
难道你又感到了酸楚？

不哇不！你梦寐以求，
儿子学他爸爸多才多艺；
你更愿意你的女儿啊，
能歌善舞，大有出息。
不哇，都不是，你只是，
只是太心疼你的儿子女儿！

你刚刚离开锅台，
你刚刚架旺炉子，
你刚刚煨好土炕，
你刚刚烤上洋芋……
家中的一切事务哇，
正等着你来料理。

可是啊，我的娇妻，
你就那么晕厥过去，
你就那么一声不语，
你就那么长瞑不视，
你就那么撒手而去，
你就那么不睬不理！

你不看一眼哪妻，
你的儿女向我要妈妈，
你的弟弟向我要姐姐，

你的婆婆向我要媳妇，
你的侄儿向我要姑姑，
你的姑姑向我要侄女……
我为何不能抱住你？
我为何没有拖住你？
我就在你身旁啊，
我还和你说这话，
我还和你看演出，
下一个节目、下一个节目，
我的女儿、演出、演出……
妻呀妻，你多不该呀，
不该嫁给我这书呆子！
让你时常伤心流泪，
惹你空有伤感叹息。
空有多愁善感的我呀，
有何颜面在这世上驻足！

名不成啊我不灰心，
我本是个平常的教师。
家刚刚有个样子啊，
全赖我的娇妻操持。
我就求一份平稳安定，
谁能料到我却如此……
妻呀，你等一等吧，
你从未一个人前去休息。
你最怕冷清寂寞，
你最惧偏僻孤独。
哥哥不求和你同日生，

哥哥只求和你同日死!

你穿的衣呀一起收拾,
你抹的油哇捏你手里,
你缝的被呀盖你身上,
你用的针线放你脚底,
你爱吃的洋芋,
摆在你眼前,捏在我手里……
母亲啊,您千万珍重,
你还要照看孙儿孙女!
儿子啊,你千万听话,
你总像妈妈勤劳朴实;
女儿啊,我的孩子,
爸爸再不能、不能照顾……
妻呀,弟弟来了,劝我,
婶婶来了,哭你说你;
姑姑来了,那么伤心,
小妹妹来了,那么忧郁……
乡亲们来了,一一开导;
老师们来了,个个说理……

我不怕死啊我不求生,
结束生命何其轻易。
我不愿你孤寂冷清,
我不愿你凄凉愁苦。
人爱天爱呀我的娇妻,
天争地夺哇我的娇妻!

可是啊,哥哥陪你容易,
年迈的母亲谁来赡养?
可怜的孩子谁来关顾?
试想啊,没有了妈妈,
再失去了爸爸呵护,
你的孩子怎么度日?

妻呀,你应该前去,
应该静静地闭目休息。
妈妈呀,你累了,该歇歇了——
你的儿女在墙壁刻字大书!
连你幼小的儿女呀,
也明白你一生的付出!

你不愿给世人留下苍老,
你不愿给亲人烙印衰替。
你不愿瘦弱缠身,
你不愿黯淡染指。
你的人生履历表哇,
满是天真清纯善良美丽!

妻呀,哥哥岂能不受惩治!
人前不能走,人后不能去,
想唤不能大声呼唤,
想哭不能放声恸哭!
就因为一双双明亮的眸子,
让我时常感受你的情意。

可是啊，周末不敢回家，
星期日又不能离去！
电杆下面，不见你等待，
小路尽头，听不到你话语！
锅台水窖院落房屋，
哪里没有你的脚印手迹！

妻呀，哥哥这是罪有应得，
哥哥还能说人话听人语；
可你呀，你却独自一人，
一人伴那阴暗的黄土，
一人听那寒风的呼啸，
一人熬那可怕的孤寂……

每一个晚上，你要哥哥陪，
每一个白天，你要哥哥依，
每一个早晨，你要上地，
每一个黄昏，你要下厨……
每一个周末呀，你要等待，
等待你的哥哥你的儿女！

哥哥来了，你的儿女来了，
大门哪却紧紧关闭！
不见妹妹呼应一声，
不听妈妈答应一句！

紧锁的大门哪，你，
你为何锁不住悲哀酸楚？
你为何挡不住冷落萧条？
你为何堵不住伤心忧郁？
你为何截不断眷恋思念？
你为何封不死恩爱情意？
你为何关不掉绵绵情思？
你为何还这样冷峻伫立？

大门哪，你开启吧！
夜幕哇，你垂下吧！
雪粒呀，你纷纷飘落，
寒风啊，你呼啸刺骨。
我愿哪，我永远麻木，
我愿哪，我永远伫立！

我等啊，我的娇妻前来，
我盼哪，我的妹妹倾诉！
我听见，娇妻的话语；
我看见，娇妻的英姿！
我迎上前哪，我的娇妻，
你正和霞光一道升起！

二〇〇〇年十二月

通 渭 随 想

一

这是大西北一座小小县城，
这是新世纪第三个暖冬；
一条宽阔笔直的大道旁边，
一个游人如织的喧闹黄昏：
健身的倩影从草丛边移来，
歌唱的底气在丹田涌动。
车水马龙的时空交织幻影，
探求新奇的斑驳陆离大军；
清香四溢的地蕉炝浆水，
柔韧筋道的长长手擀面，
让慕名而来的八方游客，
在排排条椅前面仰视、凝神。

怎样压揉、擂动、上擀杖？
如何翻卷、切割、再抖动……

厌倦了单一局促的品尝、吞吐，

就青睐这古老的传承手工。
油炸圈、麻腐包、酿皮子、
热凉粉……
特色小吃的细嫩小手哇，
撩拨得食客们春心大动。

高亢嘹亮的竹笛音律，
引来几多悠扬婉转的浅唱低吟；
流行的风味裹挟疯狂、躁动，
传统的韵律扩散庄重、深沉。
团扇拂动的古老散漫小曲，
飘溢出罐罐茶的浓浓乡情。

牵手偎依的双双情侣，
促膝前倾的簇簇友朋；
挥拳比画的伟岸身躯，
驻足沉思的坚毅面容，
惬意陶醉的团团气旋，
贪恋祈求的阵阵旋风，

从笔架山的苍松翠柏托起，
自南屏峰的翘檐廊柱腾空。
这团花簇锦的时髦大网啊，
笼罩着来之不易的福祉、温馨，
围裹住辛劳过后的开放、轻松。

二

我漫步在这大道一旁的树丛，
一任华灯的灿烂尽情辉映。
不远处齐整高耸的幢幢楼宇，
遥远处闪烁迷离的点点星辰，
还有，那隐约的城垣、垛口，
那矗立城墙之上的恍惚身影……
哦，眼前的珠光宝气模糊起来，
耳旁又震响着威武雄壮的
吼声……
我的思绪的厚厚册页呀，
竟在这人流如织的大道旁任情
翻动：
一个小镇，一次会议，
一堆堆篝火，一声声吟诵……
一双大手有力的挥动中，城垣下
集结起威武的三军。
就在那祭祀先祖的庙堂前边，
就在这残缺破败的城垣墙根，
吹响民族复兴的最清晰的号角，
跨上理想追求的最宽阔的征程。

我匍匐在这方古老的黄土地上，
触摸，触摸依稀可辨的足迹，
凝目，凝目正在消退的印痕。
那不正是方方正正的堡垒吗？
那不正是庄严肃穆的县城？
是啊，那就是大手筑打的墙体，
那就是脊梁托起的干城。

一个个、一队队，披星戴月走来，
一月月、一年年，忍辱负重前行。
他们堂堂正正迈步跨越，
他们威武凛然大步登临。
他们知道这黄土筑打的坚实壁垒，
熔铸着无数儿女的肝胆魂灵；
他们通晓这拔地而起的厚重墙体，
阻隔着时时侵袭的冷雨狂风。

登临它，就不会畏惧土木堡的
狭窄台阶，
一身正气逼退团团围困的
刀光剑影；
丈量它，就熟悉安陆府的重要
位置，
开封府的百姓赞你是又一个包公；
脚踩它，你们沐浴相亲相爱的
温暖，
一首首一篇篇吟诵载史的五言
诗文；

201

巡视它，你率领骨肉子侄，
用一腔热血浇铸垒土墙身；
注目它，你细辨宁远的隆隆地震，
倾听雅安、隆昌百姓的切切呼声，
每个集市日有你谦卑端直的身躯，
你宣讲、落实理想中的廉策德政。

啊，你们，从安逸河畔匆匆走来，
在华家岭的峭壁下匍匐前行；
双手捧吸悠江水的清冽甘甜，
大步跨越铁柜川的刺骨冰凌，
会聚在这渭水北岸的狭小一侧，
裹挟住大陇山浩荡的猎猎长风，
再次登临，登临这座古老的城郭，
展望、展望眼前这动人心魄的
美景。

三

哦，那是什么，华家岭迷人的
雾凇？
不，那是许家堡严冬的满树冰凌。
堡墙脚下显亲河的河床上面，
依稀可辨随处喷溅的斑驳殷红。
孤傲矗立的堡垒墙壁呀，
浸透着残忍血洗后的惨白冷峻。

这就是偏僻闭塞之地的干城啊，
依仗悬崖峭壁隔断袭扰掠夺，

凭借险绝高耸围拢平静安宁。
从尖岗山到石峰堡、锦屏峡，
自沙湾梁至老虎湾、蟾母峰，
无论大大小小方方圆圆的堡垒，
厚重的胸腔总想把平安祥和包容。

断垣残壁上，风雨剥蚀低沉的
呐喊；
沙砾乱石中，衰草披拂杂乱的
脚印。
城堡啊，曾经，你竟然，
竟然围护不得鲜活生命，
竟然任由暴虐抢夺恣意横行。
那些从嘉峪关逶迤盘旋的垛口，
那些由洮河岸突兀延伸的烽墩，
还有，八里湾、李家坪的关寨，
鸡川寨和马营苑的石券、铁拱。
无 数 个 浸 透 血 泪 的 刀 砌 斧 凿
壁垒，
阻遏不住屈辱欺凌的血雨腥风。

城垣啊，我钦敬你，但又诅咒：
我心疼你厚重的身躯巍然挺立，
历经锤击炮轰，你依然本色方正；
我厌弃你短暂单一的显赫、孤独，
常常成为荒凉破败的历历见证。
我不愿你残缺陈腐的墙体之上，
再次烙印上践踏砍挖的深浅

印痕。

四

我轻轻触摸，触摸身旁的棵棵
梧桐，
触摸轻歌曼舞袭扰的翠柏苍松。
眼前，又一座城垣蓦然屹立，
耳旁，传来铿锵有力的吟诵。
啊，这不正是古老的长城一侧，
不正是庄严肃穆的文庙街亭！

不，不是善男信女们在顶礼膜拜，
不是祈祷的烟火在缭绕升腾。
这是褴褛的衣衫、清瘦的面容，
是堆堆篝火映照的单薄身影。
他们刚刚离开一个偏僻小镇，
一个名叫，名叫榜罗的小镇。

此刻，一个个，一排排，一方方，
如同抵御风寒的壁垒城垣；
此地，一围围，一列列，一队队，
仿佛列守垛口烽墩的武装战阵。
你看，就是在这坍塌的古老
城墙下，
就是在这破败低矮的鼓楼中，
随着一双大手的有力挥动，
回味声声铿锵鼓舞的吟诵，
一双双踏雪山越草地的赤脚，

一副副挺赤胆壮豪情的身躯，
从井冈山的茅刺草丛里，
从大渡河的铁索桥梁中——
砸开千年炼狱的桎梏，
抖擞凤凰涅槃的精神，
高擎引领民族解放的大旗，
开启奔赴光明幸福的航程，
就在这黄土筑打的墙壁下起步，
就在这期盼仰望的目光中挺进。

啊，会宁，直罗镇，宝塔山……
大别山，西柏坡，天安门……
那无数双铃印黄土中的足迹，
像不像叠加在城垣之上的脚印？
曾经围护安宁的城郭遗迹上面，
可曾留有挥师北上的阵形？
这亮如白昼的星夜天宇之下，
可有温暖三军的篝火辉映？
此起彼伏的应答唱和声里，
可有鼓舞斗志的大吕黄钟？

五

喧嚣张扬的歌声渐渐消逝，
璀璨摇曳的华光慢慢收拢。
延揽和谐宁静的幢幢楼宇，
梦呓中满满是惬意、康宁。

我还在滨河大道流连，

目送它向陇上神泉延伸。
我丈量它吐纳希冀的宽度，
它紧连莘莘学子跨越的大门。
啊，那川流不息的身影啊，
不正是曾经布排的阵形？
那不断壮大、不停前移，
在南湖前毅然迈步的方阵？

哦，你看，这方阵营就在，
就在不远处的榜罗小镇。
帷帐就紧贴这条滨河道，
红旗漫卷中挥师大本营。
哦，我总是忘不掉这个地名，
这个四山环抱的偏僻小镇。
我眼前，我心中，那方战阵，
在这个小镇重新布排，
在这个小县城初次演练，
向厚重的黄土塬上挺进，
在血与火的洗礼中，
锻造成中华民族的不朽魂灵。

哦，有形的城墙、垛口、烽墩，
无论在原野，村落，市镇。
它们摸得着，看得见，说得清，
它们矗立在关隘、沙海、险峰，
在凄风苦雨的浸泡剥蚀下，
或消退当初的凛然黲亮本色，
或湮没在平静的黄土沙原中。

记载它们，时常是语言文字，
是泥土地脉裹藏的古老印痕。

可是，我分明触摸到另一种，
一种令我热血沸腾的长城。
她的垛口不在险峻的嘉峪关隘，
她的烽墩不在坚毅的山海寨城。
她就盘绕过这个小小镇子，
在篝火前和吟诵中扩展延伸，
那平型关隘，有你的磐石垫底，
孟良崮上，是你的基层负重，
长津湖旁，有你的壁垒抗衡……
一面面鲜红的中华民族大旗呀，
在白雪皑皑的珠峰，
在浩瀚无垠的苍穹，
在亿万人民的血脉魂灵，
矗立，飘扬，警示，引领！

啊，让我再一次触摸吧，触摸，
触摸看得见的城垣的一方小角，
触摸感受到的壁垒的几处阶层。
这里，突出着祖祖辈辈骨骼的
硬度，
这里，分明有华夏民族血泪的
余温。
这下面是牢不可摧的山顶洞的
基石，
这躯干有华夏儿女血液的世代

浸润。

啊，这堡垒，这干城，这方阵。
你千年不倒，万世峥嵘，
抗击八方风雨，抵御万钧雷霆；
你让独立、尊严的大旗永远飘扬，
你使和平、幸福的大道世代畅通。
你这血肉筑起的万里长城啊，
永远屹立在华夏民族的心中！

六

我眼角跳跃着几颗璀璨星辰，
我面颊拂过缕缕清新和风。
这个小小的狭长的书画名城，
早已束卷起生活的热闹画屏。
"一品""千年"的长长条幅，
从篝火映照过的街衢、操场，
向那个小镇齐整悬挂、延伸。

突然，不远处传来亲切的
呼唤——
哦，是儿孙们找寻的声音。
他们正好从城堡的遗址旁边走来，
在去小镇的大道旁轻声议论：
这就是从那里过来的坦途，
这就是通向那里的路径，
这里曾经是壁垒、干城……

哦，我轻声应答，泪湿衣襟，
抬臂指向眼前，远方，小镇，
不，楼宇，大地，天空……
就在此刻，我分明看见——
一副副巨臂，一双双大手，
在闪烁的繁星下，在缤纷的
晨曦中，
坚定有力地齐齐指向，
一颗颗健力跳动的红心！

哦，从依依杨柳的根梢捧起，
在黄河飞瀑中结团浸润，
经遵义城头的烈焰煅烤，
裹挟黄河中流砥柱神韵，
这基石铺排神州的角角落落，
这躯干挺立祖国的江海山峰。
这才是长城啊，长城，
中华民族的长城，
你用血肉骨骼铸就，
你的根基在人民的心中。

榜罗小镇，文庙街衢，
让我们再次触摸吧，
触摸你会议桌旁的身影，
触摸你碑刻上的诗文。
还有，这陈列的城墙基石，
这绵延无穷的华夏长城。
我要大声歌赞，放声吟诵：

长城，神州大地上的长城，

长城，我们心中的长城！

二〇二二年春节于通渭

我太阳族谱里有你闪亮的永恒的光束

——痛悼表弟刘象全

表弟刘象全，排行老大，毕业于中央音乐学院，融合美声、民族唱法，歌声独特，穿透力强。恃才傲物，特立独行，打拼乐坛，教学相长，积劳成疾，终至喉癌，撒手西去。哀痛之余，歌吟痛悼！

你刚刚度过四十九岁生日，
你刚刚从京城到金城就医，
你在病榻上设计教学方案，
你答应坚持雪域慰问演出。
你自信你的声带上天赏赐，
你自负你黄土高坡的底气。
表弟呀，你还有好多好多
不同凡响的追求、奢望、希冀！

本来，你毕业于普通院校，
就当个普通的音乐老师，
有稳定工作，有固定工资，
已经让同龄人羡慕。
可是，你就是你，你不甘心，

你向往一展歌喉的生活，
你崇拜多明戈、帕瓦罗蒂，
你狂飙《图兰朵》《我的太阳》，
瘦骨嶙峋却显现惊世骇俗。

辞就辞掉吧，三尺讲台太拘束，
省城或许有你施展的天地。
你说服亲人，特别是二弟，
不就是丢个固定工作吗，
你们宁愿我默默无闻下去？
你租房，教学生唱歌，
披星戴月用心血积攒收入。

能在省城立稳脚跟，

你该和常人一样心满意足。
可你还是高傲的你，
你用十二分的拼搏，
考入中央音乐学院，
全中国最高音乐学府。
眼界开阔吧，专业提升，
回到省城会有显赫位子。
可是，你依然是你，
黄土高坡有呛人的气息，
白塔山下那么狭窄凝滞，
京城，京城有竞争，
有我追随的歌手，老师。

不怕两手空空，身依四壁，
教学，演出，就凭实力，
已经是飞镝鸣矢，
已经是策马奔驰，
就依你吧，你就是你，
但愿你平安、有成、顺利。

叱咤风云于歌坛，
拼搏于高手林立的京畿，
十七八年的浅吟高唱啊，
灌注起厚厚的人生阅历。
不说委屈，没有迟疑，
你总有高远的追求抱负，
你只是在酝酿如何实现，
你只在等待成熟的时机。

端午节了，姨姨说你回来，
窖里冷藏着你爱吃的甜醅，
锅里盛放着你喜欢的粽子。
你说你和二弟一同别柳梢，
你给姨姨姨夫绑花线，
你给乡亲们唱得意的歌曲。

过大年了，你一再诉说：
爸、妈、二弟、弟媳，
实在对不起，我有演出，
今年又怕回不了老家，
就请你们向父老乡亲解释。
还依你吧，出门在外，
由事不由人，注意身体！
怎么注意呀？你就是你，
你还没到荣归故里的境地，
你要抓住时机熟悉歌星，
你要珍惜场场客串演出，
你也想有个体面的家庭，
你魂牵梦绕有大的建树。

你不屑唤你是北漂一族，
你自负出身音乐最高学府。
你厌倦暗箱操作的卑劣，
你不愿投名状捧东递西。
几天几夜，你抓大把钞票，
几夜几天，你又囊囊无余。

终于，你静下心来，
开始认真听取亲人的提示，
该建立家庭，落地务实。
小千金诞生，你万分欣喜，
白手起家的你，终于明白，
柴米油盐就是生活乐谱，
同样能演唱出动人的乐章，
同样是你高亢明亮的声部。

你终于明白，要演绎好，
家庭生活的多声部乐曲，
同样得竭尽全力、一丝不苟，
这声带一下子拉长到五脏六腑。
拼命教学，维持生计，
在京城讨生活谈何容易！

能返回老家吗，抑或省城？
二弟咬牙再赊借些钱资；
不去学校院系，商业演出，
就靠辅导教学，不菲的收入，
一家人生活绰绰有余。
没什么见不了人的，
人就是有起有落，有曲有直。
可是，你还是你，依然故我，
就在京城打拼，搏击。
老宅拆迁，争讼缠身；
组织教学，废寝忘食。
你瘦弱的一副肩膀，

荷载的岂止是千斤重负。

你为何就那么自信自负？
直到整日整夜不能入睡，
直到捉襟见肘，身无分文，
思念白发苍苍的父母，
有愧不断资助的二弟。
回家吧，想喝一碗浆水汤，
想尝一口妈妈的酸棒棒，
想唱一声熟悉的家乡曲。

你在念叨，女儿上学没人陪，
你在惦记，妻子不会操持家务，
你不相信，你的声带有问题，
你还诉说，你的浆水罐没人搭理，
你呀你，你何时能忘掉苦日子？
你不就追求不平凡的路途？

咱俩约好，就在老家，水坝，
表兄表弟为父老乡亲联袂演出：
你的大歌喉，我的胡琴声，
《我的太阳》《二泉映月》，
独唱，独奏，不计较水平参差，
就要你的风采展露，
就让黄土高坡惊叹你的才气。
你答应我的，
答应父老乡亲，
为着回报家乡父老的呵护，

你斟酌该唱哪些动听歌曲……

表弟呀，你在键盘围困的斗室，
表弟呀，你在匆匆回家的路途，
表弟，你没去那冰冷的房间，
你在上寨口的水坝一隅，
那清池上荡漾你吐纳的涟漪；

你在黄河岸边的岩岫上，
拍岸惊涛托举你绵延的线谱；
你在八达岭上尽情放歌，
烽火台下缭绕你的气息。
你不会湮灭，不能停息，
我的太阳的族谱里，
有你闪亮的永恒的光束。

梦 游 怀 化

遥远地，有激昂慷慨的吟诵，
朦胧中，是仗剑天涯的身影。
哦，是湘楚大地的风情灵气，
是剑阁蜀道的仆仆风尘……

啊，诗仙，这是大西北呀，
诗祖哇，那可是横亘的秦岭？
为什么邀我去湘楚大地呀？
端午节的陇原大地同样迷人。

这就是新开辟的高铁站哪，
一样有火车拖来的市镇。
诗圣们执意要驾乘仙鹤，
驾鹤飞临五溪，游览鹤城。

那是南国怎样的文化名城？
也是钟灵毓秀、人杰地灵？
哦，钟鸣鼎食、落霞孤鹜？
我只记得这些华章美文。

那不，高椅古镇，黄溪古村，
游人如织，访客如云。
分明在品味淳朴、良善，
仔细找寻执着、坚毅、勤奋。

这不正是全楚咽喉地吗？
无数条巨龙正在驾雾腾云。
转瞬驮来笑语喧哗，
刹那衔去异宝奇珍。

跨上去吧，西南第一桥，
龙津风雨后的美丽彩虹。
她不再承载凄风苦雨，
她拥抱游山玩水的嘉宾。

啊，盛唐作坊，明清钱庄，
青砖汉瓦镌刻着富庶繁荣。
古商城的洪江春秋哇，
满满是商道的公平透明！

211

你，灵秀的黔阳古城，
湘楚苗地的边陲重镇。
千百年来总是和乐融融，
吊脚楼满盛团结幸福歌声。

这里，纪念坊，纪念馆，
胜利的丰碑，尊严的见证。
向警予，滕代远，粟裕，
水稻之父，大科学家袁隆平！

请看，他们没有驻足，
不在大型石雕文化墙中。
他们在浇灌新栽的幼苗，
他们在审视又一大新工程。

这不是飞虎队的机尾喷射，
这是长征系列的烈焰腾空；
就由元帅、大将的子孙，
亲手点火，娴熟操控。

看吧，他们正在环绕银河，
他们已经进到太空舱中。
大将啊，粟裕，战神，
又是我们的战神指挥若定。

这不就是榆树湾古镇吗？
向警予正向我们叮咛：

不忘初心，道路自信！
重上井冈山，瞻仰韶山冲！

那是安江的莘莘学子啊，
由几位宿儒、将军率领。
他们要奔赴祖国各地，
让一个个奇迹次第诞生。

听见了，我们熟悉的声音：
理论自信，制度自信。
滕代远和他的战友们，
在咽喉要道大声提醒！

文明，不只在湘楚大地，
不仅在鹤城叶茂根深。
唯楚有才，这才干，才华，
早在中华大地葳蕤繁荣。

尤其，行吟江畔的屈子，
楚山送客的王昌龄，
仗剑天涯的李太白，
还有，唱响时代的诗人们。

用汨罗江的清澈透明，
借五溪城的大气、激情，
引吭高歌，放声吟诵：
我们文化自信，我们牢记使命！

哦，我看见，大诗人，
和我一样泪湿衣巾。
匍匐在这方热土上啊，
这方土地美得让人心痛！

汨罗江，沅江，芷江，
让我抚摸吧，你姣好的面容；
乌宿村，风雨桥，洪江城，
让我铭记吧，古老而新奇的风韵！

诗人们哪，哪里还有不平道路？
还能吟离骚，仰首叩天问？
就醉卧这仙鹤亮翅的五溪吧，
就拥抱这醉人的鹤城！

捧一叶溆浦的银杏叶吧，
抱一株雪峰山的罗汉松。
连同怀化的精神品格，
移植到大西北的梁峁山峰。

还要铭记呀，鹤城，诗城，
诗国之中的领袖、将军，
诗情画意中的秀美山河，
湘楚咽喉的鼎盛繁荣……

还有，热情好客的怀化人民，
吞吐日月的博大胸襟；
叩问天河的不懈追求，

震古烁今的时代强音！

哦，这诗歌浸透的鹤州哇，
这文明包裹的古城，
揣一抔你沃野的泥土哇，
我多想栽培诗的灵魂。

哦，别催促哇，展翅的白鹤，
别呼啸哇，昂首的巨龙，
让我再次紧紧拥抱吧，
这美得让人心痛的鹤城！

我再仔细打量啊，您——
沉甸甸稻穗中的老人；
我噙泪告别呀，您——
百万雄师前的将军！

我会牢记这令人陶醉的画卷，
我要歌赞这青山绿水的名城。
啊，西去列车的窗口啊，
多少次回眸，多少人泪涌！

怀化，五溪，鹤州，
我的眷恋，我的神圣。
我愿永远和大诗人哪，
依偎在你温暖的怀中。

怀化，我心中的女神！

我愿为你的风姿绰约，
放声高歌，秉笔直书，

怀化，鹤城，青春永驻，美丽
永存！

临 潭 行

停下吧，停下匆匆的脚步；
紧贴吧，紧贴滚烫的胸脯。
这是大西北的甘南草原哪，
这里有洮阳城的融融暖意。

点亮吧，吉庆灯、生肖灯，
这是芬芳鲜艳的八角花谷。
我的玉兔会陶醉在哪里？
这不就是四季如春的临潭福地！

哦，这不是宋、明的茶马互市，
这是吞吐信息流量的商铺。
汉、藏、回、蒙的歌舞哇，
幻化成团结友爱的虹霓。

这不是古战牛头城的遗址，
没有吐谷浑的刀枪剑戟。
浑厚绵延的城堡上面，
是游客旅人的欢声笑语。

你，冶力关、流顺、王旗，
还有，八角、羊沙、店子……
哪里去找唐风宋韵哪？
满满尽是新时代的蓝图。

不找这车马的川流不息，
不寻这高楼的鳞次栉比；
不看这美玉的琳琅眩晕，
不闻这馆阁的清香飘溢……

我找遍烟墩山的角角落落，
随处是会心的笑容敬意；
我探寻冶木河的清流玉石，
祝福的洮州花儿嘹亮悦耳。

啊，不是，还有好多好多，
是令人振奋的进取的信息。
可是，我出走的玉兔哇，
我如何探寻你藏身的去处？

哦，在凤凰山，在仁寿山？
在烽火墩台的古老遗迹处？
在洮州卫城的砖垣石壁下？
在沐英叱咤风云的断喝里？

不哇，从广寒宫到进藏门户，
不只有多少刀丛剑棘。
可是，我的小小玉兔哇，
毅然投身，再无反顾。

我再找哇，这是石门金锁，
那是大禹王的赤脚痕迹。
他那脚下的滚滚洪流哇，
可曾见证跳跃飞奔的足迹？

你是矗立傲视的朵山玉笋吧？
古战人不会前来采撷捡拾。
你不看，他们的菜篮子，
盛不下鲜美新奇的菜蔬。

那就是叠山、黑岭吧？
早不见积雪冷落荒芜光秃。
从三岔、石门伸出的万千大手，
正在培植漫山遍野的翠绿。

叠山横雪，你还会明眸善睐？
游人的倩影要你辉映留驻；

黑岭乔松，快蓬勃苗壮吧，
挺直的腰杆因你而靓丽。

哦，这不是冶海天池？
冰清玉洁的少女正在洗浴；
哦，不单有洮河乡的貂蝉，
还有迎神赛会上的翩翩仙子！

没有一丝的寒流冷意呀，
大西北的洮阳城温暖舒适。
鹿儿台、独山子的电网热流，
涌动着改革开放的奇迹。

看哪，洮滨、羊永、卓洛……
各乡镇都有独特的产业、工艺；
新城、术布、长川、店子……
到处是洮州花儿的衷心祝福。

哦，这扯绳紧绷的拔河之乡，
千万双大手正在紧握尽力。
为着共同的必胜信念，
各民族团结拼搏勇夺第一。

再踏一回吧，岷洮西固，
那是红军指战员的清晰足迹；
新城镇的苏维埃旧址前，
正回响不忘初心的铮铮宣誓。

这熠熠生辉的古洮州哇，
花灯辉映，和睦幸福，吉祥如意。
我也点燃惟妙惟肖的生肖灯吧，
为我的玉兔们衷心祝福！

哦，我要找寻哪，找寻——
哪里可有扑朔迷离的踪迹？
我终于明白，这团花簇锦的临潭，
扑入您的怀抱将是何等幸福！

这是铜锅里的酥软凉粉，
这是喷香迷人的羊肉筏子；
还有这黄澄澄的油馓子……
美味佳肴让人迷途忘返。

哦，那是什么？洮水流珠？
不，那是舞者手臂的翡翠玉珠。
浩浩荡荡的洮河、冶木水，
载不动火辣辣的香浪舞曲。

啊，临潭，大西北的夜明珠，
你熠熠生辉，璀璨夺目。
你晶莹剔透的怀抱里，
何止有眷恋人间的玉兔？

这临潭傍河的花圃，
这最有风情的民族歌舞，
卫城一样厚重的盛情，

金锁一般的执着坚毅……

啊，玉兔，请原谅我吧，
你们不该闷在广寒宫里。
你们早该在这十里画廊，
在这芬芳临潭的八角花谷。

我没有哇，没有轻率地
将我的小玉兔点化成石。
你看，它们跳石门，跃王旗，
他们在洮水戏珠，在冶海沐浴。

我也应该轻舒广袖哇，
和着优美高雅的道得尔；
多民族欢聚的人间天堂啊，
该有我嫦娥纵情高歌翩翩起舞。

啊，临潭，请接受我的祝福，
我要把丰富多彩的洮州花儿，
唱响神州的森林田园，
唱响天庭的神山仙湖！

我要变成美丽的金露梅，
永远盛开在甘南圣地！
祝福临潭，祝福华夏！
吉祥，美好，和平，幸福！

二〇二一年五月于通渭

花儿唱公主

每回回路过你家门，
心跳着好像要命。
生怕你冲我笑一笑，
想好的话儿忘干净。

老天爷不让你说话，
只给你一双大眼睛。
哪怕你稍稍眨一眼，
满世界就是日月星辰。

咱俩约好的瞅一生，
我用命护持你的眼睛。
娶你的银锭没攒够，
你为何哭着嫁了人？

从此后我再不说话，
下决心为你识字断文。
不管你走到天尽头，
我怀揣书信把你寻。

你若是去了堡子坪，
你看看堡墙上道道印印。
暗暗的红色仔细辨，
是不是我双手扣的痕?!

碧玉有古堡，堡下上店子。
田氏三小姐，出生于此。
美貌绝伦，天生无语，
时人称谓"碧玉公主"。
每每念及，"花儿"歌吟。

诗，就该这样写

——苏翊鸣坡面障碍技巧摘银有感

这腾跃，是诗，是歌，
是急流，是烈火。
这旋转，有星，有光，
是星际间的跨越。
这起跳，不，诗行，
分明有天问的执着，
有风雅的魂魄，
比赤壁游更是磊落。
沙场秋点兵，
哪有如此矫健；
九州风雷动，
堪比这般剧烈。

凌空的身姿，
长吟出理想数行；

飞动的长臂，
大写出人生捺撇。

长诗大作，
就该在天际间吟诵；
黄钟大吕，
就要在星空中震烁。

吟吧，在这长城垛口，
长吟人生的拼搏；
写呀，用人类的智慧，
书写出洁白无瑕的世界。

二〇二二年二月于通渭

哭 荣 强

惊悉噩耗，泣血哀伤。　　　　学友戏聚，互诉衷肠。

天妒英才，地吞魂殇！　　　　不忝索画，欣然解囊。

遥祭英灵，诉我衷肠。　　　　始知贵体，曾有小恙。

牛谷河畔，无猜同窗。　　　　孰料恶魔，如此猖狂。

苜蓿充饥，丝竹共腔。　　　　本待探视，遥祝早康！

弱语厮磨，宏愿同向。　　　　何其苍天，绝情无量！

刚裤卡衣，年少轻狂。　　　　断我手足，刀剜胸腔！

挥泪旧城，握拳厚墙。　　　　痛哉荣强！哀哉荣强！

不安默默，奔赴青藏。　　　　未得谋面！不能执手！

曾寝毛洞，累苦饥肠。　　　　轻语叮嘱，无限衷肠！

矢志不渝，画笔张扬。　　　　一路走好！

喜睹大作，出版香港。　　　　走——好——荣——强——！

理事西宁，名贯青藏。

后　记

　　2020年10月，拙作《岵岘往事》出版，子女们欣喜之余翻腾旧时书籍、草稿，发现几篇散文和分行文字，复读之余，不禁潸然泪下，难以自持。这些文字一下子触碰到我难以愈合的伤疤。那是我泣血垂泪伤痛不已的呼叫，是披肝沥胆、刻骨铭心的追忆。幸得这些草稿连同一些书籍留存下来。泪眼翻读，眼前不断闪现逝去的亲人，还有尊长、师友、同学、亲人，他们是那么平凡，一生耕耘黄土，朝夕劳作田园。他们或资助我求学深造，或开导我挥泪时振作。忆写他们，一双双小脚裹腿撑持着的颤巍巍的身躯和慈祥和蔼的面容，一副副瘦骨嶙峋却又坚实扛硬的肩膀，一副副滚烫赤诚、肝胆相照的胸腔，我债无旁贷，更是情不自禁。同时，脚下的宽阔平坦大道，眼前的快意人生，总让我有欲罢不能、不吐不快、不写不宁的感触，于是，就有后面几篇随感而发的文字。正是过往的人和事、眼前的景与情，才让我在艰辛的生活中撑持下来，在略有收获稍有快慰时保持些清醒。我不能记录家乡故土亲朋可亲可敬之万一，我只盼读者能窥一斑而知全豹。我深知，这些篇章的浅陋和偏狭，但它们是我心路历程的记录，不忍丢弃，是以结集付梓。再次感谢张凤奇老师为本书付梓费心策划，感谢同事王志彪老师指点，感谢画家黄雄老师配画插图。书中舛错谬误之处，还望读者批评指正。

2024 年 1 月 3 日